Martin Christen

Achgott.

Und andere Dialoge.

Martin Christen

Achgott.

Und andere Dialoge.

Umschlaggestaltung, Illustrationen, Fotos: Martin Christen

© 2022 Christen, Martin
Herstellung und Verlag: BoD – Books on Demand, Norderstedt
ISBN:
978-37557-2701-9

Ehrlich gesagt, Herr Achgott, gehöre ich auch zu denen... Denn, obwohl Sie hier leibhaftig vor mir stehen, bezweifle ich, dass es Sie gibt.

Achgott.

Und andere Dialoge.

my

my aasgeier
is waiting
for
me

i'm
doing
my
best

Achgott eins

Heidn	Entschuldigen Sie bitte!
Achgott	Ja?
Heidn	Wir machen hier eine Strassenumfrage und hätten Ihnen gerne einige Fragen gestellt.
Achgott	Nur zu!
Heidn	Sie machen also mit?
Achgott	Deshalb bin ich ja hergekommen!
Heidn	Herzlichen Dank!
Achgott	Worum geht's denn in dieser Umfrage?
Heidn	Um so Allgemeines – Haltungen, Einstellungen, Lebensfragen…
Achgott	Beginnen Sie!
Heidn	Haben Sie denn fünf Minuten Zeit?
Achgott	Ich stehe Ihnen zur Verfügung!
Heidn	Das Ganze ist anonymisiert, das heisst, Ihre Antworten werden vertraulich behandelt, was bedeutet, dass niemand weiss, wer Sie sind.
Achgott	Dessen bin ich mir bewusst.
Heidn	Also zuerst die Vorfragen: Alter, Geschlecht, Ausbildung, Beruf, Wohn- und Lebensform, Wohnort.
Achgott	Das ist aber schon eine ganze Menge.
Heidn	Ja schon, aber Ihr Name, Ihre Identität interessiert uns nicht.
Achgott	Nur meine Antworten?
Heidn	Nur Ihre Antworten: Die werten wir aus, erstellen eine Übersicht mit grafischen Darstellungen etc.
Achgott	Interessant. Also fangen wir an.
Heidn	Geschlecht? – Männlich.
Achgott	Ja, momentan.
Heidn	Das ist doch korrekt, oder etwa nicht? Sie planen doch nicht etwa eine Geschlechtsumwandlung?
Achgott	Wo denken Sie hin! – Es hängt doch ganz von den Vorstellungen derjenigen Person ab, mit der ich mich gerade unterhalte…

Heidn	Wie dem auch immer sei – «männlich». – Wissen Sie, ich werde pro ausgefülltem Fragebogen bezahlt, und wenn ich schon für die statistischen Vorfragen zu viel Zeit aufwenden muss, dann lohnt sich das nicht mehr für mich, verstehen Sie?
Achgott	Natürlich, ich verstehe Sie vollkommen! Und da Sie ja mitten im Studium stecken und demnächst wichtige Prüfungen anstehen, sollten wir das so schnell wie möglich hinter uns bringen.
Heidn	Ja, genau! Danke für Ihr Verständnis.
Achgott	Bitte sehr, sehr gern geschehen.
Heidn	Alter? Wie alt sind Sie?
Achgott	Wie alt schätzen Sie mich denn?
Heidn	Also, ich würde sagen: Zwischen 40 und 49.
Achgott	Kreuzen Sie's an!
Heidn	Ausbildung? Welche Schulen haben Sie besucht?
Achgott	Keine.
Heidn	Aber Sie machen mir einen sehr intelligenten, gebildeten Eindruck.
Achgott	Vielen Dank. Na ja – man könnte es eventuell als eine Art Homeschooling bezeichnen.
Heidn	Wären Sie denn mit „Privatschule" einverstanden?
Achgott	Am liebsten wäre mir, wenn Sie „anderes" ankreuzen könnten.
Heidn	Also „anderes". – Ihr Beruf, den Sie gerade ausüben?
Achgott	Beratungen gehören zu den Dienstleistungen, aber auch zu den Sektoren Bildung, Kultur und Wissenschaft, Forschung.
Heidn	Aber ich kann nur den wichtigsten Sektor markieren.
Achgott	Dann also „Dienstleistungen".
Heidn	Danke! Und Ihre Position?
Achgott	Kreuzen Sie „CEO" an – das könnte noch am ehesten zutreffen.
Heidn	Toll – Einen CEO hatte ich noch nie! Freut mich!
Achgott	Mich ebenfalls! Und Sie machen Ihre Sache gut – als CEO kann ich das beurteilen!
Heidn	Danke, mein Herr. – Jetzt Ihr Wohnort – respektive wohnen Sie auf dem Land, in einer Grossstadt, einer Kleinstadt oder in der Agglomeration?
Achgott	Wissen Sie, ich halte mich an vielen Orten auf – wie jetzt

	zum Beispiel.
Heidn	Gemeint ist, wo sich Ihr Lebensmittelpunkt befindet, Ihr tatsächlicher Wohnsitz.
Achgott	Nehmen Sie „Land", das trifft's am ehesten.
Heidn	Danke, also „Land"... Und zum Schluss noch, ob Sie alleinstehend, verheiratet, getrennt oder geschieden sind.
Achgott	Das ging aber schnell... Also kreuzen Sie „Single" an, das ist nicht gelogen!
Heidn	Nein-nein. Sie haben mich falsch verstanden! Wir sind erst am Ende der einleitenden Fragen. Die Umfragefragen folgen erst jetzt!
Achgott	Gut. Ich habe ja Zeit. Wie lautet denn Ihre erste Frage?
Heidn	Glauben Sie an Gott?

Achgott zwei

Heidn	Sie?
Achgott	Ja bitte?
Heidn	Ist dieser Platz noch frei, Herr ...?
Achgott	... Achgott. Achgott ist mein Name. Setzen Sie sich nur!
Heidn	Danke sehr, Herr Achgott. Mein Name ist Heidn. Ich bin hier in den Ferien. – Und Sie, Herr Ach...?
Achgott	Ach, ich bin eher zufällig hier. Ich dachte mir: Setz ich mich mal an den Tisch und warte, bis Herr Heidn sich zu mir setzt.
Heidn	Und schon bin ich da! – Ganz im Ernst: Ich bin Lehrer – gewesen. Und nun pensioniert. Und Sie? Was machen Sie denn beruflich?
Achgott	Ich bin eine Art Unternehmer...
Heidn	Mit eigener Firma?
Achgott	Ja und nein – meine „Firma" ist in keinem Handelsregister eingetragen, ich bezahle auch keine Steuern und eine Aktiengesellschaft ist es auch nicht. – Wie verbringen Sie denn Ihre Ferien, Herr Heidn?
Heidn	Allein, ganz allein – wie meistens.
Achgott	Und das ist schwierig für Sie?
Heidn	Nicht wirklich: Erstens habe ich mich daran gewöhnt und zweitens kann ich tun und lassen, was ich will. Ohne Rücksicht nehmen zu müssen.
Achgott	Sie haben sich also nicht neben mich gesetzt, weil Sie sich allein fühlen?
Heidn	Nein-nein. Alle Tische waren besetzt und Sie – verzeihen Sie – erschienen mir sympathisch, so dass ich es wagte, Sie anzusprechen ...
Achgott	Ich habe Sie erwartet, Herr Heidn!
Heidn	Normalerweise wäre ich zum nächsten Restaurant gegangen und hätte da nach einem leeren Tisch gesucht, Herr ... Ähm.
Achgott	Ich weiss, ich weiss.

Heidn	Sie haben mich erwartet?
Achgott	In gewisser Weise: Ich bin zum ersten Mal hier und dachte: Schauen wir mal, wer sich zu mir an den Tisch setzt.
Heidn	Und? Wie finden Sie den Ort?
Achgott	Wie Sie: Genial.
Heidn	Genau: Es ist wirklich genial hier.
Achgott	Und so erholsam.
Heidn	Sie sagen es.
Achgott	Übrigens: Bedienen Sie sich! Hier ist Ihr Kaffee – mit Rahm, ohne Zucker – so wie Sie's mögen. Ich für mich bleibe bei meinem frischen Quellwasser ohne Kohlensäure.
Heidn	Der Kaffee ist für mich?
Achgott	Ja klar.
Heidn	Oh, vielen Dank! Das ist sehr nett – und so aussergewöhnlich, dass mir ein Unbekannter seinen Kaffee offeriert.
Achgott	Aber, Herr Heidn, erinnern Sie sich nicht? Wir sind uns doch schon mehrmals begegnet.
Heidn	Tatsächlich? Wissen Sie, mein Gedächtnis lässt etwas nach... Meine Mutter hatte Alzheimer und ich fürchte...
Achgott	Machen Sie sich keine Sorgen, Herr Heidn. Vielleicht erinnern Sie sich noch an die Message, die ich Ihnen an Ihrem fünfzigsten Geburtstag dort am Bielersee übermitteln liess?
Heidn	Ich war an meinem fünfzigsten Geburtstag am Bielersee?
Achgott	Ja – Camping, mit Partnerin und Baby.
Heidn	Puh – das ist schon lange her – zu lange.
Achgott	Mir kommt's vor, als ob es gerade eben gewesen wäre...
Heidn	Sie müssen ja über ein phänomenales Erinnerungsvermögen verfügen.
Achgott	Oh, das trifft nicht zu – aber Sie liegen mir am Herzen...
Heidn	Wie soll ich das verstehen?
Achgott	Wie ich es sage: Es ist mir nicht egal, wie's Ihnen geht.
Heidn	Und? Wie geht's mir?
Achgott	Momentan gut, denke ich: Sonne, Meeresrauschen, Sandstrand, eine Tasse Kaffee: Was wollen Sie mehr?
Heidn	Wissen Sie was, Herr Ähm?
Achgott	Nein, Herr Heidn, aber Sie werden es mir gleich sagen.
Heidn	Sie sind mir zwar sympathisch, einerseits, aber auch unheimlich, andererseits.
Achgott	Unheimlich?

Heidn	Ja, unheimlich: Sie geben vor, mich zu kennen, erzählen mir, ich läge Ihnen am Herzen und hätten mir an meinem fünfzigsten Geburtstag irgendetwas übermittelt.
Achgott	Ja, was dann zu einer Art «Motto» geworden ist für Sie...
Heidn	Sie scheinen mehr zu wissen als ich...
Achgott	Nein, dem ist nicht so – Sie haben's vielleicht einfach verdrängt.
Heidn	Was soll das für ein «Motto» gewesen sein?
Achgott	Das mit dem Vertrauen in sich selbst.
Heidn	Ach, das? – Nein, ich habe keine Ahnung, wovon Sie sprechen.
Achgott	Und an den Inder auf dem Parkplatz des Einkaufszentrums erinnern Sie sich auch nicht mehr?
Heidn	Welchen Inder?
Achgott	Das war ich, Herr Heidn, ich...
Heidn	Sie? Sie scheinen über reichlich Fantasie zu verfügen.
Achgott	Stimmt: Kreativität ist eine meiner Stärken.
Heidn	Schön für Sie.
Achgott	Und Sie haben mir für meinen Rat eine Zwanzigfrankennote in die Hand gedrückt.
Heidn	Kann schon sein: Ich war viel zu oft zu freigebig.
Achgott	Das ist doch eine positive Eigenschaft, die ich sehr an Ihnen schätze...
Heidn	Sie vielleicht schon – ich aber nicht...
Achgott	Schade-schade.
Heidn	Das geht ins Geld, wissen Sie: An jeder Ecke, überall lauern sie und wollen einen «Stutz» oder mehr...
Achgott	Aber die meisten tun dies aus einer Notlage heraus...
Heidn	Kann schon sein – nicht aber jener Typ, der mir in der Bahnhofunterführung drei pseudo-religiöse Bücher für zwanzig Franken andrehte.
Achgott	Sehen Sie!
Heidn	Was?
Achgott	Um Ihr Gedächtnis ist es doch nicht so schlecht bestellt!
Heidn	Warum?
Achgott	Dass Sie sich an diesen Typen erinnern!
Heidn	Und?
Achgott	Das war ich! Dieser Typ war ich.

Achgott drei

Heidn	Ich erklär Ihnen gern das mit dem Selfie.
Achgott	Ja, bitte. Was braucht's denn dazu?
Heidn	Zuerst mal ein Handy! Sie haben doch eins, oder nicht?
Achgott	Ehrlich gesagt: Nein! Normalerweise verzichte ich auf technische Dinge.
Heidn	Aber heutzutage hat doch jeder und jede ein Handy.
Achgott	Wozu denn? Ich wüsste nicht, wozu…
Heidn	Zum Telefonieren, um SMS zu schreiben, WhatsApp, Telegram, zum Abrufen der News…
Achgott	Eine vielseitige Verwendung also!
Heidn	Ja, das ist aber längst nicht alles! Mein Sohn könnte Ihnen alles viel besser erklären.
Achgott	Ich kenne Ihren Sohn.
Heidn	Sie kennen meinen Sohn?
Achgott	Ja natürlich! – Nur von seiner besten Seite!
Heidn	Woher kennen Sie meinen Sohn denn? Das hätte ich nicht für möglich gehalten!
Achgott	Schade, Herr Heiden, wirklich schade.
Heidn	Wie meinen Sie das?
Achgott	Ach, nur so… Wie ist das jetzt mit dem Selfie?
Heidn	„Selfie" kommt von „selbst" – myself, herself, yourself - und ist die Bezeichnung für eine Selbstaufnahme – mit einem Handy oder Natel respektive Smartphone.
Achgott	All diese technischen Begriffe – da habe ich manchmal echt Mühe.
Heidn	Können Sie denn Englisch?
Achgott	Oh ja: Ich kann mich in allen Sprachen unterhalten.
Heidn	Dann werden Sie auch keine Mühe haben, all die Bezeichnungen, die ja fast alle aus dem Englischen stammen, zu verstehen.
Achgott	Ja, da haben Sie recht.
Heidn	Wenn Sie kein Handy haben, nehmen wir einfach meins.
Achgott	Ja gern.
Heidn	Ich mach mal eins von mir – so – dann per Touchscreen auf

	den Knopf drücken – so – und schon haben wir ein Selfie, nämlich meins. Hier, schauen Sie!
Achgott	Toll! Und was machen Sie damit?
Heidn	Ich könnte es meinem Sohn oder meiner Tochter schicken oder einfach archivieren oder wieder löschen.
Achgott	Toll! Dann haben Sie sicher eine ganze Menge solcher Selfies!
Heidn	Nicht wirklich! Es gibt viele Leute, vor allem Junge, die haben Tausende – Tausende!
Achgott	Und wozu verwenden sie die?
Heidn	Keine Ahnung… einfach zum Spass… weil sie sich toll finden… um anzugeben… um andern eine Freude zu machen…
Achgott	Selfies gehören sozusagen zum heutigen Leben?
Heidn	Sie sagen es! – Machen Sie nun eins von sich selbst, bitte.
Achgott	Ok! Aber ich glaube nicht, dass es bei mir funktioniert.
Heidn	Das ist ein neues Huawei! Keine Angst: Das funktioniert in jedem Fall.
Achgott	Ein was?
Heidn	Huawei, ein chinesisches.
Achgott	Aha.
Heidn	So – hier nehmen Sie – und jetzt den Arm ausstrecken – und lachen oder wenigstens lächeln – und abdrücken…!
Achgott	Ich fürchte, es hat nicht geklappt…
Heidn	Zeigen Sie mal! – Tatsächlich! – Merkwürdig! – Äusserst merkwürdig!
Achgott	Finden Sie?
Heidn	Das habe ich noch nie erlebt…
Achgott	Das kann doch passieren! Da gibt es sicher eine plausible Erklärung…
Heidn	Komisch-komisch. – Machen wir ein Selfie zu zweit, Herr …?
Achgott	… Gott – oder für Sie, Herr Heidn: Achgott…
Heidn	Herr Achgott! Wenn Sie einverstanden sind, machen wir also zusammen eins – dann kann wirklich nichts schiefgehen…
Achgott	Versuchen können wir's ja. Aber Sie müssen das Handy halten und abdrücken – vielleicht liegt's ja an mir, meinen Fingern, meinen fehlenden technischen Kenntnissen, meiner Ungeschicklichkeit…

Heidn	So, Herr Achgott, jetzt lächeln –
Achgott	Warum drücken Sie denn nicht ab, Herr Heidn?
Heidn	Weil – weil – sehen Sie denn nicht, dass Sie gar nicht drauf sind?
Achgott	Doch, schon. Aber ich sagte Ihnen schon im Voraus, dass es nicht funktionieren könnte…
Heidn	Seltsam, sehr seltsam… Da kommt mir doch gleich der berühmte Zauberer…
Achgott	Sie meinen David Copperfield?
Heidn	Genau! Der kommt mir da in den Sinn, der mal die Freiheitsstatue verschwinden liess, die Chinesische Mauer durchschritt, fliegen und andere unglaubliche Zauberkunststücke vollbringen konnte.
Achgott	Aber, Herr Heidn! Diesen grossartigen Zauberer können Sie doch nicht mit mir vergleichen…
Heidn	Stimmt schon, Herr Achgott, aber seltsam ist es trotzdem, wirklich seltsam…

Achgott vier

Achgott	Entschuldigen Sie...
Heidn	Ja, bitte?
Achgott	Ich suche hier am Ort eine schöne Stelle.
Heidn	Als was denn?
Achgott	Nein-nein, ich meine einen schönen Fleck Erde.
Heidn	Aha! Innerhalb oder ausserhalb der Wohnquartiere?
Achgott	Sowohl als auch...
Heidn	Ich wohne ja noch nicht so lange hier – vielleicht fragen Sie besser eine einheimische Person...
Achgott	Fühlen Sie sich denn hier noch nicht heimisch?
Heidn	Doch-doch! Meine Kinder wohnen ja hier!
Achgott	Interessant! Sie fühlen sich also dort zu Hause, wo Ihre Kinder sind?
Heidn	Natürlich! Sie etwa nicht?
Achgott	Schon, ja. Es kommt aber immer drauf an...
Heidn	Worauf denn?
Achgott	Auf die Umstände, auf die Umstände!
Heidn	Ich verstehe... Ich zum Beispiel lebe mit meinem Sohn zusammen in einer Dachwohnung.
Achgott	Und Sie fühlen sich wohl dort?
Heidn	Warum fragen Sie? Sollte es nicht?
Achgott	Doch-doch. Es gibt einfach auch andere Beispiele.
Heidn	Wo und wie wohnen Sie denn?
Achgott	Überall und nirgendwo.
Heidn	Und wie?
Achgott	Schwer zu beschreiben. Eigentlich möchte ich mich mit Ihnen über Sie und Ihre Situation sprechen.
Heidn	Aus welchem Grund? Was geht Sie das an?
Achgott	Ein Mix aus Interesse, Mit-, Pflicht- und Verantwortungsgefühl.
Heidn	Wir haben uns rein zufällig getroffen, ich kenne Sie nicht, Sie mich nicht – was haben Sie denn für ein Interesse, mit mir über mein Leben sprechen zu wollen?

19

Achgott	So quasi ein berufliches.
Heidn	Sind Sie Psychologe, Psychiater, Soziologe oder Pädagoge?
Achgott	Sie erkennen mich nicht?
Heidn	Nein – nicht im geringsten. Sollte ich?
Achgott	Wünschenswert wäre es. Beschäftigen Sie sich denn nie mit Lebensfragen?
Heidn	Doch, oft sogar. Ich schreibe Gedichte.
Achgott	Das ist gut – sehr gut sogar. Welche Art von Gedichten verfassen Sie denn?
Heidn	Was mir gerade einfällt. Interessieren Sie sich denn auch dafür?
Achgott	Gewiss: Gedichte können in konzentrierter Form extrem viel beinhalten und ausdrücken.
Heidn	Genau deshalb schreibe ich sie ja. Sie nicht?
Achgott	Nein-nein. Es reicht mir, was über mich geschrieben wird.
Heidn	Über Sie wird geschrieben?
Achgott	Sehr viel sogar – und extrem kontrovers.
Heidn	Da bin ich aber gespannt.
Achgott	Auch Sie haben schon Gedichte verfasst über mich.
Heidn	Ich?
Achgott	Ja, Sie.
Heidn	Woher wollen Sie das wissen? Ich habe praktisch nichts publiziert – noch nicht.
Achgott	Sie wollen also Ihre Gedichtsammlung veröffentlichen?
Heidn	Ich denke schon.
Achgott	Tun Sie das, tun Sie das!
Heidn	Was für ein Interesse hätten Sie denn, wenn ich das täte?
Achgott	Die meisten Ihrer Texte finde ich gut – deshalb möchte ich Sie ermuntern, diese zu publizieren.
Heidn	Wie soll ich Ihnen das abnehmen! Sie kommen daher, fragen mich nach einer schönen Stelle und schlagen mir vor, meine Gedichte in Buchform drucken zu lassen.
Achgott	Sie können sie natürlich auch als E-Book veröffentlichen.
Heidn	Sind Sie Verleger? Können Sie sich für mich einsetzen?
Achgott	Nein, Verleger bin ich nicht. Aber dass ich mich gern für Sie einsetze, das ist Ihnen doch klar?
Heidn	Wie soll mir das klar sein, wenn ich Ihnen kaum glaube, was Sie mir eben erzählt haben?
Achgott	Tun Sie's einfach!

20

Heidn	Wissen Sie, aufgrund verschiedenster Erfahrungen bin ich ziemlich misstrauisch geworden.
Achgott	Das kann ich nachvollziehen – vor allem, wenn ich an jene Sache mit jener Frau denke, die Sie um rund 3000 Franken betrogen hat.
Heidn	Das wissen Sie? Woher denn?
Achgott	Die falsche Quittung mit falscher Unterschrift und falschem Namen befindet sich noch heute in Ihrem ungeordneten und unübersichtlichen Archiv.
Heidn	Mein Gott – wer sind Sie eigentlich?
Achgott	Aber-aber, Herr Heidn... Erkennen Sie mich denn nicht? Ich bin doch jener Herr, den Sie fast mehrmals täglich aufrufen...
Heidn	Ich versichere Ihnen, ich kenne Sie nicht – respektive ich glaube nicht, Sie zu kennen. Wissen Sie, meine Mutter litt an Alzheimer und manchmal habe ich tatsächlich das Gefühl, auch ich...
Achgott	Seien Sie unbesorgt: Das wird sich herausstellen, sobald der richtige Zeitpunkt gekommen ist...
Heidn	Aber bitte, Ihr Name! Es ist mir äusserst peinlich, zugeben zu müssen, dass ich Sie wirklich nicht kenne, obwohl Sie sehr gut zu wissen scheinen, wer ich bin...
Achgott	Das muss Ihnen gar nicht peinlich sein... den meisten Menschen geht's so wie Ihnen.
Heidn	Das ist ja doch einigermassen beruhigend. Sehen Sie, innerhalb einer einzigen Woche ist es mir dreimal passiert, dass mich Leute mit meinem Vornamen angesprochen haben – und ich hatte keine Ahnung, wie diese Leute heissen.
Achgott	Nehmen Sie das nicht zu ernst. Immerhin haben Sie die Leute erkannt, das heisst, Sie wussten, wer sie waren und unter welchen Umständen sie Ihnen jeweils begegnet sind, nur ihre Namen wussten Sie nicht – genau so, wie Ihnen mein Name entfallen ist.
Heidn	Nicht ganz, mein Herr, nicht ganz. Sie kommen mir zwar bekannt vor, aber Sie erkenne ich, so sehr ich mich auch anstrenge und so leid es mir auch tut, eindeutig nicht.
Achgott	Das hängt damit zusammen, dass Ihnen Namen, so wie mir selbst auch, nicht so wichtig sind.
Heidn	Da gebe ich Ihnen Recht: Wer während 40 Schuljahren acht

	Regulas, zwölf Cornelias, neun Yvonnes, sechs Erichs und dreizehn Michaels unterrichtet hat, relativiert automatisch die Bedeutung der Vornamen...
Achgott	Wichtig ist ja der Mensch, das Individuum, die Persönlichkeit, das, was ein Mensch aus sich macht, aus seinen Begabungen, Talenten – aus seinem Leben...
Heidn	Genau – und deshalb schreibe ich Gedichte und andere Texte.
Achgott	Und deshalb rate ich Ihnen, diese zu publizieren. Verstehen Sie mich nicht falsch: Ich will mich nicht in Ihr Leben einmischen – es juckt mich einfach manchmal, ein sanftes Steinchen zu werfen...
Heidn	Ein sanftes Steinchen? Was soll das denn? Das ist also nicht das erste Mal?
Achgott	Nein – Sie liegen mir am Herzen! – Das allererste Mal, als ich Ihnen etwas Wichtiges mitteilen wollte, war so etwa vor 65 Jahren, als ich Sie mit diesem grün bedruckten Büchlein mit dem Titel „Der zerbrochene Spiegel" etwas aufrütteln wollte...
Heidn	Was?
Achgott	Sie erinnern sich?
Heidn	Jetzt wo Sie's erwähnen:... Da hatte ich ein Dèja-vu, das nachher zweimal komplett mein Leben veränderte – trotz Ihrer Warnung respektive Ihres „sanften Steinchens"...
Achgott	Den Willen kann und will ich nicht beeinflussen: Jeder Mensch ist frei...
Heidn	Aber nur theoretisch, nur theoretisch!
Achgott	Leider, Herr Heidn, muss ich nun unser Gespräch beenden. Die Stelle hier am Fluss gefällt mir übrigens ausgesprochen gut: Ich wollte Sie ja schliesslich hier treffen.
Heidn	Schade, dass Sie schon gehen müssen, gerade jetzt, wo es wirklich interessant geworden wäre.
Achgott	Stimmt. Haben Sie noch ein Anliegen, einen Wunsch?
Heidn	Ja sicher: Um Ihnen glauben zu können, brauche ich irgendeinen Beweis.
Achgott	Das von mir erwähnte Büchlein, die betrügerische Quittung und der Hinweis auf Ihre Gedichte sind Ihnen nicht Beweis genug?
Heidn	Nein, sorry.

Achgott	Ihr Wunsch also?
Heidn	Zitieren Sie eines meiner Gedichte!
Achgott	Mit Vergnügen:

«so nahm ich
meine hände
und führte
mich
bis an mein lebensende
auch ohne
dich

auch
ohne dich»

Achgott fünf

Heidn	Achgott, ist das mühsam!
Achgott	Guten Tag, Herr Heidn! Sie haben mich gerufen?
Heidn	Ach, Sie schon wieder!
Achgott	Bin ich Ihnen denn lästig?
Heidn	Nein-nein! Ich bin einfach… überrascht!
Achgott	Dann geht's Ihnen wie mir – so oft, wie Sie mich anrufen, ist es mir gar nicht möglich, zu erscheinen – ich habe schliesslich noch andere Aufgaben.
Heidn	Sie brauchen auch wirklich nicht zu kommen, ausser im Notfall natürlich.
Achgott	Wie definieren Sie denn so einen Notfall? Handelt es sich denn heute um so einen?
Heidn	Nein, eigentlich handelt es sich praktisch nie um eine Notlage – es sind ja immer nur Kleinigkeiten, die mich dazu bringen, „Achgott" zu sagen…
Achgott	Ehrlich gesagt, Herr Heidn, finde ich das richtig toll, dass Sie auch bei Kleinigkeiten an mich denken – und nicht nur dann, wenn es um Leben und Tod geht. Heutzutage gibt es viele Menschen, die erst dann, wenn sie nicht mehr anders können, daran denken, dass es mich gibt.
Heidn	Ehrlich gesagt, Herr Achgott, gehöre ich auch zu denen… Denn, obwohl Sie hier leibhaftig vor mir stehen, bezweifle ich, dass es Sie gibt. Sorry, ich wollte Sie damit nicht beleidigen…
Achgott	Ja, so ergeht es mir sehr oft: Viele Menschen erkennen leider erst am Schluss ihres Lebens die Wahrheit – wenn überhaupt. Und ich kann Ihnen sagen, dass ich mich wirklich um jede einzelne Person sehr bemühe.
Heidn	Ist das denn nicht frustrierend? Sie betreiben unendlich viel Aufwand zur Verbreitung der Wahrheit und nur ganz wenige sind in der Lage, diese zu erkennen…
Achgott	Sehen Sie: Ihre Frage zeigt mir, dass Sie tatsächlich noch etwas Mühe mit dem Sinn des Menschseins haben.

Heidn	Dessen bin ich mir auch völlig bewusst, was mir aber immerhin das Gefühl gibt, auf dem richtigen Weg zu sein.
Achgott	Als Ihr Achgott kann ich das durchaus bestätigen, Herr Heidn.
Heidn	Wenn Sie schon mal hier sind, Herr Achgott: Darf ich Sie um einen Rat bitten?
Achgott	Nur zu, Herr Heidn, nur zu! Dazu bin ich ja da…
Heidn	Also: Ich wüsste gerne, ob ich noch einmal eine Partnerin suchen soll oder nicht – in meinem Alter…
Achgott	Die Antwort auf Ihre Frage kann ich Ihnen nicht geben, diese Frage können nur Sie selbst beantworten. Doch kann ich Ihnen eventuell helfen, die richtigen Fragen zu stellen.
Heidn	Welche denn?
Achgott	Wären Sie denn für eine neue Partnerschaft bereit?
Heidn	Keine Ahnung – um das herauszufinden, geht es ja.
Achgott	Wissen Sie das denn nicht?
Heidn	Nein.
Achgott	Und Ihr Bauchgefühl sagt Ihnen dazu auch nichts?
Heidn	Nein.
Achgott	Wären Sie denn bereit, für eine neue Partnerschaft Ihr momentanes Leben grundlegend zu ändern?
Heidn	Nein.
Achgott	Fühlen Sie sich denn oft einsam?
Heidn	Nein.
Achgott	Haben Sie denn Sehnsucht nach Nähe, Liebe, Zuneigung, Zärtlichkeit?
Heidn	Nein.
Achgott	Suchen Sie nach einer Person, die Ihnen hilft, die Haushalts- und alle übrigen Arbeiten zu erledigen?
Heidn	Nein.
Achgott	Wären Sie denn dazu bereit, sich der neuen Partnerin anzupassen, Rücksicht zu nehmen auf deren Bedürfnisse, Gewohnheiten, Ansichten, Charaktereigenschaften?
Heidn	Nein
Achgott	Würden Sie sich denn bei Ihren eigenen Bedürfnissen so weit einschränken, dass eine neue Partnerin genügend Platz, Freiheiten und Gestaltungsmöglichkeiten hätte, sich mit Ihnen zusammen ein neues, gemeinsames Leben aufzubauen?

Heidn	Nein.
Achgott	Wären Sie bereit, für eine neue Partnerschaft einen Teil Ihrer momentanen Unabhängigkeit aufzugeben?
Heidn	Nein.
Achgott	Hätten Sie denn bei Ihrer jetzigen Wohnsituation Platz für eine weitere Wohnpartnerin?
Heidn	Nein.
Achgott	Würden Sie denn eine Fernbeziehung bevorzugen?
Heidn	Nein
Achgott	Vermissen Sie in Ihrem jetzigen Leben wichtige Elemente, die nur mithilfe einer neuen Partnerschaft realisiert werden könnten?
Heidn	Nein.
Achgott	Möchten Sie mit einer neuen Partnerin möglichst vieles unternehmen wie Ferienreisen, Theater-, Kino-, Museums- besuche, Minigolf-, Wander-, Sport-, Musik, Tanz- Schwimm- und Spielaktivitäten?
Heidn	Nein.
Achgott	Vermissen Sie eine gemeinsame Bettpartnerin?
Heidn	Nein.
Achgott	Frühstückspartnerin?
Heidn	Nein.
Achgott	Einkaufspartnerin?
Heidn	Nein.
Achgott	Beifahrerin?
Heidn	Nein.
Achgott	Beischläferin?
Heidn	Nein.
Achgott	Würden Sie sie denn eventuell heiraten wollen?
Heidn	Nein.
Achgott	So – mein Fragekatalog ist erschöpft – ich habe keine weiteren Fragen.
Heidn	Und welchen Rat erteilen Sie mir?
Achgott	Wie gesagt: Ich darf und kann Ihnen in Liebesdingen keine Ratschläge erteilen.
Heidn	Aber wenigstens eine Empfehlung?

Achgott sechs

Heidn	Entschuldigen Sie bitte…
Achgott	Ja?
Heidn	Darf ich Sie etwas fragen?
Achgott	Aber natürlich – Wie lautet sie denn, Ihre Frage?
Heidn	Kennen wir uns?
Achgott	Das ist eine schwierige Frage – eine wirklich schwierige…
Heidn	Wie meinen Sie das?
Achgott	Wie ich es sage – wie ich es sage…
Heidn	Was soll daran schwierig sein? Gut – ich habe das Gefühl, wir hätten uns schon mal gesehen, wären uns schon mal begegnet…
Achgott	Das ist gut möglich – Ich kenne Sie schon, wenn Sie mit «uns» «einander» meinen: Sie sind ja eine ziemlich bekannte Persönlichkeit, engagiert, Politiker…
Heidn	Dann habe ich mich also nicht getäuscht: Sie kennen mich, ich aber Sie nicht – und trotzdem…
Achgott	Trotzdem?
Heidn	Irgendwie, irgendwann, irgendwo… Vielleicht im Militär?
Achgott	Ich verabscheue alle Formen von Gewalt, speziell die uniformierte…
Heidn	Schule? Weiterbildung? Universität?
Achgott	Bildung ist extrem wichtig – ohne Bildung…
Heidn	Sport? Leichtathletik? Volleyball?
Achgott	Ja – Bewegung ist ebenfalls von grosser Bedeutung…
Heidn	Politik? Politische Veranstaltungen? Wahlen?
Achgott	Von allergrösster Wichtigkeit – viiiel wichtiger als alle Religionen zusammen!
Heidn	Dem stimme ich zu! Politik ist die Basis des Zusammenlebens, jeder Zivilisation, jeder Kultur… Menschliche, gerechte, soziale Politik meine ich…
Achgott	Göttliche?
Heidn	Nein-nein – Gott und Politik, das geht nicht zusammen…
Achgott	Müsste aber…

Heidn	Müsste schon, nur hat das kaum je funktioniert! Damit wurde und wird reinste Machtpolitik betrieben! Allmachtspolitik: Gott der Allmächtige…
Achgott	Ja, das ist eine falsche Vorstellung respektive Definition.
Heidn	Sie sagen es! Im Namen des Allmächtigen wurden schon Millionen Menschen umgebracht, massakriert, wurden ganze Völker ausgerottet, Millionen erschossen, erhängt – die furchtbarsten Kriege waren Religions- oder ideologische Kriege, denn jede Ideologie ist ja auch eine Form von Religion…
Achgott	Sie wissen gar nicht, wie mich das trifft – aber es entspricht leider der Wahrheit, was Sie da sagen…
Heidn	Und wenn man «Gott» mit «Liebe» gleichsetzt und das mit dem vergleicht, was die Menschen daraus gemacht haben, dann müssten eigentlich Gott und Hass identisch sein…
Achgott	Äusserst provokativ formuliert…
Heidn	Falls es überhaupt einen Gott gibt – was ich bezweifle – und wenn schon, dann wünschte ich mir eine Göttin und keinen Gott…
Achgott	Tatsächlich? Einer Ihrer häufigsten Ausdrücke ist doch «Achgott», wenn ich mich nicht irre…
Heidn	Wie kommen Sie denn darauf? Ich kenne viele, die diesen Begriff verwenden, ohne sich dabei etwas zu denken…
Achgott	Stimmt: Meingott, Gotthard, Gottlett und Antergott sind weitere, ebenfalls häufig vorkommende…
Heidn	Ja, aber Sie haben recht: Oft sage ich, wenn etwas schief läuft – und mag es noch so nichtig sein – «Achgott»…
Achgott	Und nicht «Achgöttin», wie Sie eigentlich sollten.
Heidn	Stimmt – aber das hat mit meiner Erziehung, der Kindheit, der Sonntagsschule zu tun…
Achgott	Sonntagsschule?
Heidn	Ja – damals hatten wir nicht nur am Samstag, sondern auch noch am Sonntag Schule – freiwilligen religiösen Unterricht, erteilt von freiwilligen Sonntagsschullehrerinnen und -lehrern…
Achgott	War das nicht schlimm?
Heidn	Nein, es war ja freiwillig! Ich ging gern zur Schule und deshalb auch in die Sonntagsschule, obwohl es da keine Prü-

	fungen gab.
Achgott	Was wurde denn unterrichtet?
Heidn	Biblische Geschichten und christliche Lieder…
Achgott	Tönt nicht gerade unterhaltsam…
Heidn	Doch-doch – damals gab's weder Fernsehen noch Handys noch Computerspiele – da hatten die Kinder viel mehr Freizeit und viel weniger Stress…
Achgott	Erinnern Sie sich denn noch an einige der Lieder, die Sie damals gesungen haben?
Heidn	Aber natürlich: Gottistdieliebe, Weisstduwievielsternlein-stehen, Sonimmdennmeinehände undsoweiter.
Achgott	Und diese Lieder bedeuten Ihnen heute nichts mehr?
Heidn	Nein, nein – ich könnte niemals mehr eines dieser Lieder singen.
Achgott	Schlimm! Und warum nicht?
Heidn	Ich hab mal ein Buch gelesen mit dem Titel «Gottesver-giftung». Das trifft den Nagel ziemlich auf den Kopf.
Achgott	Wenn ich mich in Sie versetze, dann kann ich Sie sogar verstehen – auf eine gewisse Weise.
Heidn	Wer die reale Realität mit diesen Liedtexten vergleicht, muss doch einsehen, dass sie genau das Gegenteil dessen vorgaukeln, was in Wirklichkeit auf unserem Planeten ab-geht!
Achgott	Was bedeutet, Religion sei das Opium des Volkes?
Heidn	Ja-klar! Aber die damalige Religion hat in der westlichen Welt praktisch keine Bedeutung mehr – heute geht's nur noch ums Abkassieren…
Achgott	Sie meinen um den Tanz ums goldene Kalb?
Heidn	Ja genau! Die Kluft zwischen Arm und Reich wird immer gigantischer, das Tempo dieser Kluftvergrösserung nimmt täglich zu, ist rasend – wir steuern auf eine Katastrophe zu…
Achgott	Sie malen schwarz, zu schwarz in meinen Augen…
Heidn	Sehen Sie die Flüchtlingskrise! Millionen von Vertriebenen, Millionen von Hungernden, Verwundeten, von Menschen, die ums nackte Überleben kämpfen!
Achgott	Aber Frau Merkel…
Heidn	Sie war eine tolle Politikerin – ich bewunderte ihren Mut, ihre Beharrlichkeit, ihre Unnachgiebigkeit!

Achgott	Sehen Sie – Sie sollten die Hoffnung nicht aufgeben!
Heidn	Ja schon – aber wenn ich sehe, wie die Milliardäre ihren Reichtum zelebrieren und wie die Politik, die Öffentlichkeit, die zivilisierte Gesellschaft diesen zur Schau getragenen Reichtum der Superreichen bewundert, in Schutz nimmt, vergöttert, anbetet, dann ist meine Hoffnung auf Besserung am Schrumpfen...
Achgott	Aber Sie kennen doch die Zauberworte «Glaube, Liebe, Hoffnung»?
Heidn	Ja natürlich – aber für mich haben sie schon lange ihren Zauber verloren...
Achgott	Das hat aber in erster Linie mit Ihrer privaten Geschichte zu tun, nehme ich an...
Heidn	Das glaube ich eigentlich auch...
Achgott	Und eigentlich sprachen Sie mich deshalb an und wollten mich um Rat bitten...
Heidn	Ja, stimmt, aber...
Achgott	Leider muss ich jetzt – ich habe noch andere, dringendere Termine. Es hat mich sehr gefreut, mit Ihnen gesprochen zu haben!
Heidn	Mich auch, mich auch...
Achgott	Also dann: Auf Wiedersehen!
Heidn	Auf Wiedersehen – und danke, Herr...
Achgott	...Achgott.
Heidn	Ach... Wie?... Achgott nochmal!

Achgott sieben

Heidn	Achgott nochmal!
Achgott	Kann ich Ihnen helfen?
Heidn	Neinnein – es geht schon…
Achgott	Ich hätte Ihnen aber gern geholfen.
Heidn	Kennen Sie sich denn aus?
Achgott	Ja gewiss.
Heidn	Auch beim Huawei-Smartphone?
Achgott	Ja, ich denke schon. Was ist denn Ihr Problem?
Heidn	Das Handy ist das Problem, das Smartphone!
Achgott	Dieses Ding wird Ihnen ja wohl kaum Probleme machen…
Heidn	Doch, leider schon.
Achgott	Inwiefern denn?
Heidn	Manchmal macht es sich selbständig – was heisst da manchmal…
Achgott	Läuft es Ihnen weg oder wie?
Heidn	Nein, natürlich nicht, es ist ja kein Roboter.
Achgott	Aber?
Heidn	Manchmal ruft es andere Leute an, ohne dass ich das will.
Achgott	Ziemlich peinlich, nehme ich an.
Heidn	Ja sicher. Einmal telefonierte es einem Journalisten um vier Uhr morgens.
Achgott	Und?
Heidn	Ich war erwacht und wollte auf dem Handy nach der Uhrzeit schauen und schon stellte es die Nummer dieses Reporters ein.
Achgott	Konnten Sie den Anruf nicht stoppen?
Heidn	Eben nicht - ich war noch nicht ganz wach und merkte gar nicht, was geschah. Erst als eine Stimme fragte, was denn los sei, bemerkte ich, dass das Handy eine Verbindung hergestellt hatte - morgens um vier…
Achgott	Wie reagierte denn der Journalist?
Heidn	Oh, der nahm's ziemlich cool und meinte, so etwas Ähnliches sei ihm auch schon passiert…

Achgott	Und weshalb haben Sie mich denn vorhin gerufen? Auch ein Fehlanruf?
Heidn	Nein-nein. Oft berührt man das Handy an der falschen Stelle, drückt zu lange oder zu ungenau und schon macht es etwas, was man gar nicht wollte.
Achgott	Um was ging es denn?
Heidn	Um eine SMS an eine Kollegin – ich wollte es noch verbessern und umformulieren vor dem Abschicken, aber da habe ich irgendwie eine falsche Stelle berührt und schon war es weg…
Achgott	Peinlich?
Heidn	Nein, ärgerlich. Sie ist etwas pingelig und relativ schnell eingeschnappt. Eine Kleinigkeit und schon ist sie missgestimmt.
Achgott	Aber Sie sind ja nicht eng befreundet. Ob sie nun missgestimmt ist oder nicht, sollte für Sie keine allzu grosse Rolle spielen, oder nicht?
Heidn	Ja schon – trotzdem möchte ich, dass unser Verhältnis, möglichst harmonisch und ungetrübt ist.
Achgott	Verstehe – und da ärgerten Sie sich über Ihr Handy…
Heidn	Ja eben – sorry, dass ich Sie deswegen gerufen beziehungsweise belästigt habe.
Achgott	Dafür bin ich ja da, wie Sie wissen. Dafür und für alles andere.
Heidn	Auch für Kleinigkeiten wie meine?
Achgott	Sie glauben gar nicht, was da alles abgeht: Für beinahe alles werde ich verantwortlich gemacht…
Heidn	Daran sind Sie wohl nicht ganz unschuldig…
Achgott	Wie meinen Sie das?
Heidn	Hunderte von Religionen und Sekten wurden in Ihrem Namen gegründet, Milliarden von Menschen verehren Sie, beten Sie an, glauben an Sie, machen Sie für alles und jedes verantwortlich, für jede Katastrophe, aber auch für jede noch so winzige Winzigkeit…
Achgott	Sie haben recht – und das macht mir zu schaffen: Das wollte ich gar nicht, nie im Leben – ich bin auch nur ein Mensch…
Heidn	Jetzt untertreiben Sie nicht! Sie haben alle Macht der Welt, das Gute zu fördern und das Böse zu besiegen – Sie sind ja

	schliesslich der Inbegriff des Guten und Positiven, der Liebe, der Wärme, des Lichts, der Hoffnung undsoweiter...
Achgott	Meinen Sie, das sei einfach, derartige Erwartungen nicht erfüllen zu können?
Heidn	Ihre Möglichkeiten sind doch grenzenlos: Sie kennen weder Zeit noch Raum, sind allgegenwärtig, können überall jederzeit eingreifen, Böses abwenden, Gutes tun...
Achgott	Ich bin kein Superman, falls Sie mich mit so einer Figur verwechseln sollten.
Heidn	Weiss ich doch, weiss ich doch: Ehrlich gesagt, ich glaube weder an Sie noch an Ihre Existenz noch an Ihre Religionen, die Sie in die Welt gesetzt haben.
Achgott	Das überrascht mich jetzt schon ein bisschen: Ich stehe hier leibhaftig vor Ihnen, diskutiere mit Ihnen, höre Ihnen zu, bin jederzeit da, wenn Sie mich mit Ihrem «Achgott» gerufen haben, das heisst mehrmals täglich – und Sie negieren meine Existenz?
Heidn	Ja und nein. Sie sind eine virtuelle, eine künstliche Figur, die gebraucht wird zur Bekämpfung des Bösen, des Negativen auf dieser Welt, des Furchtbaren – zur Abwendung des Untergangs, der der Menschheit bevorsteht, falls sie so weiterfährt wie bisher...
Achgott	Interessant-interessant...
Heidn	Und weil es Sie in der Realität nicht gibt, musste man Sie erfinden – musste ich Sie erfinden – um einen Gesprächspartner zu haben, der die Richtung vorgibt...
Achgott	Aha-aha...
Heidn	Aber wenn Sie schon da sind: Wie ist das jetzt mit meinem Handy? Was empfehlen Sie mir?
Achgott	Rufen Sie mich doch einfach das nächste Mal an, wenn Sie mich brauchen – hier ist meine Nummer, da bin ich fast immer erreichbar. Dann können wir uns via Whatsapp oder Teamspeak oder was-auch-immer unterhalten – rein virtuell, wenn Sie verstehen, was ich meine.

Achgott acht

Achgott	Auf diesem Weg möchten Sie also eine Frau kennenlernen?
Heidn	Ja – und nein.
Achgott	Sie haben sich ja angemeldet, bezahlen einige hundert Franken – also?
Heidn	Ich will eigentlich gar nicht – ich habe mich überreden lassen.
Achgott	Überreden? Von wem denn?
Heidn	Von einem Kollegen.
Achgott	Wie das?
Heidn	Er wollte mich dazu bringen, mich ebenfalls bei diesem Pardings anzumelden, da er das auch getan habe, es eine gute Sache sei und eine gute Freundin von ihm auf diesem Weg einen Mann gefunden habe.
Achgott	Einen richtigen Mann?
Heidn	Ja, einen Partner, Mann, Verlobten – was weiss ich…
Achgott	Und sofort haben Sie sich angemeldet…
Heidn	Nein, nicht – ich habe ja weder Lust noch Zeit…
Achgott	Meines Wissens haben Sie Zeit im Überfluss – daran kann's ja nicht liegen…
Heidn	Stimmt – aber ich habe null Interesse an einer neuen Beziehung!
Achgott	Also warum haben Sie sich denn angemeldet? Alle, die in solchen «Portalen» zu finden sind, wollen doch nur das Eine: Die Liebe fürs Leben – oder was davon übrig geblieben ist – finden.
Heidn	Ich-nicht, ich-nicht!
Achgott	Ja, sehen Sie: Das kann ich nun nicht verstehen, obwohl ich's versuche.
Heidn	Ich danke Ihnen, dass Sie mir zuhören und sich die Zeit nehmen, mir eventuell einen Rat zu erteilen, obwohl ich auch das eigentlich gar nicht möchte. Zuhören und eventuell Fragen stellen genügt mir vollkommen.

Achgott	Ich tue mein Bestes.
Heidn	Danke. Sehen Sie: Eine neue Beziehung möchte ich nie mehr eingehen – in meinem Alter. Von Beziehungen habe ich endgültig genug.
Achgott	Sagen Sie nie «nie», respektive vermeiden Sie absolut formulierte Grundsätze.
Heidn	Keine Belehrungen bitte – ich war vierzig Jahre lang Lehrer und habe definitiv genug von der Schule…
Achgott	Definitiv – absolut – endgültig: Meinen Sie das wirklich so?
Heidn	Ja klar, wenigstens im Moment.
Achgott	Aha. Kein Moment dauert ewig…
Heidn	Sie haben recht, ich sollte etwas vorsichtiger, realistischer, vernünftiger, sozialer sein.
Achgott	Sehen Sie? – Also?
Heidn	Ich sehe überhaupt nicht ein, warum ich mir eine neue Partnerin suchen sollte…
Achgott	Aus Liebe vielleicht, die Sie vermissen?
Heidn	Was ich vermisse, ist einzig die körperliche Liebe, wenn Sie verstehen, was ich meine.
Achgott	Sie meinen Sex, oder etwa nicht?
Heidn	Ok, Sex vermisse ich – aber auch nicht allzu sehr.
Achgott	Ja, das nehme ich an: Mit dem Alter nimmt auch die Libido ab, das Bedürfnis nach sexueller Erfüllung, nach Sex eben…
Heidn	Bei Ihnen ist das vielleicht so – bei mir jedenfalls nicht – noch nicht.
Achgott	Schön-schön. Sie verstehen, dass ich mich über mich – wenigstens was dieses Thema betrifft – nicht äussere.
Heidn	Das will ich auch gar nicht – weil mich das erstens nicht interessiert und zweitens nichts angeht…
Achgott	Aber über Ihre Sexualität zu reden – dazu sind Sie bereit?
Heidn	Nein, nicht, das geht auch Sie nichts an – das ist privat.
Achgott	Sie haben ja dieses Thema aufgegriffen, nicht ich. Sie können mir erzählen, was Sie wollen: Ich höre Ihnen gern, sehr gern zu.
Heidn	Ehrlich gesagt – das verwirrt mich jetzt doch etwas: Aus welchen Gründen sollten Sie sich für mich interessieren

	wollen, für mich und meine eventuellen Probleme?
Achgott	Vergessen Sie nicht: Sie verlangten nach mir, Sie wünschten und wollten das – Ihr Wunsch ist mir Befehl.
Heidn	Ja, wenn ich ehrlich – zu mir und zu Ihnen – bin, dann ist das schon so: Ich möchte Ihnen meine Situation darlegen und hoffe, dass sich daraus irgend etwas ergibt, eine Lösung oder wenigstens eine Art Ansatz dazu.
Achgott	Das finde ich sehr gut – so kommen Sie sicher weiter! Das kann ich Ihnen versichern – auch wenn ich keinen Rat erteilen werde, so wie Sie es möchten.
Heidn	Ich frage mich ja selbst, warum ich mich angemeldet habe. Eine neue Partnerin finden zu wollen, kann's jedenfalls nicht gewesen sein.
Achgott	Vergessen Sie Ihren Kollegen nicht: Er hat sie dazu gebracht – auf welche Weise auch immer.
Heidn	Ja, das ist wahrscheinlich die Kernfrage: Warum denkt er, dass ich eine neue Beziehung eingehen wolle?
Achgott	Haben Sie eine Vermutung?
Heidn	Nein, höchstens, dass er meint, ich würde vereinsamen oder wäre nicht mehr in der Lage, meinen Haushalt zu führen.
Achgott	Oder er macht sich Sorgen?
Heidn	Vielleicht. Dazu hat er aber sicher keinen Grund.
Achgott	Jedenfalls scheinen Sie ihm nicht egal zu sein.
Heidn	Das ist immerhin positiv. Obwohl: Ich käme sicher niemals auf die Idee, ihm einen derartigen Vorschlag zu machen.
Achgott	Und trotzdem haben Sie sich angemeldet – und erst noch für zwei Jahre!
Heidn	Aus Neugier, nehme ich an: Um meinen «Marktwert» kennenzulernen, um zu erfahren, ob ich überhaupt noch irgendeine Chance hätte…
Achgott	Und? Welche Erfahrungen haben Sie gemacht?
Heidn	Ja, welche? Was will ich eigentlich? Welche Wünsche und Vorstellungen habe ich – noch?
Achgott	Ja – welche?
Heidn	Ich fühle mich wesentlich jünger, als ich bin, also stelle ich

	mir eine neue Partnerin weniger alt vor, als ich bin.
Achgott	Das Alter ist also ein Faktor?
Heidn	Ja, ich denke schon – aber sicher nicht der entscheidende.
Achgott	Was ist denn noch wichtiger als das Alter?
Heidn	Vieles: Aussehen, d.h. sportlich müsste sie schon sein, Charakter, Intelligenz, Humor, ihr Lächeln, ihre Augen etc. etc.
Achgott	Haben Sie denn schon Kontakte geknüpft und potentielle Partnerinnen kennengelernt?
Heidn	Das mit dem Alter habe ich ausprobiert: Bei einer Differenz von zehn Jahren bekam ich rund 200 Vorschläge, bei einem Unterschied von null bis neun Jahren gegen dreitausend!
Achgott	Also eine riesige Auswahl!
Heidn	Ja, und wenn ich ganz auf eine Alterslimite verzichtete, waren es fast doppelt so viele...
Achgott	Und? Wen haben Sie denn ausgewählt?
Heidn	Ich habe schnell gemerkt, dass ich sehr anspruchsvoll bin, wahrscheinlich zu anspruchsvoll – weil ich in Wirklichkeit gar keine neue Beziehung möchte.
Achgott	Also kam es zu keinen «Dates»?
Heidn	«Dates» kann man das nicht nennen. Stets blieb es bei kurzen oder etwas längeren Chats – und schon bald verlor ich das Interesse, beantwortete nicht einmal mehr die Anfragen und öffnete auch die Webseite nicht mehr.
Achgott	Eine deprimierende Erfahrung – oder nicht?
Heidn	Nein, im Gegenteil: Eher befreiend. Ich will diesen Stress, eine neue Partnerin suchen zu wollen respektive zu müssen, nicht noch einmal auf mich nehmen – dafür ist mir meine verbleibende Lebenszeit zu schade.
Achgott	Aber die Liebe ist doch die zentrale Kraft, die Sonne, das Lebenselixier, das Ein und Alles, wie Sie wissen...
Heidn	Natürlich: Ich habe ja eigene Kinder, Geschwister, viele Kolleginnen und Kollegen, – ich habe ein erfülltes Leben auch ohne eine neue Partnerin.
Achgott	Klingt überzeugend, nachvollziehbar...
Heidn	Zudem habe ich noch Pläne und Projekte, die ich realisie-

	ren möchte und die viel Zeit beanspruchen, Zeit, die mir
	mit einer neuen Beziehung fehlen würde...
Achgott	Und? Pflegen Sie denn die vielen Verwandt- und Bekannt-
	schaften?
Heidn	Viel zu wenig! Viel zu wenig!
Achgott	Und? Was bedeutet das für Sie?
Heidn	Dass mir das nicht gleich bewusst geworden ist – hier sollte
	ich meine Zeit einsetzen, mich engagieren: Ich muss meine
	nahen Verwandten wieder mal respektive viel häufiger be-
	suchen – das ist ja das Wichtigste! Die Suche nach einer
	neuen Beziehung ist da reine Zeitverschwendung!
Achgott	Sind Sie sich da sicher?
Heidn	Definitiv!
Achgott	Absolut?
Heidn	Absolut!
Achgott	Total sicher?
Heidn	Definitiv-absolut-total!

Achgott neun

Achgott	Herr Heidn, um was handelt es sich denn diesmal?
Heidn	Ah – freut mich, Ihnen wieder mal zu begegnen!
Achgott	Ehrlich gesagt: Sie stellen meine unendliche Geduld schon etwas auf die Probe, wenn ich mich so ausdrücken darf, Herr Heidn.
Heidn	Ja, es tut mir ja leid – es geschieht einfach automatisch, dass ich Sie anrufe, ich kann eigentlich nichts dafür, ich kann diesen Ausruf kaum unterdrücken – aber es kommt doch schon viel weniger häufig vor als noch vor zwei, drei Jahren – stimmt doch, oder?
Achgott	Da haben Sie recht, Herr Heidn, da haben Sie recht. Wie haben Sie denn das hingekriegt, Herr Heidn, sich von mir zu emanzipieren?
Heidn	Sehen Sie: Seit ich pensioniert bin, vermeide ich möglichst jeden Stress… Jahrzehntelang – ja wirklich: Jahrzehntelang folgten sich stressige Situationen am laufenden Band, so dass ich Sie oft im Stundentakt aufrief. Heute kann ich mir so einen stressigen Alltag schon gar nicht mehr vorstellen!
Achgott	Da haben Sie aber echte Fortschritte gemacht – dazu kann ich Ihnen nur gratulieren!
Heidn	Dass ich mich viel seltener an Sie wende, hat eigentlich sehr wenig mit einer Verhaltensänderung zu tun als vielmehr mit meinem Alter: Ich bin ja – judihui – pensioniert und kann meinen Tag so gestalten, wie ich möchte. – Wie bewältigen Sie denn Ihren Stress, Herr Achgott, wenn ich Sie das überhaupt fragen darf?
Achgott	Fragen dürfen Sie mich, was Sie wollen, Herr Heidn, was Sie wollen – nur kann ich nicht alle Ihre Fragen beantworten – in den meisten Fällen müssen Sie das schon selber tun. Stellen Sie sich nur meine Arbeitsbelastung vor: 24 Stunden täglich – auch wenn mein Zeitbegriff ein völlig anderer als Ihrer ist – zuständig zu sein für Milliarden von

	Menschen, ist etwas, was Ihre Vorstellungskraft übersteigen dürfte, Herr Heidn, obwohl ich Ihre Fantasie und Ihr Vorstellungsvermögen als überdurchschnittlich beurteile. Das, was Sie unter «Stress» verstehen, kenne ich gar nicht – lediglich das Gegenteil davon – und das ist es denn eigentlich, was ich Ihnen und allen anderen mitgeben möchte: Entstressen Sie sich, beruhigen Sie sich, widmen Sie sich Ihren Gedanken, Ihren Nächsten, den Mitmenschen und der Liebe…

Heidn   Das haben Sie aber schön gesagt, obwohl es mich schon an einen Pfarrer erinnert – aber so sehen Sie ja nicht aus – nicht im entferntesten! Eher schon wie ein ernsthafter Clown, eine lustige Professorin, ein unbefangenes, fröhliches, naives Kind – wenn ich mir diese Vergleiche erlauben darf.

Achgott   Das haben Sie auch sehr schön erkannt, Herr Heidn – das schaffen nicht viele, auch die nicht – ehrlich gesagt – die sich in den Dienst einer Religion, Kirche oder Sekte stellen…

Heidn   Handeln und denken Sie eigentlich politisch? Bevorzugen Sie eine politische Partei? Demokraten oder Republikanerinnen? Sozialdemokratinnen oder Freisinnige?

Achgott   Sehen Sie: Wer sich in politischen Fragen auf mich beruft, hat manchmal recht – das ist aber die Ausnahme – womit ich Ihnen schon zuviel gesagt habe, so dass Sie das wieder vergessen müssen, Herr Heidn.

Heidn   Mach-ich, mach-ich.

Achgott   Nun zu Ihrem heutigen Problem, Herr Heidn?

Heidn   Die Kapseln, die ich heute gekauft habe, passen – Achgott! – nicht in die neue Kaffemaschine!

Achgott zehn

Heidn	Achgott! Sie schon wieder!
Achgott	Herr Heidn, ich wollte Sie nicht stören. Sagen Sie, wenn Sie gerade beschäftigt sind.
Heidn	Ich bin grundsätzlich immer beschäftigt.
Achgott	Womit denn?
Heidn	Mit diesem, allem und jedem.
Achgott	Das tönt nach Workaholic. Sind Sie einer?
Heidn	Nein.
Achgott	Ihre Antwort legt diese Vermutung nahe.
Heidn	Die Antwort ist: Ich mache nur, was mir Spass macht.
Achgott	Das ist natürlich etwas anderes.
Heidn	Anderes als was?
Achgott	Arbeit.
Heidn	Warum?
Achgott	Spass und Arbeit – vertragen sich nur schlecht.
Heidn	Nicht bei mir.
Achgott	Warum nicht?
Heidn	Weil ich nicht nach dem Motto lebe, zuerst die Arbeit, dann das Vergnügen.
Achgott	Sondern?
Heidn	Weil ich Vergnügen und Arbeit vereine, für mich beides das Gleiche ist: Spass.
Achgott	Dann müssen Sie sehr glücklich sein.
Heidn	Wie kommen Sie darauf?
Achgott	Wer nur Spass im Leben hat, muss glücklich sein.
Heidn	Ist aber nicht so.
Achgott	Sondern?
Heidn	Es gibt noch anderes als das Vergnügen, zu arbeiten.
Achgott	Das wäre?
Heidn	Das Nichtvergnügen, nicht zu arbeiten.
Achgott	Darunter leiden Sie?
Heidn	Wer sagt denn sowas?

Achgott	Ich interpretiere.
Heidn	Lassen Sie mich mit Ihren Interpretationen in Ruhe!
Achgott	Ich schlussfolgere.
Heidn	Und mit Ihren Schlussfolgerungen.
Achgott	Womit beschäftigen Sie sich denn gerade?
Heidn	Kunst.
Achgott	Kunst?
Heidn	Ja.
Achgott	Welcher Art Kunst?
Heidn	Fotografie, Bearbeitungen, Formen.
Achgott	Sujets?
Heidn	Verschiedene.
Achgott	Menschen? Tiere? Gegenstände?
Heidn	Alles, was mir vor die Linse kommt.
Achgott	Linse?
Heidn	Kamera, Handy, Smartphone.
Achgott	Aha.
Heidn	Was wollen Sie mir mit dieser Bemerkung mitteilen?
Achgott	Nichts – ich stelle nur fest: Aha.
Heidn	Und was stellen Sie fest?
Achgott	Sie machen Kunst.
Heidn	Echt?
Achgott	Es scheint so.
Heidn	Ist das abschätzig gemeint?
Achgott	Neutral.
Heidn	Wo bleibt Ihre Empathie?
Achgott	Die steckt in Ihnen.
Heidn	Wie meinen Sie das?
Achgott	Meine Empathie ist auch Ihre Empathie.
Heidn	So einfach ist das?
Achgott	Ja: Simpel und hoch kompliziert.
Heidn	Aha.
Achgott	Eigentlich wollte ich nur rasch vorbeikommen.
Heidn	Aha.
Achgott	Um zu sehen, wie's Ihnen geht.
Heidn	Und wie geht's mir?

Achgott   Es geht, wie's scheint.

Achgott elf

Heidn	Gotthold Ephraim Lessing.
Achgott	Hallo, Herr Heidn. Sie haben mich gerufen?
Heidn	Keineswegs.
Achgott	Sie haben meinen Namen genannt.
Heidn	Hab ich nicht.
Achgott	Doch: Gotthold habe ich vernommen.
Heidn	Achgott!
Achgott	Ja! Ich bin ja hier.
Heidn	Sie stören mich.
Achgott	Das möchte ich nicht.
Heidn	Tun Sie aber.
Achgott	Das tut mir leid, sehr sogar.
Heidn	Aber da Sie schon mal da sind: Wie geht es Ihnen?
Achgott	Ihre Frage rührt mich.
Heidn	Warum?
Achgott	Es erfüllt mich mit Freude, dass Sie sich für mich interessieren.
Heidn	Ich interessiere mich nicht für Sie – die Frage ist eher allgemein gemeint.
Achgott	Ich versteh Sie schon.
Heidn	Mich oder die Frage?
Achgott	Sie.
Heidn	Achgott! Mich verstehen Sie oder die Frage?
Achgott	Beide.
Heidn	Davon gehe ich aus.
Achgott	Wir reden manchmal aneinander vorbei.
Heidn	Sie sagen es.
Achgott	Was ist der Grund?
Heidn	Ich bin es nicht.
Achgott	Sondern?
Heidn	Sie!
Achgott	Ich?
Heidn	Ja, Sie.

Achgott	Fast hätte ich «Achgott» gesagt.
Heidn	Nicht nur fast.
Achgott	Beinahe?
Heidn	Sie haben nicht nur beinahe «Achgott» gesagt, sondern tatsächlich, wirklich, real.
Achgott	Fast hätte ich's schon wieder gesagt – Sie haben recht.
Heidn	So ist das nun mal: Ständig mischen Sie sich in mein Leben ein.
Achgott	Und das stört Sie?
Heidn	Sehr.
Achgott	Ich will mich aber nicht einmischen.
Heidn	Tun Sie aber.
Achgott	Jedesmal, wenn Sie mich anrufen, fühle ich mich verpflichtet.
Heidn	Sich einzumischen?
Achgott	Nein, mich zu erkundigen, worum es sich denn diesmal handelt.
Heidn	Aber heute nicht.
Achgott	Dann habe ich Sie falsch verstanden: «Gotthold» ist zwar ähnlich, aber nicht gleichbedeutend.
Heidn	Richtig.
Achgott	Wen meinten Sie denn mit «Gotthold»?
Heidn	Den, der gesagt hat, kein Mensch müsse müssen.
Achgott	Den – und nicht Ihren Onkel?
Heidn	Nein, nicht meinen Onkel.
Achgott	Dann habe ich mich also verhört.
Heidn	Ziemlich sicher.
Achgott	Tut mir leid.
Heidn	Macht doch nichts – manchmal tut eine Unterbrechung gut.
Achgott	Also fühlten Sie sich nicht gestört?
Heidn	Doch schon – aber immerhin habe ich wieder mal an meinen Onkel gedacht.
Achgott	Onkel Gotthold?
Heidn	Ja genau.
Achgott	Und?
Heidn	Also hab ich ihn nicht vergessen.
Achgott	Genau.

Achgott zwölf

Heidn	Und warum tragen Sie keine Maske?
Achgott	Wozu?
Heidn	Um sich und die andern zu schützen?
Achgott	Welche andern?
Heidn	Alle Menschen, denen Sie begegnen.
Achgott	Eigentlich begegne ich vorwiegend Ihnen.
Heidn	Ich bin Ihnen nicht schützenswert?
Achgott	Wo denken Sie hin – dazu bin ich ja da.
Heidn	Sie geben vor, mich schützen zu wollen – ohne eine Maske zu tragen?
Achgott	Ohne Maske – die Wahrheit braucht keine Maske.
Heidn	Wenn Sie das Covid-neunzehn hätten, könnten Sie mich anstecken ohne Maske.
Achgott	Nein.
Heidn	Und warum nicht?
Achgott	Ich kann respektive will das Virus nicht verbreiten – schon gar nicht an Sie, Herr Heidn.
Heidn	Haben Sie sich denn testen lassen?
Achgott	Testen lassen?
Heidn	Um sicher zu sein, dass Sie nicht Träger des Virus sind.
Achgott	Nein.
Heidn	Das ist doch fahrlässig von Ihnen.
Achgott	Nein, ist es nicht.
Heidn	Sie denken also, genügend Abstand zu halten, genügt.
Achgott	Daran hab ich gar nicht gedacht.
Heidn	Woran?
Achgott	An Abstand.
Heidn	Stimmt: Sie halten den sowieso immer ein.
Achgott	Eben – ich will Ihnen nicht zu nahe treten.
Heidn	Tun Sie aber oft genug – meines Erachtens.
Achgott	Dafür entschuldige ich mich – ich tue dies aber jeweils nur zu ihrem Besten.

Heidn	Zu meinem Besten?
Achgott	Ja – zu Ihrem eigenen Schutz.
Heidn	Oft genug haben Sie mich genervt damit.
Achgott	Sorry – wenn ich mich so ausdrücken darf.
Heidn	Trotzdem sollten Sie, wenn Sie mit mir sprechen, eine Maske tragen.
Achgott	Nein, das würde doch keinen Sinn machen.
Heidn	Für Sie vielleicht nicht – aber für mich.
Achgott	Ich schätze und beschütze Sie auch ohne Maske.
Heidn	Das genügt aber heute nicht mehr.
Achgott	Sagt wer?
Heidn	Sage ich – und sagen der Bundesrat, die Regierungen, die Wissenschaft, die Medizin, die Forschung, die Vernunft, die Mehrheit der Bevölkerung.
Achgott	Ich aber, als Ihr Achgott, sage Ihnen: Nein. Stimmt nicht – in meinem Fall.
Heidn	In Ihrem Fall?
Achgott	Wenn ich Sie wäre, würde ich sicher eine Maske tragen, aber ich doch nicht.
Heidn	Aha: Regeln, Vorschriften, Gesetze gelten wohl für alle – jedoch nicht für Sie.
Achgott	Ohne mich und die zehn Gebote gäbe es weder Verfassungen, Gesetze noch andere rechtliche Grundlagen.
Heidn	Ihre Selbstüberschätzung ist erschreckend.
Achgott	Legen Sie das so aus, wie Sie wollen.
Heidn	Haben Sie denn eine Maske?
Achgott	Nein. Wie gesagt: Ich brauche keine.
Heidn	Ich gebe Ihnen eine – wenn's sein muss, eine ganze Schachtel.
Achgott	Nicht nötig.
Heidn	Die zuerst 29.90, dann 25.90, dann 19.90 kosteten und die – die haargenau gleichen – jetzt für 7.90 zu haben sind.
Achgott	Fortschritt?
Heidn	Nein, Wettbewerb.
Achgott	Aha.
Heidn	Und was ist nun Ihr tatsächlicher Grund dafür, dass Sie sich

	weigern, eine Maske zu tragen?
Achgott	Sie wäre nutzlos.
Heidn	Haben Sie ein ärztliches Zeugnis, ein Attest?
Achgott	Nein.
Heidn	Also?
Achgott	Ich atme nicht.
Heidn?	Wie bitte?
Achgott	Ich existiere ohne Sauerstoff.
Heidn?	Was? Wie ist das möglich?
Achgott	Auf eine Lunge, auf Atemorgane bin ich nicht angewiesen.
Heidn	Und wie soll das gehen?
Achgott	Ganz einfach:
Heidn	Sie sind doch ein ganz normaler Mensch, oder etwa nicht?
Achgott	Ich bin Ihr Achgott – warum vergessen Sie das jeweils, wenn ich Ihnen begegne?
Heidn	Keine Ahnung.
Achgott	Eben.
Heidn	Eben?
Achgott	Ich bin eine real gewordene Erscheinung.
Heidn	Ach...
Achgott	Eine Verkörperung des achgöttlichen Geistes.
Heidn	...gott, ...
Achgott	Auf Sauerstoff bin ich nicht angewiesen.
Heidn	...Ach...
Achgott	Ich brauche weder Nahrung...
Heidn	...gott!
Achgott	noch Zeit, ...
Heidn	Sie sind also...
Achgott	... noch Raum.
Heidn	... ein Fake?

Achgott dreizehn

Heidn	Hallo? Ist da jemand?
Achgott	Nein!
Heidn	Achgott, haben Sie mich aber erschreckt!
Achgott	Entschuldigung, das wollte ich nicht.
Heidn	Ich hab ein Geräusch gehört – respektive gespürt.
Achgott	Aber schön, dass Sie mich gleich erkannt haben!
Heidn	Gesehen – meinen Sie?
Achgott	Nein – erkannt! Bis jetzt ist das kaum je der Fall gewesen.
Heidn	Wer sind Sie denn?
Achgott	Im gleichen Moment, als Sie meine Anwesenheit wahrgenommen haben, nannten Sie mich beim Namen.
Heidn	Nein – unmöglich! Ich glaube zwar, alzheimerische Tendenzen zu haben – doch ich erinnere mich nicht an Ihren Namen.
Achgott	«Achgott, haben Sie mich aber erschreckt!», haben Sie doch gesagt, oder etwa nicht?
Heidn	Kann schon sein, dass ich das gesagt habe.
Achgott	Also?
Heidn	Also was?
Achgott	Sie haben mich mit meinem Namen angesprochen.
Heidn	Nein, das war eher ein Ausruf der Überraschung.
Achgott	Vielleicht konsumieren Sie zuviel Kaffee...
Heidn	Das kann schon sein – seit ich diese Kapselmaschine habe, trinke ich mindestens alle zwei Stunden eine Tasse.
Achgott	Mein Tipp: Reduzieren Sie Ihren Kaffeekonsum.
Heidn	Sie kommen ungerufen und unangemeldet daher, stellen sich nicht vor und erteilen mir gleich Ratschläge?
Achgott	Ich meine es ja nur gut mit Ihnen.
Heidn	Und warum soll ich auf Kaffee verzichten?
Achgott	Weil eine Studie ergeben hat, dass Kaffee die Gehirnsubstanz derart verändert resp. vermindert, dass das Gedächtnis darunter leidet.
Heidn	Davon habe ich aber weder je etwas gehört oder gesehen noch je gelesen.

Achgott	Auszuschliessen ist es jedoch nicht, dass Kaffee die Speicherleistung des Gehirns beeinträchtigen kann.
Heidn	Und deshalb sind Sie hergekommen, um mir das mitzuteilen, ohne dass ich Sie kenne?
Achgott	Nein – nicht wirklich. Dieser Gesprächsverlauf hat sich aufgrund meiner Falschannahme, dass Sie mich gleich erkannt hätten, so ergeben.
Heidn	Wenn man ein Gespräch beginnt, weiss man eben nie, wie es sich entwickelt und wohin es führt.
Achgott	Sie sagen es.
Heidn	Und wo sind wir stehengeblieben?
Achgott	Beim Kaffee und meinem Tipp: Etwas weniger wäre besser für Sie.
Heidn	Kann schon sein, doch kaffeesüchtig bin ich nicht.
Achgott	Davon bin ich auch nicht ausgegangen, sondern davon, dass Sie sich anscheinend nicht an mich und meinen Namen erinnert haben.
Heidn	Scheinbar oder anscheinend?
Achgott	Anscheinend.
Heidn	Immerhin unterstellen Sie mir nicht, dass ich Sie angelogen habe.
Achgott	Um Himmels Willen, nein!
Heidn	Und da Sie schon mal da sind und wir schon mal ein Gespräch begonnen haben: Wie heissen Sie?
Achgott	Achgott.
Heidn	Habe ich etwas Falsches gesagt?
Achgott	Nein, natürlich nicht.
Heidn	Aber?
Achgott	Das ist mein Name!
Heidn	Herrgottnochmal – und wie lautet er?
Achgott	Achgott.
Heidn	Das ist doch kein Name – das ist ein Ausruf!
Achgott	Ein Ausruf?
Heidn	Ja, ein Ausruf des Erschreckens, des Entsetzens, der Überraschung, des Ärgers, der Wut, des Gereiztseins, der Angespanntheit, Nervosität, Angst etc.
Achgott	Der negativen Gefühle?
Heidn	Zusammengefasst: Ja.
Achgott	Ein negativer Ausruf also?

Heidn	Könnte man so sagen.
Achgott	Und dieser Inbegriff des Negativen steht nun also leibhaftig vor Ihnen.
Heidn	Wo?
Achgott	Hier – vor Ihnen.
Heidn	Warum?
Achgott	Ich dachte mir: Schau ich doch wieder mal vorbei bei Herrn Heidn, um zu sehen, wie's ihm so geht.
Heidn	Und?
Achgott	Frage ihn nach einer Tasse Kaffee.

Achgott vierzehn

Achgott	Worum handelt es sich denn diesmal?
Heidn	Um diese idiotische Steuererklärung, Achgott nochmal.
Achgott	Was ist daran so schlimm, dass Sie mich bitten müssen, Sie zu unterstützen?
Heidn	Alles! Und gebeten habe ich Sie um gar nichts.
Achgott	Doch – mehrmals sogar: Zuerst, als Sie das grosse Couvert hergeholt haben, dann, als Sie den Computer eingeschaltet haben, danach, als Sie vergassen, dass sich Ihre Katze immer noch im Hausgang befindet, danach, als Sie sich hingesetzt und gemerkt haben, dass Ihre Tasse immer noch leer beim Kaffeeautomaten steht, dann, als Sie sahen, dass Sie die Kaffeemaschine wieder neu starten müssen, so dass Sie rund zwanzig Sekunden warten müssen, bis sie aufgeheizt und bereit ist, danach...
Heidn	Es reicht, es reicht!
Achgott	... haben Sie sich erneut an den Tisch gesetzt und mich um Hilfe gerufen.
Heidn	Was? Um was ging es dabei?
Achgott	Sehen Sie: Während Sie es vergessen haben, weil es offenbar so unwichtig war, habe ich mir alles und jedes Detail gemerkt.
Heidn	Ich leide an Alzheimer – eventuell.
Achgott	Das ist ihre Standard-Ausrede, wenn Sie etwas vergessen haben.
Heidn	Ist es nicht!
Achgott	Die Wahrheit ist: Sie sind weit davon entfernt, dement zu sein.
Heidn	Sind Sie etwa mein Leibarzt, dass Sie das so genau wissen?
Achgott	Das nicht – aber ich kenne die Fakten, Ihre Fakten, auch die medizinischen.
Heidn	Sorry, dass ich Sie belästigt habe – im Moment kann ich auf Ihre Anwesenheit sehr gut verzichten.

Achgott	So? Meinen Sie?
Heidn	Ja, sicher.
Achgott	Ja, wenn das so ist:
Heidn	Es tut mir leid, dass ich so unhöflich war.
Achgott	Als Ihr Achgott bin ich mir das gewohnt – aber wie Sie wissen, bin ich nicht nachtragend.
Heidn	Das ist ein wirklich netter Charakterzug von Ihnen.
Achgott	Danke, Herr Heidn, danke.
Heidn	Wofür denn?
Achgott	Für Ihr Kompliment!
Heidn	Meine Aussage war aber nicht so gemeint.
Achgott	Wie denn?
Heidn	Es sollte kein Kompliment, sondern eine lapidare Feststellung sein.
Achgott	Für mich spielt es keine Rolle, wie Sie's gemeint, sondern nur, wie ich's verstanden habe.
Heidn	Achgott – ich bin der Einzige, der weiss, wie ich's gemeint habe, verstanden?
Achgott	Klar – ich kenne Sie ja nun zur Genüge.
Heidn	Wie denn?
Achgott	Nur von Ihrer besten Seite, Herr Heidn, nur von Ihrer besten Seite.
Heidn	Genau das haben Sie schon mal gesagt!
Achgott	Bei welcher Gelegenheit?
Heidn	Als Sie über meinen Sohn sprachen.
Achgott	Wow – ich staune!
Heidn	Worüber?
Achgott	Über Sie und Ihre Alzheimer-Allüren!

Achgott fünfzehn

Achgott	Sind Sie ein ehrlicher Mensch, Herr Heidn?
Heidn	Ja, ich denke schon. Warum fragen Sie?
Achgott	Weil es mich interessiert, wie Sie darüber denken.
Heidn	Natürlich bin ich ehrlich – in weitaus den meisten Fällen wenigstens.
Achgott	Ehrlich?
Heidn	Ehrlich.
Achgott	Es geht mir mehr um Ihre Ehrlichkeit gegenüber Ihnen selbst.
Heidn	Ja, bin ich.
Achgott	Denken, glauben oder wissen Sie das?
Heidn	Ich denke und glaube, dass dem so ist.
Achgott	Halten Sie es für möglich, dass Sie sich selbst gegenüber nicht so kritisch eingestellt sind, wie Sie es eigentlich sein sollten?
Heidn	Das ist schon möglich.
Achgott	Welchen Grund sollten Sie denn haben, sich selbst in einem besseren Licht zu sehen als Sie – objektiv betrachtet – eigentlich sind?
Heidn	Das Selbstwertgefühl hängt doch davon ab, oder etwa nicht?
Achgott	Ist das denn von entscheidender Bedeutung?
Heidn	Ja klar: Nur wer über ein gutes Selbstwertgefühl verfügt, kann es sich leisten, Gutes zu tun.
Achgott	Erklären Sie!
Heidn	Grundvoraussetzung ist, dass man sich und seine Fähigkeiten und das eigene Potential erkennt, sich kritisch damit auseinandersetzt, Ziele formuliert und diese zu erreichen versucht.
Achgott	Tönt gut und überzeugend. Und wo ist der Haken?
Heidn	Dass man das erst wahrnimmt, wenn man zu alt ist.

Achgott	Ui – Sie reden aber am eigentlichen Thema vorbei – Sie weichen aus.
Heidn	Ja: Wer gibt schon gern zu, dass er sich bis zu einem gewissen Grad selbst belügt.
Achgott	Tun Sie das?
Heidn	Bewusst nicht, unbewusst schon.
Achgott	Einige konkrete Beispiele wären hilfreich.
Heidn	Beispiel Sport: Irgendeinmal realisiert man, dass man trotz intensivsten Trainings nie die nationale Spitze erreichen wird, geschweige denn die internationale.
Achgott	Aha.
Heidn	Beispiel Politik: Trotz totalem politischem Einsatz stossen Sie an Grenzen und merken erst spät, dass es für Sie weder eine nationale noch eine internationale politische Karriere gibt.
Achgott	Aha.
Heidn	Beispiel Kunst: Sie verfügen über ein grosses Potenzial, das Sie aber aus verschiedenen Gründen, zum Beispiel, weil Sie sich verzetteln, brachliegen lassen.
Achgott	Aha.
Heidn	Sagen Sie nicht immer «aha».
Achgott	Ich wollte damit nur ausdrücken, dass mir Ihr Beispiel einleuchtet.
Heidn	Aha.
Achgott	Was hat nun das alles aber mit der eigenen Selbstüberschätzung zu tun?
Heidn	Mit dem Alter.
Achgott	Aha.
Heidn	Wenn man jung ist, hat man noch Träume.
Achgott	Die man realisieren möchte.
Heidn	Man träumt davon, ein berühmter Schriftsteller, Politiker, Sportler, Künstler zu werden.
Achgott	Und wird dann enttäuscht.
Heidn	Enttäuscht nicht: Man muss ja zuerst einmal Geld verdienen, um überleben zu können als Voraussetzung für die Realisierung der eigenen Träume.

Achgott	Aha – ich meine: Ja klar, ich verstehe.
Heidn	Und mit dreissig ist man dann schon so weit, dass man die ehemaligen Träume dem Job, dem Geldverdienen, dem Alltag unterordnet.
Achgott	Ahem.
Heidn	Mit vierzig ist man liiert und hat eigene Kinder – da sind die ehemaligen Träumereien schon so weit weg, dass sie fast nicht mehr wahr sind.
Achgott	Sie sprechen aus eigener Erfahrung?
Heidn	Und mit fünfzig sind die ehemaligen Ziele, Hoffnungen, Fantasien und Ideen schon so zusammengeschmolzen, dass sie nicht mehr zu erkennen sind.
Achgott	Frustrierend.
Heidn	Und mit sechzig ist das Leben sowieso schon vorbei – da wartet man nur noch auf die Pensionierung.
Achgott	Und mit siebzig?
Heidn	Da wartet man nur noch auf den Tod, auf das Ende, auf den Untergang.
Achgott	Und mit achtzig?
Heidn	Wartet man immer noch, sofern man noch lebt.
Achgott	Mit neunzig?
Heidn	Ist man im Allgemeinen schon tot, für ewig.
Achgott	Immer und ewig?
Heidn	So ungefähr.
Achgott	Niederschmetternd, richtig niederschmetternd.
Heidn	Nicht wahr?
Achgott	Deprimierend.
Heidn	Vielen geht es so – mir aber nicht.
Achgott	Nicht? Sind Sie eine Ausnahme?
Heidn	Nein, doch ich habe meine Ziele, glaube ich, immer den Gegebenheiten angepasst, dem Leben und dessen Erfordernissen, und immer versucht, das Beste daraus zu machen.
Achgott	Dann sind Sie also weder enttäuscht – von sich und dem Leben – noch deprimiert oder niedergeschmettert respektive geniederschmettert?

Heidn	Nein, absolut nicht.
Achgott	Dann sind Sie also zufrieden?
Heidn	Ja.
Achgott	Und glücklich?
Heidn	Ja schon.
Achgott	Ehrlich?
Heidn	Ehrlich.

Achgott sechzehn

Achgott	Herr Heidn?
Heidn	Ja? Sie wünschen?
Achgott	Für mich setzt sich niemand ein.
Heidn	Wie meinen Sie das, niemand setze sich für Sie ein?
Achgott	So, wie ich es sage: Für mich, der ich doch Ihr ganz persönlicher Achgott bin, setzt sich niemand ein – nicht einmal Sie.
Heidn	Sie erwarten also von mir, dass ich mich für Sie einsetze?
Achgott	Ja – das sollte ein Teil Ihrer Lebensaufgabe sein.
Heidn	Da bin ich aber anderer Meinung: SIE sollten sich einsetzen – für mich, für alle, auch für die, die nicht an Sie glauben oder die den Glauben an Sie verloren haben, wie ich zum Beispiel.
Achgott	Für Sie, Herr Heidn, habe ich mich stets eingesetzt, vom ersten Tag bis zum letzten, den Sie noch vor sich haben.
Heidn	Dafür wäre ich Ihnen sehr dankbar, Herr Achgott, wenn ich das, was Sie eben gesagt haben, auch glauben würde.
Achgott	Wieso sollten Sie mir nicht glauben? Habe ich Ihnen nicht mehrmals das Leben gerettet?
Heidn	Sie mir?
Achgott	Genau: Ich Ihnen.
Heidn	Und wann soll das gewesen sein?
Achgott	Mehrmals beim Autofahren zum Beispiel – als Ihnen beim Kreisel bei der Kehrichtverbrennungsanlage plötzlich auf Ihrer Fahrbahn ein Auto entgegenraste...
Heidn	Ach da? Da habe ich in letzter Sekunde das Steuer herumgerissen und bin auf die Busfahrbahn ausgewichen.
Achgott	Sehen Sie!
Heidn	Was soll ich sehen?
Achgott	Das war ICH, Ihr Überleben haben Sie MIR und MEINER Reaktion zu verdanken – nicht IHRER.
Heidn	Vielleicht – wenn Sie es sagen...

Achgott	Hatten Sie nicht eine Vorahnung, als Sie den Kreisel verliessen, dass Ihnen auf Ihrer Spur ein Auto entgegenkommen würde?
Heidn	Doch, jetzt, da Sie es erwähnen.
Achgott	Na bitte!
Heidn	Diese Intuition ist doch noch lange kein Beweis!
Achgott	Oder damals in Südwestengland, als Sie mit Ihren beiden Söhnen auf engen, mit Hecken besäumten Strassen unterwegs waren – nach dem Besuch von Stonehenge, Sie erinnern sich? – Wer hat Sie da wohl vor dem Zusammenstoss mit dem entgegenkommenden Auto, das aus dem Nichts nach einer Kurve vor Ihnen auftauchte, gerettet, wer?
Heidn	Sie etwa?
Achgott	Genau!
Heidn	Knapp, ganz knapp erinnere ich mich an diese Situation. Ich denke aber, dass ich da sehr gut und sofort reagiert habe, trotz Linksverkehr.
Achgott	Genau, «trotz Linksverkehr»!
Heidn	Was soll nun das schon wieder bedeuten?
Achgott	Als Linksverkehrsanfänger wären Sie mit hundertprozentiger Garantie auf die falsche, nämlich die rechte Seite ausgewichen, und Sie und Ihre beiden Söhne wären umgekommen.
Heidn	Kann schon sein – oder ich hatte einfach Glück.
Achgott	«Einfach Glück!» – dass ich nicht lache...
Heidn	Mit guter Reaktion und etwas Glück habe ich diese schwierige Situation gemeistert...
Achgott	... auf einer sooo schmalen Strasse, dass zwei Autos einander gar nicht kreuzen können?
Heidn	Sassen Sie oder ich am Steuer?
Achgott	Wir beide, Herr Heidn, wir beide.
Heidn	Und wie soll das gegangen sein?
Achgott	Sie tun mir leid, Herr Heidn.
Heidn	Ist das etwa eine Beleidigung?
Achgott	Nein, eine Feststellung.
Heidn	Welche?

Achgott	Dass auf mich sowieso niemand hört.
Heidn	Na und?
Achgott	Und dass an mich sowieso niemand denkt.
Heidn	Und?
Achgott	Dass sich, wie ich am Anfang sagte, niemand für mich einsetzt.
Heidn	Stimmt.
Achgott	Stimmt?
Heidn	Ja, stimmt: Niemand glaubt Ihnen.
Achgott	Nicht einmal Sie, Herr Heidn?
Heidn	Ja, nicht einmal ich.
Achgott	Achgott!
Heidn	Sie sagen es.

Achgott siebzehn

Achgott	Haben Sie auch Lust auf eine Tasse Kaffee?
Heidn	Ja schon, aber ich kann nicht.
Achgott	Sie hätten sicher eine Kaffepause verdient.
Heidn	Ja schon, aber ich darf nicht.
Achgott	Wie kann das sein – Sie sind doch Herr Ihrer selbst!
Heidn	Das ist ja gerade der Grund.
Achgott	Erklären Sie!
Heidn	Was gibt's da schon zu erklären...
Achgott	Ja, was?
Heidn	Ich habe mit mir abgemacht, eine Kaffeepause zu machen.
Achgott	Eben!
Heidn	Sie verstehen mich falsch: Ich mache momentan eine Pause vom Kaffeetrinken.
Achgott	Dann sagen Sie das doch einfach!
Heidn	Hab ich ja.
Achgott	Wie wär's dann mit einer Tasse Tee, heisser Schokolade oder Suppe?
Heidn	Suppe?
Achgott	Ja, Suppe.
Heidn	Haben Sie denn auch Suppe?
Achgott	Ich habe alles, was Sie möchten.
Heidn	Whisky?
Achgott	Wenn Sie möchten.
Heidn	Aber eigentlich will ich gar nichts trinken.
Achgott	Wollen Sie denn nicht wissen, warum ich Sie besuche?
Heidn	Sie werden schon Ihre Gründe haben.
Achgott	Die wären?
Heidn	Sagen Sie sie mir.
Achgott	Ja schon, aber eigentlich wollen Sie es nicht so genau wissen.
Heidn	Wie kommen Sie darauf?

Achgott	Weil Sie es eigentlich weder wissen können, wissen müssen noch wissen sollen dürfen.
Heidn	Sie verwirren mich.
Achgott	Mit Absicht.
Heidn	Langsam gehen Sie mir auf die Nerven.
Achgott	Auch mit Absicht.
Heidn	Soll ich Ihnen das übel nehmen?
Achgott	Wie Sie wollen: Sie dürfen, können und sollen alles, was Ihnen nicht passt, übel nehmen.
Heidn	Wo käme ich da hin?
Achgott	Überlegen Sie mal!
Heidn	Ich komm nicht drauf.
Achgott	Wären Sie glücklich?
Heidn	Nein – aber Sie auch nicht.
Achgott	Ich bin das Glück.
Heidn	Soll ich Ihnen das nun glauben müssen, dürfen oder wollen?
Achgott	Wie Sie möchten.
Heidn	Ich bin ein freier Mensch.
Achgott	Genau.
Heidn	Und als freier, unabhängiger, selbstständig denkender Mensch bitte ich Sie: Lassen Sie mich in Ruhe.
Achgott	Das würde ich gern tun, aber ich kann nicht.
Heidn	Wollen, sollen, dürfen oder können Sie das nicht?
Achgott	Das kommt ganz auf Sie an, Herr Heidn.
Heidn	Auf mich?
Achgott	Ja, darauf, wie Sie Ihr Leben definieren, Ihre Aufgaben, Ihren Sinn.
Heidn	Sind Sie denn auf mich angewiesen, von mir abhängig, d.h. unfrei?
Achgott	Als unfrei möchte ich das nicht bezeichnen.
Heidn	Sondern?
Achgott	Sondern als mentale Dienstleistung an Ihnen, Herr Heidn.
Heidn	In gewisser Weise arbeiten Sie also für mich?
Achgott	So können Sie das auch sehen, wenn Sie möchten oder wollen, dürfen dürfen Sie das sowieso.

Heidn	Dann darf ich auch wollen, dass Sie gehen sollen?
Achgott	Sie sind ein freier Mensch.
Heidn	Mein Gott!
Achgott	Gern geschehen.

Achgott achtzehn

Achgott	Hallo, Herr Heidn!
Heidn	Hallo, Herr Ähm...
Achgott	... Achgott...
Heidn	Achgott! Ja! Dass ich auch immer Ihren Namen vergesse – und dass es Sie überhaupt gibt!
Achgott	Ja, das ist mir in den vergangenen Jahrzehnten immer wieder aufgefallen.
Heidn	Um was geht es denn diesmal?
Achgott	Das müsste ich doch Sie fragen – so oft, wie Sie mich aufrufen.
Heidn	Das tut mir ja leid – dafür habe ich mich bei Ihnen, wenn ich mich richtig erinnere, auch mehr als einmal entschuldigt.
Achgott	Dass Sie so häufig nach mir rufen, ehrt mich ja auf gewisse Weise...
Heidn	Ja, sorry, es rutscht halt jeweils einfach aus mir heraus, ohne etwas überlegt zu haben.
Achgott	Ist schon ok, Herr Heidn – niemand ist perfekt.
Heidn	Dumm ist halt einfach der Anlass...
Achgott	Schon gut, Herr Heidn, schon gut.
Heidn	Fällt mir eine Gabel, ein Kugelschreiber, irgendetwas zu Boden, ist meine Reaktion meistens die gleiche: «Achgott!»
Achgott	Daran habe ich mich längst gewöhnt, Herr Heidn, schon als Sie damit angefangen haben.
Heidn	Können Sie mir sagen, wann das etwa war? – Das hilft mir vielleicht.
Achgott	Das ist nicht so wichtig, Herr Heidn, nicht relevant.
Heidn	Für mich schon.
Achgott	Wenn Sie meinen: Das war am Dienstag, 9. Mai 1967, am Morgen um 7 Uhr 46, als Ihnen die Fahrradkette aus dem Zahnrad sprang.
Heidn	Achgott! – Das haben Sie tatsächlich registriert?

Achgott	Natürlich – und nicht nur das, Herr Heidn, nicht nur das.
Heidn	Mein Gott – dann wissen Sie also über mich Bescheid?
Achgott	Selbstverständlich: Als Ihr Achgott kenn ich Sie in- und auswendig – in- und auswendig.
Heidn	Peinlich-peinlich!
Achgott	Das muss Ihnen nicht peinlich sein – ich verurteile Sie nicht wegen irgendetwas, das Sie mal getan oder nicht getan, gesagt oder nicht gesagt, gedacht oder nicht gedacht haben.
Heidn	Trotzdem ist das mehr als peinlich für mich, ja eigentlich ist das unerträglich, nicht zum Aushalten!
Achgott	Herr Heidn: Sie können mir vertrauen! Alles und jedes ist eine Angelegenheit zwischen uns beiden, zwischen mir als Ihrem Achgott und Ihnen, Herr Heidn. Niemand erfährt irgendetwas gegen Ihren Willen, da können Sie sicher sein.
Heidn	Ich fühle mich kontrolliert, überwacht, Sie schnüffeln in meinem Leben herum – wie soll ich mich mit Ihnen unbeschwert unterhalten können, wenn ich weiss, dass Sie alles, wirklich alles über mich wissen – und aufzeichnen.
Achgott	Ich unterstütze Sie, in allem, was Sie tun.
Heidn	Mein Gott! Alle meine Geheimnisse, schlechten Taten, Flüche, Verwünschungen etc. etc. – nichts ist Ihnen verborgen geblieben und alles haben Sie festgehalten.
Achgott	So ist das, Herr Heidn – aber das wussten Sie doch von Anfang an, dass es mich gibt, mich, der alles weiss, alles kann, alles darf.
Heidn	Wissen Sie, wie Sie mir vorkommen, Herr ähm...
Achgott	... Achgott...
Heidn	... Achgott?
Achgott	Nein, wie denn?
Heidn	Wie ein Hacker, der sich in mein Gehirn, in meine Denk- und Fühlprozesse hineingehackt hat, um mich zu lenken, zu führen, mich auf den sogenannt «richtigen» Weg zu bringen.
Achgott	Diesen Vergleich höre ich zum ersten Mal, Herr Heidn, aber – Kompliment, Herr Heidn – er ist nicht einmal so abwegig.
Heidn	Es erstaunt mich, dass Sie das offenbar so positiv sehen.

Achgott	Positives Denken ist doch die Basis eines glücklichen Lebens, Herr Heidn – oder etwa nicht?
Heidn	Doch-doch, im Allgemeinen schon – doch nicht in diesem Fall.
Achgott	Nicht in Ihrem Fall? Und warum denn nicht?
Heidn	Weil – es geht hier ums «Hacking», um die widerrechtliche Aneignung geschützter Daten! Und um Bevormundung, Manipulation, Überwachung, Einschränkung der persönlichen Freiheit!
Achgott	Wo liegt denn da eine Widerrechtlichkeit vor?
Heidn	Bei Ihnen, Herr Ähm, bei Ihnen liegt sie vor...
Achgott	...Achgott...
Heidn	Bei Ihnen, Herrgottnochmal! Sie missachten die Freiheitsrechte jener, die Sie zu schützen vorgeben.
Achgott	Ich bin zwar nicht Jurist – und trotzdem oberster Richter – ohne jedoch jemals ein Urteil zu fällen.
Heidn	Das ist doch eine Ausrede! Und zwar eine oberfaule!
Achgott	Bis zu einem gewissen Grad mögen Sie ja recht haben, Herr Heidn – in manchen Fällen greife ich schon ein, dann, wenn es nicht mehr anders geht.
Heidn	Lenken Sie bitte nicht vom Thema ab!
Achgott	Vom Thema?
Heidn	Hacking, Datenklau, Verletzung der Persönlichkeitsrechte!
Achgott	Was daran falsch sein soll, müssen Sie mir erklären.
Heidn	Haben Sie denn kein Rechtsempfinden, kein Unrechtsbewusstsein?
Achgott	Dass Sie, Herr Heidn, diese Frage stellen, gibt mir – ehrlich gesagt – zu denken.
Heidn	Sie müssen doch zugeben, dass Sie Dinge über mich wissen, die Sie nichts, überhaupt und absolut NICHTS angehen.
Achgott	Das wäre mir neu...
Heidn	Versetzen Sie sich einfach in meine Lage!
Achgott	Das, Herr Heidn, das kann ich Ihnen versichern, das tue ich die ganze Zeit – seit Ihrer Geburt, um genau zu sein.
Heidn	Und dann speichern Sie irgendwo jede Sekunde meines Lebens ab?

Achgott	Mit «Speichern», wie Sie es nennen, hat das nichts zu tun.
Heidn	Sondern?
Achgott	Eher mit dem Begriff der Zeit.
Heidn	Und wo besteht da ein Zusammenhang?
Achgott	Ihr Zeitbegriff und -empfinden ist für mich irrelevant, Herr Heidn.
Heidn	Irrelevant?
Achgott	«Zeit», wie Sie sie definieren, existiert nicht für mich.
Heidn	Wie alt sind Sie denn?
Achgott	Das haben Sie mich auch schon gefragt – erinnern Sie sich nicht?
Heidn	Wann soll das gewesen sein?
Achgott	In Zürich, während Ihres Studiums, am 19. Mai 1978, an einem Freitag um 17.34 Uhr im Hauptbahnhof Zürich, vor der Apotheke, rechts neben dem Eingang vor dem Schaufenster, als Sie – um etwas Geld zu verdienen – an einer Umfrage beteiligt waren, indem sie Passantinnen und Passanten einige Fragen stellten...
Heidn	Keine Ahnung – doch eigentlich interessiert es mich gar nicht, wie alt Sie sind.
Achgott	Wofür interessieren Sie sich denn, Herr Heidn?
Heidn	Eben dafür, dass Sie sich in mein Leben einmischen, sich in mein Leben hacken und gleichzeitig das Gefühl haben, das sei legitim und rechtmässig und keineswegs strafbar.
Achgott	Stimmt.
Heidn	Wissen Sie, was Sie sind, Herr Ähm...?
Achgott	Achgott, Herr Heidn, IHR Achgott.
Heidn	Ein Krimineller!
Achgott	Ähm...
Heidn	Nun sagen Sie nichts mehr! Weil...
Achgott	...
Heidn	Weil...
Achgott	Weil?
Heidn	... ich Sie entlarvt habe, Herr Ähm, ENTLARVT!

Achgott neunzehn

Heidn	Achgott, wieder so ein unnützer Tag!
Achgott	Unnütz?
Heidn	Achgott – haben Sie mich erschreckt!
Achgott	Oh, Entschuldigung, Herr Heidn, ich wollte Sie nicht erschrecken.
Heidn	Haben Sie aber, Herr Dings, haben Sie aber.
Achgott	Ich dachte, es wäre wichtig.
Heidn	Nein-nein, vollkommen unwichtig.
Achgott	Es ist doch beunruhigend, wenn Sie das Gefühl haben, einen unnützen Tag verbracht zu haben.
Heidn	Keineswegs, nur ärgerlich.
Achgott	Wenn Sie, Herr Heidn, sich ärgern müssen über Ihr eigenes Verhalten, dann ist das – glauben Sie mir – ein beunruhigendes Zeichen.
Heidn	Es kommt ja nicht allzu oft vor: Meine Tage sind häufig dermassen voll, dass ich gar keine Zeit habe, mich über mich zu ärgern.
Achgott	Trotzdem haben Sie es heute getan.
Heidn	Ja, ausnahmsweise, so dass ich ein wenig meinem Ärger Ausdruck verlieh, indem ich leicht genervt ein «Achgott!» verlauten liess.
Achgott	Das ich sehr wohl vernommen habe! Nun bin ich hier, um das Problem mit Ihnen zu besprechen.
Heidn	Problem? Wenn ich «Achgott» sage, dann heisst das noch lange nicht, dass ich ein Problem habe, das Sie mit mir besprechen müssten. Woher kommen Sie überhaupt? Und was fällt Ihnen ein, sich von mir unbemerkt direkt neben mich zu schleichen und mich zu erschrecken, indem Sie ein Gespräch beginnen, um das ich Sie nicht gebeten habe?
Achgott	Doch! Eben haben Sie's ja zugegeben!
Heidn	Ist ja egal. Und da Sie schon mal da sind: Was raten Sie mir?

Achgott	Ich rate Ihnen zu nichts – was Sie aus unserem Dialog machen, ist vollkommen Ihnen überlassen.
Heidn	Also: Ich habe mich um 16 Uhr an den Laptop gesetzt und unvermittelt das Gefühl bekommen, einen unnützen Tag zu verbringen.
Achgott	Was Sie ärgert.
Heidn	Was mich, gerade und nur im Moment, als ich diesen Gedanken hatte, geärgert hat.
Achgott	Jetzt, zwei Minuten später, ist das nicht mehr der Fall?
Heidn	Nein – erstaunlicherweise nicht.
Achgott	Weil?
Heidn	Weil mir bewusst wurde, dass dem nicht so war: Ich hatte nur zu wenig geschlafen, mich schnell hingelegt und war beduselt nach kurzer Zeit wieder erwacht mit dem Gefühl, bis zu diesem Zeitpunkt nichts Positives geleistet zu haben.
Achgott	Das heisst: Nur Negatives?
Heidn	Nein-nein – Unwichtiges, Nebensächliches, nichts, was zählt.
Achgott	Was ist das denn, was für Sie, Herr Heidn, zählt?
Heidn	Ja eben: Wichtiges, Relevantes, Nachhaltiges.
Achgott	Zum Beispiel?
Heidn	Kreative Tätigkeiten, sportliche Aktivitäten, behördliche Aufträge und Besprechungen, Lebensnotwendiges halt, Treffen mit mir nahestehenden Personen.
Achgott	Und welche Dinge, Herr Heidn, sind für Sie weniger relevant?
Heidn	Aufräumen, Putzen, Faulenzen, nichts Erledigen, Fernsehen, Surfen am Handy...
Achgott	Aha.
Heidn	Ist das ihr einziges Feedback?
Achgott	Was?
Heidn	Ihr «Aha».
Achgott	Nein-nein – natürlich nicht. Es ist ein Zeichen des Wartens, des Zuwartens.
Heidn	Worauf?
Achgott	Dass Sie fortfahren mit Ihren Überlegungen.

Heidn	Sie haben zwei Fragen gestellt, die ich beantwortet habe.
Achgott	Ja, dafür bedanke ich mich.
Heidn	Ist das alles?
Achgott	Nein – ich habe Ihnen zugehört, aktiv, ich habe mich in Sie hinein versetzt und Sie verstanden.
Heidn	Und was raten Sie mir?
Achgott	Dass Sie sich selber zuhören, ihre eigenen Antworten hinterfragen, sich überlegen, ob da noch etwas fehlen könnte, was auch wichtig respektive noch wichtiger, noch zentraler sein könnte für Sie und Ihr Leben, Herr Heidn.
Heidn	Ich hoffte respektive ging davon aus, dass Sie mich etwas mehr unterstützen und mir einige konkrete Hinweise geben würden, wie ich inskünftig derartige, eigentlich unbedeutende Ärgernisse vermeiden könnte.
Achgott	Müsste man das dann nicht als Symptombekämpfung bezeichnen?
Heidn	Vielleicht schon – was aber immer noch besser wäre als gar nichts.
Achgott	Was wäre dann aber noch besser als eine Symptombekämpfung?
Heidn	Ja die Behebung der Ursachen, diese kleinen Problemchen lösungsorientiert an der Wurzel zu packen.
Achgott	Und wann tun Sie das?
Heidn	Wenn ich mal Zeit habe.
Achgott	Das heisst: Nicht jetzt?
Heidn	Genau – das hat noch Zeit, ist ja nicht dringend, kann warten.
Achgott	Aber jetzt gerade wäre ich da, um Ihnen behilflich zu sein, um Ihnen ein Feedback zu geben.
Heidn	Sie sehen ja: Indem ich mit einem «Achgott» etwas Dampf abgelassen habe, hat sich mein kleines Problem augenblicklich in Luft aufgelöst und mein Ärger, der keiner Rede wert war, ist verschwunden.
Achgott	Und die Ursache?
Heidn	Unbedeutend.
Achgott	Und die wichtigen Fragen, die Sie sich stellen sollten?

Heidn	Das eilt ja nicht.
Achgott	Wenn das so ist: Auf Wiedersehen, Herr Heidn – und machen Sie's gut.
Heidn	Sie auch, Herr Dings, Sie auch. Und danke!
Achgott	Wofür?
Heidn	Dass Sie mir zugehört haben.
Achgott	Bitte-bitte. Das ist mein Job.
Heidn	Übrigens: Welche Fragen meinten Sie denn?
Achgott	Die wichtigen eben: Wozu, worüber, wonach...
Heidn	Aha...
Achgott	... wobei, wodurch, woneben, wozwischen...
Heidn	Warum?

Achgott zwanzig

Achgott	Haben Sie den umgekippten Saugstauber wieder aufstellen können, Herr Heidn?
Heidn	Ja, seine Saugleistung ist zwar ausgezeichnet – ganz im Gegensatz zu seiner Standfestigkeit.
Achgott	Könnte es nicht auch an Ihnen liegen, Herr Heidn?
Heidn	Ich sauge Staub, nichts weiter.
Achgott	Etwas hektisch, wenn ich mir diese Bemerkung erlauben darf.
Heidn	Haben Sie denn irgendwelche Erfahrungen mit Saugstaubern?
Achgott	Höchstens theoretisch, nicht wirklich wirklich.
Heidn	Dann können Sie nicht wirklich verstehen, wie nervig es ist, dass diese Saugmaschine jedesmal, wenn sie über das eigene Kabel rollt, umfällt.
Achgott	Nein, kann ich nicht.
Heidn	Ich denke, es liegt am zu hohen Schwerpunkt, an den zu grossen Rädern und dem zu leichten Gewicht dieses Saugers – obwohl ich sonst wirklich mit ihm zufrieden bin.
Achgott	Und mit sich, Herr Heidn? Wie zufrieden sind Sie denn mit sich selbst und Ihrem eigenen Leben?
Heidn	Was hat diese Frage mit dem Saugstauben zu tun? Wo besteht da ein Zusammenhang?
Achgott	In ihrem Umgang mit dem Umkippproblem.
Heidn	Und wie gehe ich damit um?
Achgott	Ungesteuert, impulsiv, unkontrolliert.
Heidn	Kann schon sein – doch sehe ich ihn nicht, den Zusammenhang zwischen einem Saugstauber und mir.
Achgott	Es geht um das Umkippen und Ihre Reaktion darauf.
Heidn	Und was interessiert Sie das? Ich jedenfalls habe null Interesse daran, auch nur eine weitere Millisekunde zu verschwenden, um mit Ihnen über das Thema «Umkippen meines Saugstaubers» zu diskutieren!

Achgott	Aber Herr Heidn: SIE sind doch das Thema, SIE und Ihr Leben, und nicht dieses nicht ganz perfekte Haushaltsgerät.
Heidn	Ihnen ist wirklich jedes Mittel, jeder Anlass, und mag dieser noch so winzig sein, recht, um mit mir über meine zentralsten persönlichen Dinge sprechen zu können.
Achgott	Aber-aber, Herr Heidn: Das Gegenteil ist wahr! Beim kleinsten Missgeschick rufen Sie nach mir, als ob es um Leben und Tod ginge.
Heidn	Ja, das ist eine Unart von mir, an der ich arbeite.
Achgott	Das ist erfreulich. Haben Sie denn schon Fortschritte erzielt?
Heidn	Offenbar zu wenige, wie Sie eben gesehen haben.
Achgott	Immerhin sind Sie auf dem richtigen Weg.
Heidn	Ich hoffe es.
Achgott	Wohin soll es denn gehen?
Heidn	Wie meinen Sie das?
Achgott	Ihr irdisches Leben neigt sich dem Ende zu...
Heidn	Woher wissen Sie das?
Achgott	Und da sollten Sie sich doch überlegen, auf welche Weise Sie die Ihnen verbleibende Zeit verbringen wollen.
Heidn	Das tu ich doch, jeden Tag aufs Neue.
Achgott	Mit welchem zeitlichen Horizont?
Heidn	Ich plane den Tag, notiere die Termine, versuche, nichts zu vergessen.
Achgott	Und? Welche Ziele haben Sie denn?
Heidn	Je nachdem – kleinere und grössere.
Achgott	Das sind dann Ihre Lebensziele?
Heidn	Welche?
Achgott	Die grösseren.
Heidn	Was weiss ich... Jedenfalls möchte ich nicht umsonst gelebt haben.
Achgott	Ein minimales, immerhin erstrebenswertes Ziel!
Heidn	Das habe ich jetzt einfach so gesagt – eine Plattitüde, ohne dass ich mir genau überlegt habe, was das eigentlich bedeutet.
Achgott	Wie, Herr Heidn, möchten Sie denn, dass man an Sie denkt,

	wenn man sich an Sie erinnert?
Heidn	Dann, wenn ich hinüber bin?
Achgott	«Hinüber» gefällt mir, Herr Heidn: Ja, wenn Sie «hinüber» sind.
Heidn	Positiv, keinesfalls negativ.
Achgott	Das nehme ich an.
Heidn	Wichtig scheint mir, dass man sich möglichst lange meiner erinnert.
Achgott	Auch das haben Sie sehr schön gesagt.
Heidn	Schon klar: Nur wenige deutsche Verben verlangen den Genitiv.
Achgott	Wie sollen die Menschen denn Ihrer gedenken?
Heidn	Nicht übermässig, bescheiden, etwas traurig, aber nicht ZU traurig.
Achgott	An welche Ihrer Eigenschaften oder Leistungen sollen sich die Menschen, die Sie gekannt haben, denn gern erinnern wollen?
Heidn	Keine Ahnung – vielleicht an mein freundliches Wesen, meine politischen Aktivitäten, meine Werke, die ich noch schaffen werde.
Achgott	Sie sind ja pensioniert – Sie könnten sich doch vom jahrzehntelangen Arbeits- und Leistungsstress erholen und sich dem Nichtstun hingeben.
Heidn	Ja, könnte ich – will ich aber nicht.
Achgott	Sondern?
Heidn	Aktiv sein, bis ich tot umfalle.
Achgott	Das ist Ihr Lebensziel?
Heidn	Vielleicht – vielleicht aber auch nicht.
Achgott	Und das wäre Ihres Erachtens der Sinn Ihres Lebens?
Heidn	Nein – eventuell aber auch ja.
Achgott	Also jein?
Heidn	Ja.

Achgott einundzwanzig

Achgott	Achheidn!
Heidn	Achgott! Können Sie nicht wie jeder anständige Mensch anklopfen, bevor Sie eintreten?
Achgott	Kann ich schon – ich werd's versuchen.
Heidn	Und was sollte Ihre Begrüssung mit Ihrem «Achheidn»?
Achgott	Ich wollte lediglich herausfinden, wie Sie reagieren würden, wenn ich Sie mal mit einem «Ach» vor Ihrem Namen begrüssen würde.
Heidn	Und? Habe ich Ihren Erwartungen entsprochen?
Achgott	Erstens hatte ich keine und zweitens war Ihre Reaktion ganz ok.
Heidn	Das heisst?
Achgott	Sie haben's, leicht genervt, zur Kenntnis genommen.
Heidn	Stimmt nicht ganz: Ich war mehr verwundert als genervt.
Achgott	Es würde Sie also kaum stören, wenn ich Sie mit «Achheidn» anspräche?
Heidn	Wenn es Ihnen Spass machen würde – warum nicht?
Achgott	Spass würde es mir nicht machen, aber...
Heidn	Aber?
Achgott	Ich frage mich, warum SIE das tun. Dafür muss es doch mindestens einen triftigen Grund geben.
Heidn	Mir fällt keiner ein – ausser vielleicht Gewohnheit, Gedankenlosigkeit, Routine, Reflex...
Achgott	Das kann's nicht sein – das ist doch keine echte Begründung.
Heidn	Nachahmung vielleicht? Irgend jemand, irgend ein Bekannter von mir – natürlich hätte ich inzwischen längst vergessen, wer es hätte gewesen sein können, der – sofern das zuträfe – damit angefangen gehabt hätte, ständig «Achgott» zu seufzen, so dass ich fast nicht anders hätte gekonnt haben können, als diesen Typen nachzuahmen und

	danach ebenfalls bei jedem Problemchen mit einem weh-klagenden «Achgott»-Ausruf zu reagieren.
Achgott	So unwahrscheinlich wäre das nicht gewesen.
Heidn	Sehen Sie: So muss es gewesen sein – ich habe die schlech-te Angewohnheit einer anderen Person kopiert, übernom-men, nachgeahmt, nachgeäfft.
Achgott	Nehmen wir an, es wäre so gewesen: Hätten Sie sich nicht nach dem tausendsten Mal gefragt, was das eigentlich solle und ob es tatsächlich angebracht sei, nur wegen eines ge-brochenen Bleistiftspitzes, einer verbogenen Büroklammer oder eines leicht klemmenden Türschlosses mich jedesmal subito anzurufen – zusätzlich versehen mit einem unübli-chen Präfix, dem Klagelaut «Ach»?
Heidn	Jetzt, da Sie es sagen, erinnere ich mich schwach, dass ich mir dieser Unsitte – wahrscheinlich mehr als einmal – be-wusst wurde; aber da war es vermutlich schon zu spät...
Achgott	Wie dem auch sei, Herr Heidn, ich habe mich daran ge-wöhnt und unsere darauf folgenden Konversationen waren immer sehr speziell.
Heidn	Soll das heissen, dass ich mich im Laufe meines Lebens schon Tausende von Malen mit Ihnen unterhalten habe?
Achgott	Ja sicher – auf mich ist Verlass, auf mich können Sie zählen, ich bin immer sofort zur Stelle, wenn ich gebraucht werde.
Heidn	Warum kann ich mich denn nicht an diese Unterhaltungen erinnern? Oder an Sie? Alzheimer? Gedächtnisschwund? Oder bilden Sie sich etwa nur ein, Sie hätten das getan? Etwa um mir zu imponieren? Oder schwindeln respektive lügen Sie mich einfach an?
Achgott	Herr Heidn: Sie wissen zwar, wer ich bin, doch Ihr Wille, dieses Wissen vergessen zu wollen, ist stärker als die Leis-tung Ihres Gedächtnisses. So einfach ist das.
Heidn	Und warum sollte ich das vergessen WOLLEN?
Achgott	Diese Frage müssen Sie sich selbst stellen.
Heidn	Ja – natürlich frage ich mich das gerade selbst – vorausge-setzt, Sie haben die Wahrheit gesagt.
Achgott	«Ich bin die Wahrheit...»: Sagt das Ihnen etwas?

Heidn	Ja sicher – ich war jahrelang Sonntagsschullehrer.
Achgott	«... und das Leben»: Die Fortsetzung ebenfalls?
Heidn	Was WOLLEN Sie von mir?
Achgott	Nichts, Herr Heidn, was Sie nicht auch wollen, dessen sollen Sie gewiss sein.
Heidn	Uff – ist das anstrengend! Dabei war ich gerade dabei, mir eine Pause zu gönnen, mich auf den Balkon zu setzen, die Sonne zu geniessen, die Wärme, das Frühlingswetter.
Achgott	Doch leider...
Heidn	Leider?
Achgott	... ist Ihnen das Handy entglitten!

Achgott zweiundzwanzig

Heidn	Ich versteh's nicht: Eben waren sie noch da.
Achgott	Wer? Was? Wo?
Heidn	SIE habe ich nicht gemeint.
Achgott	Wen oder was dann?
Heidn	So genau weiss ich das nicht – jedenfalls waren sie gerade eben noch da.
Achgott	Sie scheinen etwas verwirrt zu sein, Herr Heidn.
Heidn	Schon möglich – eventuell bin ich eingenickt...
Achgott	... Das wird es sein...
Heidn	... und noch etwas beduselt...
Achgott	... Sieht so aus ...
Heidn	... und verwirrt.
Achgott	Versuchen Sie einfach, sich zu beruhigen.
Heidn	Ja, das wird helfen.
Achgott	Irgendwie scheinen Sie die Orientierung verloren zu haben.
Heidn	Orientierung?
Achgott	Ja, die Ortung, die Bewusstheit, die Selbstdefinition.
Heidn	Selbstdefinition?
Achgott	Ja: Stellen Sie sich vor, Sie wären ein Baum.
Heidn	Schwierig-schwierig.
Achgott	Ein Apfelbaum zum Beispiel.
Heidn	Ja, ich mag Äpfel.
Achgott	Also: Sie sind ein Apfelbaum.
Heidn	Ja, bin ich.
Achgott	Vollbehangen mit tausend glänzend roten, saftigen Äpfeln.
Heidn	Deren Gewicht! Deren Gewicht!
Achgott	Federleicht, denn im Traum ist alles leicht wie Luft...
Heidn	Falsch: Die Äpfel sind eine schwere Last, drücken die Äste und mich zu Boden...
Achgott	Bald werden sie geerntet, die Äpfel.
Heidn	Zu spät – der Baum kippt, die Äste brechen, die Äpfel poltern zu Boden...

Achgott	Sie sind umgefallen?
Heidn	Ja – reglos liege ich am Boden, entwurzelt, gebrochen, am Ende.
Achgott	Aber Herr Heidn – Sie doch nicht.
Heidn	Doch-doch: Ich spür's.
Achgott	Was genau spüren Sie?
Heidn	Wie ich die Verbindung mit der Erde verliere, wie ich auseinanderfalle, zerborsten, erledigt, am Ende.
Achgott	Ui.
Heidn	Ui?
Achgott	Ui-ui-ui.
Heidn	Sie wollen mir nicht helfen?
Achgott	Doch: Merken Sie denn nicht, dass ich Ihnen helfen will?
Heidn	Wie denn?
Achgott	Ok: Erheben Sie sich, Herr Heidn.
Heidn	Wie denn?
Achgott	Setzen Sie sich auf.
Heidn	Ich liege am Boden, bin ohne jede Muskulatur, mit abgebrochenen Ästen, vollbehangen mit tonnenschweren Äpfeln.
Achgott	Vergessen Sie dieses Bild, diesen Traum – kehren Sie zurück in die Realität.
Heidn	Und was soll der Schraubenzieher in Ihrer Hand?
Achgott	Was für ein Schraubenzieher?
Heidn	Da! Dort! Hier!
Achgott	Wo soll der sein?
Heidn	Eben war er noch da!
Achgott	Wer? Was? Wo?
Heidn	Sie wiederholen sich.
Achgott	Tut mir leid.
Heidn	Eben waren sie noch da.
Achgott	Ich bin doch da!
Heidn	SIE habe ich nicht gemeint.
Achgott	Wen oder was dann?
Heidn	Hilft mir denn keiner?
Achgott	Beruhigen Sie sich, Herr Heidn.

Heidn   Ich bin verloren.

Achgott dreiundzwanzig

Heidn	Sie fragen mich, warum ich nicht an Gott glaube?
Achgott	Ja. Oder an Achgott, wer Ihnen lieber ist.
Heidn	Keiner von beiden.
Achgott	Sie glauben weder an mich, Ihren Achgott, noch an Gott, den Allmächtigen?
Heidn	Nein: Keiner von beiden ist mir «lieber» – ich bevorzuge also weder den einen noch den andern. Ich benachteilige aber auch keinen von beiden.
Achgott	Mit andern Worten: Sie sind neutral.
Heidn	Nein, so habe ich das nicht gemeint.
Achgott	Wie denn?
Heidn	Eben: Dass ich weder an Sie, meinen «Achgott», noch an den sogenannt «allmächtigen Gott» glaube.
Achgott	Von diesen zwei «Göttern» ist Ihnen jedoch keiner lieber – d.h. Ihre Haltung ist diesbezüglich neutral?
Heidn	Korrekt, wenn das für Sie Sinn macht.
Achgott	Insoweit schon. Keinen Sinn macht für mich Ihre Behauptung, Sie würden weder an mich noch an Gott, den Allmächtigen, glauben.
Heidn	Das ist keine Behauptung, das weiss ich, das ist ein Fakt: Ich glaube weder an Sie noch an ihn.
Achgott	Obwohl Sie und ich, wir, praktisch täglich, manchmal sogar mehrmals pro Tag, miteinander kommunizieren?
Heidn	Ja, trotzdem.
Achgott	Aber es ist doch eine unbestreitbare Tatsache, dass Sie, Herr Heidn, mich wahrnehmen, mich sehen, hören und – ich denke – auch fühlen, wenn wir miteinander sprechen, uns austauschen, einander mitteilen, was gerade ansteht.
Heidn	Das streite ich auch nicht ab.
Achgott	Das können Sie doch nicht, nachdem Sie eben bestätigt haben, dass das den Tatsachen entspricht, also Realität ist.
Heidn	Doch, kann ich.

Achgott	Wie denn?
Heidn	Realität und Tatsachen sind nicht das Gleiche: Die Tatsache, dass ich mit Ihnen kommuniziere, hat nichts mit Realität zu tun.
Achgott	Sie reden real mit mir, diskutieren real mit mir, was, wie Sie zugeben, eine Tatsache sei, und dennoch bestreiten Sie, dass das real ist? Wo liegt da die Logik?
Heidn	Vieles, was geschieht, ist unlogisch, lässt sich mit normalen Massstäben nicht erklären, geschieht zwar, ist aber auf unerklärliche Weise irreal.
Achgott	Was Sie sagen, trifft zwar auf einiges zu – nicht aber bezogen auf Ihren Fall.
Heidn	Um was für eine Art von «Fall» handelt es sich denn bei mir für Sie?
Achgott	Um einen – und das kann ich Ihnen versichern – Spezialfall.
Heidn	Was macht mich für Sie so speziell?
Achgott	Zum Beispiel, dass Sie, wie ich eben zum wiederholten Mal festgestellt habe, wider besseres Wissen meine Existenz nicht nur bezweifeln, sondern in Abrede stellen.
Heidn	Wie gehen Sie denn in solchen Fällen, wie ich einer bin, vor?
Achgott	Gar nicht: Ich bin die Geduld, die Liebe und das Leben.
Heidn	Sind Sie oder behaupten Sie?
Achgott	Herr Heidn: Ich diskutiere gern mit Ihnen, da Sie hartnäckig und überzeugt an einer Vorstellung festhalten, die nicht der wahren Realität entspricht und nicht auf der unbestreitbaren Tatsache basiert, dass es mich gibt.
Heidn	Diesen Beweis sind Sie mir bis jetzt schuldig geblieben.
Achgott	Eigentlich müssten Sie es ganz genau wissen und spüren: So viel Glück, wie Sie in Ihrem bisherigen Leben gehabt haben, kann nicht nur Zufall sein.
Heidn	Es gibt also keine Zufälle?
Achgott	Im Allgemeinen nicht.
Heidn	Sie nehmen also für sich in Anspruch, dass Sie mein Leben stets positiv beeinflusst haben?
Achgott	Ja – eigentlich schon.

Heidn	Warum nur «eigentlich»?
Achgott	Weil... Herr Heidn, Sie verfügen über einen starken – um nicht zu sagen: sturen – Willen, der Sie zu der Persönlichkeit geformt hat, die Sie sind.
Heidn	Wo ein Wille ist, ist auch ein Weg.
Achgott	Genau: Sie beeinflussen zu wollen, ist eine schwierige, fast nicht bewältigbare Aufgabe.
Heidn	Und deshalb dieses relativierende «eigentlich»?
Achgott	Richtig.
Heidn	Für Sie gelte ich also als schwieriger Mensch, und Sie haben es sich zu Ihrer Aufgabe gemacht, dieses Wesen, mich, «erziehen» und in die Ihrer Ansicht nach «richtige Richtung» lenken wollen?
Achgott	Überspitzt formuliert: Ja, so ungefähr.
Heidn	Wissen Sie was?
Achgott	Nein, wie auch?
Heidn	Sie massen sich da Dinge an, die mich an Grössenwahnsinnige erinnern: Sie glauben über Kräfte zu verfügen, über die nur ein göttliches Wesen verfügen könnte, aber nur dann, wenn es tatsächlich existieren würde.
Achgott	Im Kern, Herr Heidn, haben Sie's erfasst – eigentlich.
Heidn	Herr Ähm... Dings: Sie sind meines Erachtens zwar ein sehr netter und sympathischer, aber dennoch unverbesserlicher, eingebildeter und verblendeter Verschwörungstheoretiker, der an Dinge glaubt, die so unwahrscheinlich, haarsträubend und unmöglich sind, dass es normalen Menschen wie mir schwerfällt, nicht an Ihrem Verstand zu zweifeln.
Achgott	Danke, Herr Heidn.
Heidn	Wofür?
Achgott	Für Ihre Direktheit, Verbohrtheit und Widerspenstigkeit.
Heidn	Bitte-bitte.
Achgott	Und Ihre unerbittliche Widerborstigkeit, Uneinsichtigkeit, Ignoranz und Verstocktheit.
Heidn	Gern geschehen.
Achgott	Sowie Sturheit.

Achgott vierundzwanzig

Achgott	Sie haben Rückenbeschwerden?
Heidn	Ja. Warum?
Achgott	Ich dachte nur. Ihnen fehlt die Leichtfüssigkeit.
Heidn	Leichtfüssigkeit?
Achgott	Ja, Sie hinken leicht.
Heidn	Mag sein.
Achgott	Und was tun Sie dagegen?
Heidn	Ich vermeide es, lange Strecken zu Fuss zurückzulegen.
Achgott	Und damit bessert sich Ihr Zustand?
Heidn	Nein.
Achgott	Warum tun Sie's dann?
Heidn	Weil mich beim Gehen der Rücken schmerzt.
Achgott	Ok. Und weiter?
Heidn	Nichts weiter – ich trete kürzer.
Achgott	Das ist aber nicht zielführend.
Heidn	Was wäre dann Ihres Erachtens zielführend?
Achgott	Zu joggen.
Heidn	Sie scherzen.
Achgott	Nein – Joggen wäre wirkungsvoller als aufs Gehen zu verzichten.
Heidn	Wenn der Rücken schon beim Gehen schmerzt – wie viel mehr würde er dann beim Joggen schmerzen!
Achgott	Probieren Sie's aus!
Heidn	Keine Lust.
Achgott	Und warum nicht?
Heidn	Haben SIE Probleme mit Ihrem Rücken?
Achgott	Nein.
Heidn	Haben Sie das, was Sie mir empfehlen, selber schon mal ausprobiert?
Achgott	Nein.
Heidn	Also?

Achgott	Das wäre sicher einen Versuch wert.
Heidn	Nein, das ist es nicht.
Achgott	Und warum nicht?
Heidn	Weil Sie keine diesbezüglichen Erfahrungen haben.
Achgott	Doch.
Heidn	Wie denn?
Achgott	Weil ich sämtliche Arten von Rückenschmerzen kenne.
Heidn	Wie das?
Achgott	Mir sind alle Schmerzformen bekannt.
Heidn	Sind Sie Arzt?
Achgott	Nein.
Heidn	Was dann?
Achgott	Schöpfer.
Heidn	Schöpfer?
Achgott	DER Schöpfer.
Heidn	Dass ich nicht lache.
Achgott	Sie glauben mir nicht?
Heidn	Wie käme ich dazu?
Achgott	Einfach so: Indem Sie es mal mit Joggen versuchen.
Heidn	Lieber bleibe ich hier sitzen und bewege mich überhaupt nicht mehr, als dass ich auf Sie höre.
Achgott	Schade.
Heidn	Das kann Ihnen ja egal sein.
Achgott	Ist es mir aber nicht.
Heidn	Was nicht stimmt.
Achgott	Sie sind wirklich resistent.
Heidn	Gegen was?
Achgott	Gegen Ratschläge, Tipps, Empfehlungen, Vorschläge...
Heidn	Aber nur, wenn sie ohne Hand und Fuss sind...
Achgott	... Gegen mich...
Heidn	Gegen Sie?
Achgott	Ja, resistent gegen mich.
Heidn	Was sollte ich gegen Sie haben?
Achgott	Sagen Sie's mir.
Heidn	Sie sind mir ziemlich egal.
Achgott	Schade.

Heidn	Sind Sie nicht enttäuscht?
Achgott	Nein – sollte ich?
Heidn	Ja schon – Ihnen sind meine Rückenbeschwerden offenbar nicht egal.
Achgott	Stimmt.
Heidn	Dann sollten Sie doch enttäuscht sein, wenn ich Ihre Ratschläge nicht ernst nehme.
Achgott	Nein.
Heidn	Und warum nicht?
Achgott	SIE haben ja die Rückenschmerzen, nicht ich.
Heidn	Stimmt.
Achgott	Das heisst?
Heidn	Jedenfalls versuche ich es nicht mit Joggen.
Achgott	Wie Sie wollen.
Heidn	Garantiert nicht.
Achgott	Ist Ihre Entscheidung.
Heidn	Genau.
Achgott	Ein lockeres Jogging würde Ihren Rücken entlasten, die Verspannung lockern.
Heidn	Joggen Sie?
Achgott	Physisch nein, geistig ja.
Heidn	Im Geist zu joggen, wäre aber nicht zielführend?
Achgott	Nein.
Heidn	Warum tun SIE's dann?
Achgott	Zur Entspannung, wegen der Emotionen.
Heidn	Bei Ihnen macht das also, Ihrer Meinung nach, Sinn?
Achgott	Durchaus. Durchaus.
Heidn	Nicht aber bei mir?
Achgott	Genau.
Heidn	Warum?
Achgott	Ich habe keine entzündeten Ischiasnerven, die bis in mein linkes Knie, die linke Wade, das linke Schienbein, die linke Fussoberseite, die zwei linksten Zehen ausstrahlen können.
Heidn	Ich aber schon?
Achgott	Das fragen SIE mich?
Heidn	Ja.

Achgott	Ich habe keine Ischiasschmerzen, die kommen und gehen, wie aus dem Nichts, unvermittelt, plötzlich, so dass ich beim Aufsetzen des linken Fusses manchmal zusammenzucke, einen stechenden Schmerz und ein lähmendes Gefühl empfinde, so dass ich gezwungen bin zu hinken, obwohl ich mich dagegen wehre, so gut es eben in diesen Momenten geht.
Heidn	Genau.
Achgott	Und Sie wollen es nicht mal mit Joggen versuchen?
Heidn	Nein – warum sollte ich?
Achgott	Ja klar – warum sollten Sie.
Heidn	Sehen Sie?
Achgott	Was denn?
Heidn	Dass Sie's erfasst haben...
Achgott	Was soll ich?
Heidn	... und eingesehen...
Achgott	?
Heidn	... dass Sie keine Ahnung haben, ...
Achgott	?
Heidn	... wie's mir geht...
Achgott	?
Heidn	... und was mir helfen könnte...
Achgott	?
Heidn	... die Rückenbeschwerden loszuwerden.
Achgott	Fast hätte ich etwas gesagt...
Heidn	Nicht nur fast!
Achgott	Stimmt.
Heidn	Richtig.

Achgott fünfundzwanzig

Heidn	Schön, dass mich mal jemand besucht.
Achgott	Grüssgott, Herr Heidn! Schön haben Sie's hier!
Heidn	Ja, das Rauschen des Wassers bei offenem Fenster hat etwas Beruhigendes.
Achgott	Darum lieben Sie ja das Meer so sehr.
Heidn	Woher wollen Sie denn das wissen? – Natürlich liebe ich das Meer, insbesondere das Mittelmeer. Aber vor allem den Strand, die Wellen, die Sonne, den Sand.
Achgott	Was machen Sie denn eigentlich hier?
Heidn	Das wollte ich gerade Sie fragen. Haben Sie auch einen Raum gemietet?
Achgott	Nein-nein, so etwas brauche ich nicht. Ich wollte einfach mal schauen, wie's Ihnen so geht, hier, in Ihrem neuen Atelier.
Heidn	So neu ist das jetzt auch wieder nicht: Die alte Spinnerei ist schon fast zweihundert Jahre alt, sie wurde 1985 letztmals saniert und das einzig Neue sind die neu erstellten Gipswände, die jedoch nicht schalldicht sind, sondern sehr hellhörig.
Achgott	Was Sie stört?
Heidn	Nein, gar nicht: Ich bin nur selten hier, da ich bisher zu wenig Zeit hatte, und wenn ich da war, war ich meistens allein. Nur einmal befand sich ein Ehepaar, wie ich annehme, in ihrem Atelier, das heisst im übernächsten Raum, was bedeutet, dass es zwei Wände hat zwischen ihnen und mir, und trotzdem habe ich fast jedes Wort verstanden.
Achgott	Unser Gespräch hier ist also nicht privat?
Heidn	Doch schon – trotzdem haben wir ja eigentlich über nichts Privates gesprochen.
Achgott	Immerhin haben Sie erzählt, dass Sie das Mittelmeer lieben.
Heidn	Was ist da schon dabei? Millionen von Menschen verbrin-

	gen ihre Ferien am Mittelmeer.
Achgott	Aber nicht so wie Sie.
Heidn	Das geht ja niemanden was an, auch Sie nicht.
Achgott	Bemerkenswert finde ich den Namen Ihrer Firma.
Heidn	Ja, der ist mir so eingefallen mitten in der Pandemie. Aber mein Atelier ist keine Firma, sondern ein Atelier eben.
Achgott	Meines Wissens produzieren Sie Dinge, die Sie verkaufen wollen, oder nicht?
Heidn	Produzieren ist ein falscher Ausdruck.
Achgott	Herstellen?
Heidn	Nein, ich würde dem Kreieren sagen.
Achgott	Schön.
Heidn	Oder kr-EI-e-ren, wenn Sie verstehen, was ich meine.
Achgott	Sie machen also Wortspiele.
Heidn	Nein, nicht nur.
Achgott	Aber auch.
Heidn	Ab und zu – wenn es sich gerade so ergibt.
Achgott	Schön.
Heidn	In erster Linie möchte ich das machen, was mir Spass macht.
Achgott	Hier? Wo man vom Gang her einen Blick in Ihr Büro werfen kann?
Heidn	Erstens ist ja – wie meistens – niemand hier ausser ich, oder fast niemand, wie jetzt...
Achgott	Und zweitens?
Heidn	Meinte ich damit Kunst, künstlerisches Schaffen, Erfinden von Dialogen, Geschichten, Romanen, Gedichten, Zeichnen von Figuren, Gestalten von Bildern, Fotos, Gemälden etc.
Achgott	Mit andern Worten: Sie sind ein Künstler...
Heidn	Eher ein Möchtegern-Künstler – jedenfalls bin ich zu hundert Prozent Amateur.
Achgott	Und hier möchten Sie Ihrer Fantasie freien Lauf lassen?
Heidn	Ja, so ungefähr.
Achgott	Haben Sie denn zu wenig Platz zu Hause? Sie wohnen in einer Fünfzimmerwohnung mit Galerie, allein mit Ihrem Sohn...

Heidn	Ja. Und nein.
Achgott	Ja?
Heidn	Die zwei Katzen beanspruchen auch viel Platz.
Achgott	Und nein?
Heidn	Und haaren gewaltig.
Achgott	Haaren?
Heidn	Überall Katzenhaare: In der Luft, am Boden, in allen Ecken, auf den Tischen, im Backofen...
Achgott	Waren sie denn schon mal drin?
Heidn	Wo?
Achgott	Im Backofen.
Heidn	Ich?
Achgott	Nein, die Katzen natürlich.
Heidn	Ach so.
Achgott	Und da dachten Sie: Miete ich mal so ein Atelier und sehe dann, was herauskommt.
Heidn	Ja genau: So war's.
Achgott	Und ist es so?
Heidn	Wie?
Achgott	So, wie Sie es erwartet haben.
Heidn	Nicht wirklich: Ich hatte ja keine Erwartungen. Spannend war eher der Prozess, den das Atelier in mir auslöste.
Achgott	Aha.
Heidn	Ich habe ein gutes Gefühl: Hier grenze ich mich ab vom ganzen übrigen Leben, widme mein Denken, meine Ideen, meine Gefühle nur der Kunst...
Achgott	Wunderbar!
Heidn	Ja schon...
Achgott	Aber?
Heidn	Nichts aber – ich bin wirklich positiv überrascht. Und überzeugt.
Achgott	Wovon?
Heidn	Dass ich hier gut arbeiten kann.
Achgott	Jedoch?
Heidn	Auch kein Jedoch: Ich bin überzeugt, dass das hier eine gute Sache ist und wird.

90

Achgott	Das hoffe ich auch.
Heidn	Danke! Aber das kann Ihnen eigentlich doch egal sein.
Achgott	Im Gegenteil: Ich freue mich sehr, wenn es Ihnen gut geht.
Heidn	Freut mich. Nur verstehe ich nicht ganz, warum Sie sich so sehr für mich interessieren.
Achgott	Überlegen Sie mal.
Heidn	Tue ich ja die ganze Zeit – aber ich komme nicht drauf.
Achgott	Worauf?
Heidn	Auf Sie und Ihre Rolle.
Achgott	Rolle?
Heidn	Warum Sie überhaupt hier sind, mit mir sprechen, wissen wollen, wie's mir geht.
Achgott	Das ist doch meine Pflicht.
Heidn	Wem gegenüber?
Achgott	Ihnen.
Heidn	Mir?
Achgott	Ja, Ihnen.
Heidn	Achgott!
Achgott	Sehen Sie:
Heidn	Ja was denn?
Achgott	Nun sind Sie doch noch drauf gekommen!
Heidn	Worauf?
Achgott	Auf meine Rolle.
Heidn	Meinen Sie?
Achgott	Ja klar.
Heidn	Voll bewusst?
Achgott	Nicht ganz, denke ich.
Heidn	Ja dann.
Achgott	Dann was?
Heidn	Danke ich für Ihren Besuch und Ihre Anteilnahme, Herr.
Achgott	Achgott.
Heidn	Achgott?
Achgott	Achgott. Ja: Achgott!

Achgott sechsundzwanzig

Achgott	Herr Heidn?
Heidn	Ja?
Achgott	Sie sehen so müde aus...
Heidn	So?
Achgott	Ja, ziemlich.
Heidn	Kann schon sein.
Achgott	Zu wenig geschlafen?
Heidn	Eventuell.
Achgott	Zu viel gearbeitet?
Heidn	Nein-nein.
Achgott	Zu hart trainiert?
Heidn	Natürlich nicht.
Achgott	Was dann?
Heidn	Nichts.
Achgott	Aber Sie SIND müde?
Heidn	Ja klar – das sieht man doch, das haben Sie ja selbst gesehen.
Achgott	Und die Ursache?
Heidn	Was weiss ich – ist doch egal.
Achgott	Herr Heidn: Nichts ist egal.
Heidn	Wer sagt das?
Achgott	Ich.
Heidn	Und wie meinen Sie das?
Achgott	So wie ich es sage: Nichts ist egal.
Heidn	Doch: Zum Beispiel dieser Stein hier ist mir doch so lang wie breit.
Achgott	Aber nicht, wenn Sie damit totgeschlagen würden.
Heidn	Dann nicht.
Achgott	Sehen Sie.
Heidn	Oder diese Schnecke dort ist doch vollkommen bedeutungslos.
Achgott	Finden Sie?

Heidn	Nicht wirklich – es ist ja ein Lebewesen.
Achgott	Richtig.
Heidn	Ein lebendes Wesen.
Achgott	Genau.
Heidn	Das Anspruch darauf hat, ein würdiges Leben als Schnecke führen zu dürfen.
Achgott	Klingt gut.
Heidn	Wie jeder einzelne Wurm, jeder Grashalm, jedes Insekt.
Achgott	Jawohl.
Heidn	Was bedeutet: Nichts ist egal.
Achgott	Wie ich gesagt habe.
Heidn	Wie Sie gesagt haben.
Achgott	Also heute keine Lust auf ein Streitgespräch?
Heidn	Keine Lust.
Achgott	Weil Sie zu müde sind?
Heidn	Weil Sie recht haben.
Achgott	Oh, das freut mich aber.
Heidn	Und warum sollte Sie das freuen?
Achgott	Weil Sie eingesehen haben, dass nichts egal ist.
Heidn	Eingesehen ist die falsche Bezeichnung.
Achgott	Gespürt?
Heidn	Nein.
Achgott	Erkannt?
Heidn	Schon besser.
Achgott	Gefühlt?
Heidn	Kälter.
Achgott	Gewusst?
Heidn	Genau.
Achgott	Und warum meinten Sie dann zu Beginn unseres Gesprächs, dass die Ursache Ihrer Müdigkeit egal sei?
Heidn	In jenem Moment war ich mir nicht bewusst, was ich meinte, indem ich das sagte.
Achgott	Und was meinen Sie jetzt, eine Minute später?
Heidn	Ich bin zu müde, um darauf eine Antwort zu finden.
Achgott	Versuchen Sie's.
Heidn	Warum?

Achgott	Weil nichts egal ist.
Heidn	Das weiss ich doch.
Achgott	Also?
Heidn	Hauen Sie doch einfach ab, Sie!
Achgott	Und wie meinen Sie das jetzt genau?
Heidn	Wie ich es gesagt habe: Verschwinden Sie!
Achgott	Herr Heidn: Das Letzte, was ich wollte, war, Sie zu provozieren.
Heidn	Haben Sie aber! Haben Sie aber!
Achgott	Sorry!
Heidn	Schon ok.
Achgott	Soo müde sehen Sie jetzt auch nicht mehr aus!
Heidn	Halten Sie doch einfach Ihre Klappe!
Achgott	Werde ich sofort tun, Herr Heidn.
Heidn	Bitte gehen Sie!
Achgott	Tu ich ja.
Heidn	SOFORT!
Achgott	Bin schon gegangen...
Heidn	NERVENSÄGE!
Achgott	... schon gegangen.

Achgott siebenundzwanzig

Achgott	Mit Ihrem bisherigen Lebenskonzept sind Sie zufrieden?
Heidn	Lebenskonzept?
Achgott	Die Art und Weise, wie Sie Ihr bisheriges Leben arrangiert, gemeistert, hinter sich gebracht haben.
Heidn	Ja schon.
Achgott	Können Sie das etwas differenzieren?
Heidn	Mehrheitlich ja.
Achgott	Womit sind Sie denn nicht zufrieden?
Heidn	Im Grossen Ganzen bin ich schon zufrieden.
Achgott	Aber?
Heidn	Im Nachhinein würde ich einige Entscheidungen wahrscheinlich anders treffen.
Achgott	Grosse oder kleine?
Heidn	Je nachdem.
Achgott	Also können Sie nicht ganz genau sagen, wo, wann, wie und warum Sie anders entschieden hätten?
Heidn	Doch, da gäbe es einige Beispiele: Dass ich es zum Beispiel verpasst habe, zu danken, auf einen Brief zu antworten, mich zu entschuldigen, die Initiative zu ergreifen.
Achgott	Und das tut Ihnen leid?
Heidn	Ja sicher: Das bereue ich.
Achgott	Was bereuen Sie denn am meisten?
Heidn	Das ist doch klar.
Achgott	Und diese Trennungen bereuen Sie wirklich?
Heidn	Nicht wirklich, da sie auch neue Chancen eröffneten.
Achgott	Ich verstehe.
Heidn	Aber nie habe ich mir eine Art Lebenskonzept erschaffen, auf das ich mein Leben ausrichten wollte.
Achgott	Aber gewisse Grundsätze spielten eine wichtige Rolle?
Heidn	Ja klar: Beruf? Kinder? Partnerin? Heirat? FKK? Rauchen? Alkohol? Religion? Politische Haltung? Sport? Fleisch? Kunst? Literatur? Kultur? Etc. sind alles Fragen, die jede

	Person für sich beantworten sollte.
Achgott	Was Sie für sich gemacht haben.
Heidn	Ja klar: Da gibt es nichts bis wenig, was ich bereue.
Achgott	Schön-schön. Belasten Sie denn Ihre Fehlentscheidungen?
Heidn	Nein – es entsteht ein ungutes Gefühl, wenn ich an jene Situationen denke.
Achgott	Was Sie selten bis nie tun.
Heidn	Ja: Selten bis nie.
Achgott	Was würden Sie denn jungen Menschen empfehlen, wie sie ihr Leben planen sollten?
Heidn	Gewisse Dinge lassen sich nicht planen. Sie sollten Freude haben an dem, was sie tun.
Achgott	Freude ist positiv.
Heidn	Sie sollten sich engagieren für etwas, was sich lohnt: Für sich, für andere, für Tiere, für die Natur.
Achgott	Wie Sie.
Heidn	Ja – in etwa. Aber alle müssen zuerst herausfinden, wofür sie sich warum interessieren, ob, wie, wo, wann, wie oft, mit wem sie sich dieser Sache annehmen wollen und das Ganze etwas planen, koordinieren, organisieren, intuitiv oder intellektuell, was ihnen besser liegt.
Achgott	Wie sind Sie denn vorgegangen?
Heidn	Immer intuitiv – als ob ich eine innere Stimme hätte, die mir mein Denken und Handeln empfiehlt, vorgibt respektive vorschreibt...
Achgott	Also eine Art innerer Drang?
Heidn	Ja, so könnte man das auch beschreiben.
Achgott	Sie haben also Ihre Lebensprojekte nicht zielgerichtet und bis ins Detail geplant, sondern...
Heidn	Ja – ich bin nicht der Projektleiter, CEO oder Organisator meiner Lebensziele, ich bin nicht der berechnende Typ, der absichtlich so und nicht anders handelt...
Achgott	Sondern?
Heidn	Eben, intuitiv...
Achgott	... Was eventuell nicht immer zum Ziel führt.
Heidn	Genau! Wie die andere Person beispielsweise reagieren

	wird, ist oft nicht vorhersehbar.
Achgott	Sie sprechen aus Erfahrung?
Heidn	Ja klar: Manchmal kommt einem das eigene Wunschdenken in die Quere, da man die Realität anders einschätzt, als sie ist.
Achgott	Woran haben Sie denn jetzt im Speziellen gedacht?
Heidn	Partnerinnenwahl, politisches Engagement, Sport.
Achgott	Sport?
Heidn	Ja – da kann man sich klare Ziele setzen, da kann man sich messen, da kann man sich pushen, motivieren, von sich das Letzte herausholen wollen.
Achgott	Eine Form von Masochismus, Selbstkasteiung?
Heidn	Nein-nein. Hier geht's um Selbstdisziplin, Durchhaltewillen, um die Herrschaft des Geistes über den eigenen Körper.
Achgott	Also doch eine Form von Unterdrückung, Selbstbestrafung, Selbstversklavung.
Heidn	Wo denken Sie hin? Gehen Sie nie joggen? Machen Sie keine Liegestütze? Möchten Sie Ihren Körper nicht so in Stand halten, dass er möglichst lange jung, geschmeidig, kräftig und leistungsfähig bleibt?
Achgott	Nicht wirklich – ich beschäftige mich ausschliesslich geistig.
Heidn	Haben Sie denn keine Angst, schon früh pflegebedürftig zu werden?
Achgott	Wo denken Sie hin – meine geistigen Fähigkeiten nehmen täglich zu – gezwungenermassen.
Heidn	Wie meinen Sie das?
Achgott	Menschen wie Sie fordern mich heraus, stets das Beste zu geben, das Beste zu wollen – und da komme ich nicht darum herum, mich auch mit all den Entwicklungen, Erfindungen, Neuerungen und Ideen der Menschheit auseinanderzusetzen.
Heidn	Und der Sport bleibt auf der Strecke?
Achgott	Sie können es mit dem Schachspiel vergleichen – einfach viel komplexer und anspruchsvoller.
Heidn	Dann verfügen Sie über die Fähigkeiten eines hochentwickelten Computers?

Achgott	Ja – ungefähr. Stellen Sie sich ein Schachbrett vor mit nicht nur 64, sondern mit 6'400, 640'000 oder 64'000'000 Feldern und 3'200, 320'000 oder 32 Millionen Schachfiguren.
Heidn	Wow! Ich denke, da wäre jeder von Menschen entwickelte Rechner heillos überfordert.
Achgott	Ja – stimmt genau!
Heidn	Also dann machen Sie eine Art von übermenschlichem Superdenksport, der nicht nur Ihren Geist, sondern auch Ihren Körper fit hält?
Achgott	Ehrlich gesagt: Damit wäre jeder menschliche Körper überfordert.
Heidn	Nun übertreiben Sie nicht: Sie sehen fit und gesund aus, sehen aus wie 45, machen auf Mitte dreissig und wären sicher in der Lage, einen Kilometer unter drei Minuten zurückzulegen.
Achgott	Sie schmeicheln mir, Herr Heidn, so ist es aber nicht.
Heidn	Sind Sie denn nie 1000 Meter gerannt?
Achgott	Nein, doch das ist vollkommen irrelevant. Von grosser Relevanz sind Sie und Ihr Leben – auch für mich.
Heidn	Hätte ich gewusst, dass es jemanden gibt, der sich derart für mich interessiert, hätte ich vielleicht früher begonnen zu versuchen, Sie kennenzulernen.
Achgott	Besser spät als nie, Herr Heidn. Lieber spät als nie.
Heidn	Dann wäre ich allerdings heute vielleicht...
Achgott	... vielleicht was?
Heidn	Schwul.

Achgott achtundzwanzig

Heidn	Guten Morgen, Herr Achgott!
Achgott	Hi, Herr Heidn! Freut mich, dass Sie nach mir gerufen haben, ohne dass es sich dabei um einen Bagatell- respektive Winzigärger oder einen spontanen Wutausbruch über ein Staubkorn handelt…
Heidn	Danke, dass Sie so schnell erreichbar und vorbeigekommen sind. Allerdings ist es wenig hilfreich, wenn Sie mir meine bis anhin häufigen, unbedachten, automatischen und unbewussten Anrufe vorhalten – ich wusste es nicht anders…
Achgott	Oh, Ihre Kritik nehme ich gerne entgegen – Sie befinden sich auf dem richtigen Weg, durchaus auf dem richtigen.
Heidn	Das hoffe ich doch sehr – in meinem Alter wird es auch langsam Zeit, sich mit den echt wichtigen Dingen des Lebens auseinanderzusetzen.
Achgott	Sie sagen es, Herr Heidn, so ist es.
Heidn	Ok. Also heute geht es um meine Zukunft.
Achgott	Soweit Sie noch eine haben, Herr Heidn, ohne dass Sie jetzt gleich in Panik verfallen müssen, denn man weiss ja nie…
Heidn	Auch diese Bemerkung bewerte ich als nicht ganz hilfreich.
Achgott	Aber Sie sind doch ein erwachsener Mensch, all ihrer Sinne mächtig, Ihre Vernunft und Ihr Verstand sind überdurchschnittlich ausgebildet – laut Ihrem Portalprofil.
Heidn	Jaja – das ist ein Teil meiner Frage: Wie beurteilen Sie aus Ihrer – übermenschlichen, eventuell ausserirdischen – Achgottsicht mein Profil, das aufgrund eines kurzen Psychotests entstanden ist?
Achgott	Positiv, überwiegend positiv.
Heidn	Inwiefern?
Achgott	Ich bin erstaunt, dass es der Menschheit gelingt, mithilfe weniger gezielter Fragen derart differenzierte Persönlichkeitsbilder zu erhalten, die relativ realitätsnah sind und auch verborgene, nicht auf den ersten oder zweiten Blick

	erkennbare Charakterzüge offenlegen.
Heidn	Oh – finden Sie? Also wenn Sie mein Profil betrachten: Ist das in etwa tatsächlich meine eigene Persönlichkeit, die da in diesem Punktesystem dargestellt wird?
Achgott	Ja, ziemlich genau – aber natürlich immer bezogen auf den Durchschnitt, die Durchschnittswerte, von denen Sie in einzelnen Bereichen signifikant abweichen – und das macht eben die Persönlichkeit eines Menschen aus, dass er sich in gewissen Bereichen vom Durchschnitt unterscheidet. Stellen Sie sich vor, wie langweilig es wäre, wenn alle die gleichen durchschnittlichen Werte aufweisen würden!
Heidn	Jaja – doch bin ich diesbezüglich schon etwas enttäuscht: Ich habe eigentlich ein eigenständigeres, besseres Ergebnis erwartet, das öfters weiter vom Mainstream entfernt ist…
Achgott	Aber schauen Sie doch Ihre gegenwärtige Lebenssituation an: Allzugrosse Abweichungen können Sie sich gar nicht leisten – Sie haben eigene Kinder und für diese tragen Sie noch eine gewisse, grosse bis sehr grosse Verantwortung! Von daher gesehen ist Ihr Resultat ein gutes, fast schon optimales – aus meiner bescheidenen Sicht betrachtet.
Heidn	Da bin ich mir nicht ganz sicher. Nehmen Sie den Wert der «Selbstkontrolle»: Unterdurchschnittlich, weit unterdurchschnittlich!
Achgott	Ja, das ist erstaunlich – auch für mich…
Heidn	Ich scheine Mühe mit Regeln, Grenzen, Gesetzen zu haben…
Achgott	Sagen Sie das nicht: Hier geht's doch um die Freiheit, um ein zentrales Menschenrecht – um das Wichtigste meines Erachtens: Frei sein Leben gestalten zu dürfen, frei sagen und denken zu können, was man für richtig hält, ohne immer gleich alles selber zu zensurieren und das eigene, angeborene Freiheitsbedürfnis einzuschränken und zu unterdrücken: Ihr Freiheits- und Unabhängigkeitsdrang ist gross – grossartig!
Heidn	Oh – danke für diese positive Beurteilung. Sie bestärken mich in meiner Ansicht – obwohl ich die Definition der Ma-

	cherinnen und Macher überhaupt nicht teile.
Achgott	Definieren Sie den Begriff «Gewissen» auf Ihre Weise und schon…
Heidn	Ok-ok. Meine zweite Frage betrifft diese Frau, die mir schon mehrmals geschrieben hat – ich bin mir nicht sicher, was ich von diesem Kontakt halten soll.
Achgott	Dafür ist es doch viel zu früh – lassen Sie den Dingen ihren Lauf, so wie Sie das normalerweise auch tun: «Selbstkontrolle» ist hier fehl am Platz! Entweder ergibt sich etwas oder es ergibt sich nichts! Schauen Sie zu, wie und ob sich etwas entwickelt. Kein Druck, kein Zwang, kein gar nichts. Fühlen Sie sich frei, so frei wie möglich. Bleiben Sie sich treu. Tun Sie, was Sie möchten. Stehen Sie über der Sache, nur kein Stress, es kommt, wie es kommt.
Heidn	Also «Schicksal», von Ihnen gesteuert, Herr Achgott.
Achgott	Dass Sie als kritisch eingestellter Mensch so etwas sagen, würde mich schon enttäuschen, wenn ich nicht wüsste, wie Sie's gemeint haben.
Heidn	Eben. Wer steuert denn das Ganze, wer?
Achgott	Ja wer?
Heidn	Ok – ich muss jetzt…
Achgott	Kein Mensch muss müssen, Herr Heidn, kein Mensch…

Achgott neunundzwanzig

Achgott	Herr Heidn: In meiner Denkwelt ist alles geregelt.
Heidn	Was Sie nicht sagen.
Achgott	Das erstaunt Sie?
Heidn	Ja sicher.
Achgott	Und warum?
Heidn	Im Allgemeinen sollte nur so viel, wie unbedingt nötig ist, geregelt sein.
Achgott	Finden Sie?
Heidn	Ja: Regeln engen ein, setzen Grenzen, beeinträchtigen unter Umständen die Freiheiten der Einzelnen.
Achgott	Ohne Regeln würde doch das nackte Chaos herrschen, oder nicht?
Heidn	Ein Chaos kann durchaus kreativ sein.
Achgott	In welchem Sinn denn?
Heidn	Dass man sich der verschiedensten Gestaltungs-, Denk- und Handlungsmöglichkeiten bewusst wird, dass man gewahr wird, wie vielseitig und unerschöpflich die menschliche Denkfähigkeit, Vorstellungskraft und Kreativität ist.
Achgott	Und was nützt das Ihnen, wenn Ihr Denksystem nicht nach gewissen Regeln funktioniert?
Heidn	Noch nie was gehört von der Kraft der Intuition, die spontan und jederzeit funktioniert und für sämtliche Bereiche und Situationen eine Vielzahl von Lösungsmöglichkeiten bereithält?
Achgott	Das fragen Sie MICH?
Heidn	Sollte oder darf ich etwa nicht?
Achgott	Doch-doch: Sie können mir jede Frage stellen, auch wenn diese noch so...
Heidn	... dumm? Wollten Sie dumm sagen?
Achgott	Selbstverständlich nicht, eher: aussergewöhnlich, unerwartet, unangebracht.
Heidn	Unangebracht?

Achgott	Ja: Unangebracht.
Heidn	In welchem Sinn denn?
Achgott	Ist Ihnen nicht bewusst, wie das System der Intuitionen funktioniert?
Heidn	Sie sind der Meinung, dass es so etwas wie ein «System der Intuitionen» gibt?
Achgott	Ich meine es nicht nur – ich WEISS es.
Heidn	Sind Sie etwa allwissend?
Achgott	Fakt ist, dass diese «spontanen» Einfälle, oft begleitet von entsprechenden Gefühlen, präzise gesteuert, punktgenau platziert und im exakt richtigen Moment in Erscheinung respektive ins Bewusstsein treten.
Heidn	Sie erinnern mich an Freud, nur dass die sexuelle Komponente fehlt.
Achgott	Die fehlt Ihnen?
Heidn	Nicht wirklich, aber so wäre es doch, wenn Freuds Theorien wahr wären.
Achgott	Sie zweifeln daran?
Heidn	Ich will mich mit Ihnen nicht über Freuds psychlogische Schriften unterhalten.
Achgott	Kennen Sie die denn?
Heidn	Kennen ist etwas viel gesagt – gelesen habe ich sie zu einem grossen Teil.
Achgott	Das hat Sie interessiert?
Heidn	Sie etwa nicht? Das Psychische, das Intuitive beeinflusst und prägt doch das Leben jedes einzelnen Menschen.
Achgott	Da haben Sie recht. Was halten Sie denn vom Schicksal?
Heidn	Wenig.
Achgott	Das ist nicht viel.
Heidn	Eher noch weniger als wenig.
Achgott	Sie glauben, nichts ist vorbestimmt?
Heidn	Nicht nichts, aber wenig.
Achgott	Haben Sie ein Beispiel für dieses Wenige?
Heidn	Die Klimaerwärmung.
Achgott	Die hat doch nichts mit Schicksal zu tun...
Heidn	Doch: Die ist berechenbar, ist eine logische Folge und

	Konsequenz des fahrlässigen und unbedachten Handelns der Menschheit.
Achgott	Da gebe ich Ihnen Recht: Die Menschen hatten alle Mittel und Möglichkeiten, diese Katastrophe zu verhindern.
Heidn	Kennen Sie sich denn mit dem Klima aus?
Achgott	So ungefähr.
Heidn	Und Sie denken, die Klimaerwärmung wäre vorbestimmt?
Achgott	Überhaupt nicht – die war und ist nicht vorgesehen, geplant, ist keine Naturkatastrophe.
Heidn	Sondern?
Achgott	Die Menschheit hat das Wissen, die Mittel und die Fähigkeiten, das Schlimmste abzuwenden.
Heidn	Das glaube ich auch – sie wäre in der Lage dazu, wenn sie wollte.
Achgott	Also fehlt es am Willen?
Heidn	An allem! An einer Organisation, die die dazu nötigen Massnahmen durchsetzen könnte.
Achgott	Im Sinne von verbindlichen, weltweit gültigen Gesetzen, Vorschriften, Erlassen, Verboten, an die sich alle Menschen zu halten hätten?
Heidn	Genau!
Achgott	An Regeln?
Heidn	Sicher: An Notstandsmassnahmen, die sofort umgesetzt und durchgesetzt werden müssten, zum Beispiel von der UNO.
Achgott	Die aber wenig bis keine Kompetenzen hat.
Heidn	Richtig.
Achgott	Dann sind Sie also nicht grundsätzlich gegen Regeln?
Heidn	Natürlich nicht – jedenfalls nicht dann, wenn es darum geht, das Schlimmste zu verhindern.
Achgott	Und die Freiheit der Menschen, die dadurch bedroht und eingeschränkt würde?
Heidn	Wenn's um Leben und Tod geht, um existenzielle Bedrohungen, sind Eingriffe in die persönlichen Freiheiten der einzelnen Menschen nicht nur angebracht, sondern zwingend notwendig.

Achgott	Dem stimme ich zu, Herr Heidn. Dem stimme ich zu.
Heidn	Und wo bleibt da Ihr Schicksal?
Achgott	Das nimmt seinen Lauf.
Heidn	Seinen oder Ihren?

Achgott dreissig

Achgott	Sie leiden unter Alzheimer, Herr Heidn?
Heidn	Wie kommen Sie darauf?
Achgott	Ihre Vergesslichkeit?
Heidn	Stimmt, mein Namensgedächtnis könnte besser sein.
Achgott	Das beunruhigt Sie nicht?
Heidn	Sollte es?
Achgott	Das frage ich Sie.
Heidn	Nein, nicht im geringsten.
Achgott	Litt nicht Ihre Mutter an Alzheimer?
Heidn	Doch – ich bin mir aber nicht sicher, ob sie wirklich darunter litt.
Achgott	Und Sie?
Heidn	Ich?
Achgott	Ja, Herr Heidn.
Heidn	«Leiden» würde ich das nicht nennen.
Achgott	Sondern?
Heidn	In gewissen Situationen etwas unangenehm.
Achgott	Beispiel?
Heidn	Zum Beispiel, wenn mich die Verkäuferin mit meinem Namen begrüsst, mir jedoch der ihrige beim besten Willen nicht einfällt, obwohl ich sie schon mindestens zweimal danach gefragt habe und ich ihn wissen sollte.
Achgott	Können Sie denn meinen Namen nennen?
Heidn	Warum? Sie wissen doch am besten, wie Sie heissen.
Achgott	Selbstverständlich, aber hier geht es ja um Sie. Um Sie und Ihr Gedächtnis.
Heidn	Es kann schon sein, dass ich ein Alzheimerproblem habe – vererbt. Ziemlich oft erwähne ich das auch spasseshalber: Ich hätte Alzheimer.
Achgott	Das finden Sie lustig?
Heidn	Ich schon – und die andern, nehme ich an, auch.

Achgott	Diese Art von Humor würde ich als «eher sonderbar» bezeichnen.
Heidn	Na ja – es gibt verschiedenste Arten von Humor, jede Person reagiert wieder anders...
Achgott	Sich über eine Krankheit lustig zu machen, hat doch wenig mit Humor zu tun.
Heidn	Doch schon: Wenn man sich selber meint, wenn man sich nicht über andere, sondern über sich selbst lustig macht. Und sowieso: Was brächte es mir, wenn ich wirklich so an Alzheimer litte, dass mich allein dieser Leidensdruck an den Rand des Erträglichen brächte?
Achgott	Ja, aber Sie würden lernen, mit dieser Krankheit umzugehen.
Heidn	Ja eben: Humor ist einer der besten Wege, mit einem Problem umzugehen, wenn nicht der beste überhaupt.
Achgott	Reine Symptombekämpfung, würde ich sagen.
Heidn	Ein Placeboeffekt zwar, aber wirkungsvoll, effizient und positiv, sehr positiv.
Achgott	An einem Alzheimermedikament wären Sie nicht interessiert?
Heidn	Nicht wirklich – alle Medikamente haben auch Nebenwirkungen. «Lachen» hat zwar ebenfalls Nebenwirkungen, aber nur positive.
Achgott	Sie gehen also davon aus, dass die Redensart, Lachen sei gesund, der Wahrheit entspricht?
Heidn	Komplett.
Achgott	Und in Bezug auf Alzheimer?
Heidn	Alzheimer führt zu noch mehr lustigen Momenten im Leben.
Achgott	Diesen Gedanken finde ich nun doch ziemlich abwegig...
Heidn	Finden Sie? Es ist Ihnen sicher auch schon passiert, dass Sie in der Küche einen Löffel oder sonst was holen wollten und kaum sind Sie dort, haben Sie vergessen, warum Sie in die Küche gegangen sind.
Achgott	Ich habe keine Küche.
Heidn	Egal, dann halt aus dem Wohn-, Schlaf- oder Badezimmer.

Achgott	In eine derartige Situation bin ich noch nie geraten.
Heidn	Dann sind Sie eine Ausnahme, und zwar eine grosse.
Achgott	Und was ist das Lustige an dieser Situation?
Heidn	Eigentlich nichts. Doch wenn man sich vorstellt, dass einem innerhalb von zwei bis drei Sekunden wieder entfallen ist, was man eben zu tun beschlossen hat, ist das zwar einerseits auf eine Art beängstigend, jedoch andererseits auch ein Anlass zum Schmunzeln oder laut herauslachen: Bin ich nun schon so verblödet, als ob mein Gedächtnis aus lauter Löchern bestünde?
Achgott	Herr Heidn: Wäre ich ein Mensch, würde ich mir Sorgen machen, grosse Sorgen um meinen geistigen Zustand.
Heidn	Stellen Sie sich diese Situation auf der Bühne in einem Theaterstück vor – das wäre ein Gag, das Publikum würde grölen vor Lachen.
Achgott	Nicht aber, wenn Sie selber betroffen wären – und zwar als Privatperson zu Hause in den eigenen vier Wänden.
Heidn	Warum nicht? Wenn man sich selbst nicht so wahnsinnig ernst nimmt, sich etwas von aussen betrachtet und sich diese Situation vergegenwärtigt, als ob es sich um eine Theaterszene handeln würde, dann entsteht ein befreiendes Gefühl voller unbelasteter Fröhlichkeit. Das hilft enorm.
Achgott	Finden Sie?
Heidn	Sehen Sie: Meine Mutter war ab achtzig von Alzheimer betroffen. In ihrem Kühlschrank stapelten sich die immergleichen Lebensmittel, da sie im Laden stets vergessen hatte, was sie eigentlich hatte einkaufen wollen. Einmal fuhr sie dreimal hintereinander auf ihrem Fahrrad zur über einen Kilometer weit entfernten Apotheke und jedesmal nach dem Betreten des Geschäfts erinnerte sie sich nicht mehr daran, warum sie sich eigentlich in der Apotheke befand.
Achgott	Beängstigend, höchst beängstigend.
Heidn	Aber auch lustig: Später im Pflegeheim haben sie und ich oft über diese Situationen gelacht – und es wurde ihr dann auch jedesmal wieder von Neuem bewusst, dass sie nicht mehr in der Lage war, für sich selbst zu sorgen und deshalb

	Hilfe benötigte.
Achgott	Und sie hat mitgelacht?
Heidn	Ja, immer. Sie lachte viel und gern, und das erleichterte ihr den jahrelangen Aufenthalt in diesem Seniorenheim.
Achgott	Ok, das mag ja alles stimmen – aber scheint oberflächlich, unernst, dilettantisch zu sein.
Heidn	Und die Alternative? Sich Sorgen zu machen, sich zu beklagen, selbst zu bemitleiden, sich zu ängstigen würde das Gegenteil bewirken: Man verlöre die Lebenslust, die Freude am Leben.
Achgott	Ok. Ok. Sie würden also nicht sagen, dass Sie an Alzheimer leiden würden.
Heidn	Nein, das würde ich nicht sagen.
Achgott	Sondern?
Heidn	Ich vermute, dass ich Alzheimer haben könnte.
Achgott	Aha.
Heidn	Und dass ich versuchen würde, das Beste daraus zu machen.
Achgott	Und das wäre?
Heidn	Darüber zu lachen.

Achgott einunddreissig

Heidn	Guten Morgen! Ich habe gar nicht gewusst, dass Sie auch biken.
Achgott	So? Ich auch nicht.
Heidn	Was haben Sie denn für ein Bike? So eins habe ich noch nie gesehen.
Achgott	Ich dachte: Ich probier's einfach mal aus.
Heidn	Wo haben Sie es denn gekauft?
Achgott	Ich hab's nicht gekauft.
Heidn	Sondern?
Achgott	Es stellte sich mir zur Verfügung, als ich beschlossen hatte, es auch mal zu versuchen und Sie zu begleiten.
Heidn	Ich fahre aber ziemlich schnell – sind Sie denn gut trainiert?
Achgott	Ich denke schon. Und Sie?
Heidn	Ich?
Achgott	Ja, Herr Heidn.
Heidn	Es geht. Als ich noch Wettkämpfe machte, war ich wirklich gut in Form. Heute, mit über siebzig, würde ich sagen: Soso, lala.
Achgott	Dem könnte ich mich anschliessen.
Heidn	Wohin fahren Sie denn?
Achgott	Ich fahr ja mit Ihnen – da muss ich mir nicht überlegen, wohin.
Heidn	Aber Sie konnten ja nicht damit rechnen, mich zu treffen. Dass wir hier zusammen radfahren, ist reiner Zufall.
Achgott	Meinen Sie?
Heidn	Sicher schon. Oder haben wir irgendetwas abgemacht, von dem ich nichts mehr weiss?
Achgott	Ich denke nicht – ich wollte mich einfach wieder mal mit Ihnen unterhalten, Herr Heidn.
Heidn	Worüber denn?
Achgott	Was so grad aktuell ist – nichts Spezielles.
Heidn	Aha.

Achgott	Wie läuft's denn bei Ihnen so?
Heidn	Na ja – es fährt.
Achgott	Fährt?
Heidn	Wir sitzen ja auf unseren Bikes und fahren zügig durch den Wald. Knapp bevor ich mit «es geht» antworten konnte, kam mir die Idee, es «fährt» zu sagen.
Achgott	Witzig!
Heidn	Es geht.
Achgott	Geht?
Heidn	Ja: Zweimal hintereinander kann man nicht den gleichen Gag platzieren.
Achgott	Verstehe.
Heidn	Ist es Ihnen egal, wenn wir hier an diesem schönen Ort mehrere Runden drehen?
Achgott	Klar – solange wir nebeneinander fahren und uns gleichzeitig unterhalten können.
Heidn	Ja, eigentlich würde ich gerne etwas schneller fahren, aber dann wäre es schwieriger zu sprechen.
Achgott	Was finden Sie denn am Biken so toll?
Heidn	Fast alles – ausser, dass man regelmässig das Bike pumpen, die Velokette ölen und hie und da einen Service machen lassen muss.
Achgott	Daran habe ich noch nie gedacht...
Heidn	Deshalb finde ich Joggen besser.
Achgott	Als Biken?
Heidn	Ja, da braucht's kein Sportgerät – eigentlich nichts ausser Joggingschuhen.
Achgott	Und Joggingsocken, Shorts und T-Shirt...
Heidn	Am Strand am Mittelmeer nicht einmal das – da kann man auch barfuss.
Achgott	Und Biken?
Heidn	Schwierig respektive unmöglich.
Achgott	Unmöglich?
Heidn	Im Sand kann man doch nicht biken – wie stellen Sie sich denn das vor?
Achgott	Gar nicht.

Heidn	Allein die Vorstellung macht einen schon halb krank.
Achgott	Jetzt übertreiben Sie aber?
Heidn	Überhaupt nicht: Radfahren auf Sand wäre nur auf einer festgetretenen und relativ harten, wenn möglich nassen Schicht möglich.
Achgott	Sie reden aus Erfahrung?
Heidn	Ja: Im Euronat am Atlantik bei Bordeaux fuhr ich jeweils jeden Morgen mehrere Male rund ums Camp, d.h. so fünf- bis siebenmal je etwa etwa vier Kilometer.
Achgott	Auf Sand?
Heidn	Meistens Naturstrassen, selten Teer, zwei-, dreimal einige Meter lange sandige Abschnitte, wo die Pneus einsanken und ich manchmal steckenblieb.
Achgott	Interessant.
Heidn	Eher ärgerlich. Aber ich war ja in den Ferien und genoss die freie Zeit, die Freiheit, die Natur, das Meer, die Sonne.
Achgott	Also kein Problem?
Heidn	Nein, kein Problem.
Achgott	Wo sind wir denn jetzt?
Heidn	Nicht weit vom AKW Beznau entfernt.
Achgott	Sie drehen Ihre Bikerunden in der Nähe eines AKWs?
Heidn	Ja – warum nicht?
Achgott	Meines Wissens sind Sie einer der konsequentesten AKW-Gegner.
Heidn	Stimmt. Woher wissen Sie denn das?
Achgott	Ich habe so meine Quellen.
Heidn	Aha.
Achgott	Sie sind ja in der Region relativ bekannt.
Heidn	Das ist schon lange her – daran erinnert sich doch niemand mehr.
Achgott	Ich aber schon, Herr Heidn, ich aber schon.
Heidn	Sie haben aber nicht etwa den Auftrag, mich zu beschatten?
Achgott	Wo denken Sie hin – so würde ich das nicht bezeichnen.

Achgott zweiunddreissig

Heidn	Wow!
Achgott	Hallo, Herr Heidn!
Heidn	Guten Morgen!
Achgott	Ja hallo, Herr Heidn!
Heidn	Sind Sie denn Mitglied?
Achgott	Mitglied? Wobei?
Heidn	Ja hier doch! Dieser schöne Ort darf nur von Vereinsmitgliedern betreten werden.
Achgott	Warum?
Heidn	Wir alle hier zahlen einen Jahresbeitrag, damit wir uns hier aufhalten und erholen können.
Achgott	Ich möchte mich nicht erholen – nur mit Ihnen sprechen.
Heidn	Deshalb sind Sie hergekommen?
Achgott	Ja natürlich! Verstehen Sie das nicht?
Heidn	Nicht wirklich – dieses Gelände kennen nur wenige, nur Insider.
Achgott	Ich denke, ich bin so einer.
Heidn	Was für einer sollen Sie sein?
Achgott	Ein Insider – das ist auch der Grund, warum ich wusste, wo Sie sich gerade aufhalten.
Heidn	Haben Sie denn hier auf mich gewartet? Ich bin doch eben erst mit dem Bike angekommen und noch etwas erschöpft.
Achgott	Jetzt, wo Sie's sagen: Ja, ich habe hier kurz auf Sie gewartet – da ich wusste, dass Sie kommen.
Heidn	Haben Sie sich denn schon eingetragen?
Achgott	Warum? Und wo?
Heidn	Im Clubhausrestaurant liegt ein Buch, in das sich alle Besucherinnen und Besucher eintragen müssen: Datum, Name, Vorname, Adresse, Name des Mitglieds, das Sie zum Besuch eingeladen hat.
Achgott	Also muss ich doch nicht Mitglied sein?

Heidn	Nein – wenn Sie Vereinsmitglied an einem anderen Ort oder im Ausland sind oder von einem hiesigen Mitglied zum Besuch eingeladen wurden.
Achgott	Ich glaube nicht, dass ich von einem anderen Mitglied eingeladen wurde.
Heidn	Macht nichts: Ich lade Sie gerne ein. Tragen Sie also im Geländebuch auch meinen Namen ein.
Achgott	Danke für die Informationen – ich werde das gleich erledigen.
Heidn	In der Zwischenzeit gehe ich mal in die Garderobe und hole meinen Liegestuhl.
Achgott	Wo treffen wir uns?
Heidn	Ich schlage vor, dort auf der Terrasse an jenem Tisch dort – mit Blick aufs Schwimmbecken und das Aaretal.
Achgott	Mache ich.
...	
Heidn	Das ging aber schnell – wo ist denn Ihr Badetuch?
Achgott	Badetuch?
Heidn	Ja klar – hier setzt sich niemand auf einen Stuhl oder eine Bank ohne Badetuch.
Achgott	Das ist mir offenbar entgangen.
Heidn	Macht nichts – ich habe immer zwei bei mir – eins zum Abtrocknen und eins für hier und den Liegestuhl.
Achgott	Vielen Dank! Das ist wirklich nett von Ihnen.
Heidn	Oh – das ist doch eine Selbstverständlichkeit. Darf ich Ihnen etwas anbieten? Kaffee? Mineralwasser? Ein Biberli?
Achgott	Ein Glas Wasser täte es auch.
Heidn	Bin gleich wieder da.
...	
Heidn	So – bitte sehr. Hier ist Ihr Glas. Ich trinke Rivella und einen Kaffee, dazu esse ich ein Biberli.
Achgott	Aha – sind Sie hungrig?
Heidn	Nicht wirklich, aber nach einer anstrengenden einstündigen Velofahrt tut es gut, etwas zu knabbern.
Achgott	Die Lage und die Aussicht hier sind wirklich aussergewöhnlich.

Heidn	Ja, finde ich auch. Deshalb bin ich auch Mitglied hier.
Achgott	Schon lange?
Heidn	Seit über vierzig Jahren. Damals waren wir viel mehr Leute hier und es hatte sehr viele Familien mit Kindern.
Achgott	Und heute?
Heidn	Wie in vielen Vereinen: Die Überalterung droht, nur wenige Junge sind noch bereit, unserem Verein beizutreten.
Achgott	Grund?
Heidn	Die Vereinsidee ist nicht mehr «in» - das Interesse, das Bedürfnis, die Freude, die Einsicht fehlen.
Achgott	Oh – das ist aber schade.
Heidn	Ja, finde ich auch.
Achgott	Was meinen Sie damit, es fehle die Einsicht?
Heidn	Dass wir ein Teil der Natur sind, dass die Freiheit ein Grundbedürfnis ist, dass es ohne Sonne kein Leben gibt.
Achgott	Das sind doch Grundwahrheiten, die für alle Menschen von grösster Bedeutung sein sollten?
Heidn	Das denke ich auch.
Achgott	Und trotzdem...?
Heidn	Trotzdem treten nur wenige unserem Verein bei, finden die Grundidee daneben oder lehnen unsere Lebensweise ab.
Achgott	Was kann man da daneben finden?
Heidn	Das frage ich mich auch.
Achgott	Es ist doch wirklich wunderschön hier.
Heidn	Also treten Sie unserem Verein bei?
Achgott	Für mich ist das unnötig – ich kann auch jederzeit hierherkommen, wenn ich möchte.
Heidn	Aber nur auf Einladung eines Mitglieds.
Achgott	Eben – SIE sind ja eins.
Heidn	Und nur mit Badetuch.
Achgott	Warum?
Heidn	Um sich draufzusetzen.
Achgott	Weshalb?
Heidn	Das sehen Sie doch: Hier sind alle nackt!
Achgott	Stimmt – jetzt, wo Sie's sagen...

Achgott dreiunddreissig

Achgott	Herr Heidn: Oft reicht es schon, von Ihrer Perspektive zu meiner zu wechseln.
Heidn	Wie meinen Sie das?
Achgott	Versetzen Sie sich in meine Lage und betrachten Sie Ihre Probleme aus meiner Sicht.
Heidn	Dazu müsste ich ja erst einmal wissen, wer Sie sind, wie und was Sie denken, wie und warum Sie so und nicht anders handeln, wie Sie die Welt, mich und meine Situation sehen, welche politische Einstellung Sie haben etc., etc.
Achgott	Machen Sie es bitte nicht komplizierter, als es tatsächlich ist.
Heidn	Also: Wer sind Sie?
Achgott	Betrachten Sie mich als Teil Ihres Gewissens.
Heidn	Wie soll ich Sie als Teil meiner selbst betrachten, wenn Sie hier leibhaftig mit mir an diesem Tisch hier in diesem Bistro hier in diesem Städtchen sitzen – wie?
Achgott	Sie sind intelligent, haben eine blühende Fantasie, viele Fähigkeiten, die Sie zu wenig ausschöpfen.
Heidn	Soll das eine Kritik sein?
Achgott	Nein, nur ein Hinweis darauf, dass Sie durchaus in der Lage sind, die Dinge aus meiner Perspektive zu sehen – sofern Sie das wollen.
Heidn	Sie zweifeln an meinem Willen?
Achgott	Sehen Sie: Wenn ich an jemandem NICHT zweifle, dann an Ihnen, Herr Heidn.
Heidn	Da bin ich aber beruhigt.
Achgott	Umgekehrt scheint das aber nicht der Fall zu sein.
Heidn	Wie kommen Sie darauf?
Achgott	Sie scheinen die Tatsache zu bezweifeln, dass es mich überhaupt gibt.
Heidn	Würde ich das tun, sässe ich nicht hier mit Ihnen an diesem

	Tisch in diesem Bistro zu dieser Stunde, Herr Ähm.
Achgott	... Achgott.
Heidn	... Ähm Achgott.
Achgott	Da haben Sie recht.
Heidn	Sehen Sie?
Achgott	Da Sie also keine Zweifel irgendwelcher Art an meiner Existenz zu haben scheinen, sollte es Ihnen leicht fallen, sich in meine Lage versetzen und Ihre Situation aus meiner Perspektive betrachten zu können.
Heidn	Nein.
Achgott	Nein?
Heidn	Wie soll ich mich in Sie versetzen können, wenn Sie behaupten, ich solle Sie als Teil meines Gewissens betrachten. Dazu müssten Sie mir mindestens noch mitteilen, welchen Teil Sie meinen und welchen nicht.
Achgott	Dies herauszufinden, ist Ihre Aufgabe, nicht meine.
Heidn	Meines Erachtens machen Sie es sich zu einfach: Sie mischen sich in mein Leben ein, wollen mir Ratschläge erteilen, stellen wirre Behauptungen auf und erwarten von mir, dass ich mich in Sie als Teil meines eigenen Gewissens versetze, um aus Ihrer Perspektive respektive jener eines meines Gewissensteils meine Probleme betrachten und eventuell lösen zu können. Übrigens: Welche Probleme meinen Sie denn?
Achgott	Herr Heidn, beruhigen Sie sich: Jeder Mensch hat Probleme.
Heidn	So? Und Sie? Sie haben zufälligerweise keine Probleme?
Achgott	Herr Heidn: Hätten Sie meine Probleme, wären Sie nicht in der Lage, auch nur eine Mikrosekunde weiterzuleben.
Heidn	Wie soll ich nun das wieder verstehen?
Achgott	Betrachten Sie eines Ihrer aktuellen Probleme aus der Sicht eines Kindes in einem Kriegsgebiet, das schwer verletzt in einem schmutzigen, primitiven, schlecht ausgerüsteten Spital liegt und dessen Eltern und Geschwister eben bei einem Bombenanschlag umgekommen sind.
Heidn	...

Achgott	Sie schweigen?
Heidn	Nein – ich bin sprachlos – mir kommen die Tränen – vor Ohnmacht und Hilflosigkeit angesichts derart grauenhafter Verbrechen.
Achgott	Sehen Sie: Diesen Teil Ihres Gewissens meine ich.
Heidn	Nun verstehe ich Sie – wenigstens ein bisschen.
Achgott	Immerhin.
Heidn	Ja. Immerhin.

Achgott vierunddreissig

Achgott	Wem fällt zu meiner Frage etwas ein?
Heidn	Mir natürlich!
Achgott	Hallo, Herr Heidn, ich habe Sie zuerst gar nicht gesehen.
Heidn	Ich Sie auch nicht, Herr Dings, ich Sie auch nicht.
Achgott	Ok, Herr Heidn, und wie lautet Ihre Antwort?
Heidn	Auf diese oder Ihre erste Frage?
Achgott	Welche erste Frage?
Heidn	Jene, die Sie in Ihrer zweiten Frage erwähnt haben.
Achgott	Ja – haben Sie mir denn vorher nicht zugehört?
Heidn	Vorher war ich ja noch gar nicht da. Und als ich Sie sah, wusste ich, dass Sie diese Frage nur an mich gerichtet haben.
Achgott	Welche Frage?
Heidn	Wem zu Ihrer Frage etwas einfalle.
Achgott	Und?
Heidn	Was soll mir da schon einfallen, ausser dass ich gerne wüsste, wie Ihre erste Frage lautete.
Achgott	Was denken Sie denn, was ich hätte gefragt haben können?
Heidn	Etwas zum Thema Klima?
Achgott	Nein.
Heidn	Fleischkonsum?
Achgott	Nein.
Heidn	Trump?
Achgott	Nein.
Heidn	Demokratie?
Achgott	Nein.
Heidn	Bildung?
Achgott	Nein.
Heidn	Krieg?
Achgott	Nein.
Heidn	Sport?
Achgott	Nein.

Heidn	Kunst?
Achgott	Nein.
Heidn	Social Media?
Achgott	Nein.
Heidn	Mobbing?
Achgott	Nein.
Heidn	Erziehung?
Achgott	Nein.
Heidn	Menschenrechte?
Achgott	Nein.
Heidn	Haustiere?
Achgott	Nein.
Heidn	Selbstmordraten?
Achgott	Nein.
Heidn	Zwangsheirat?
Achgott	Nein.
Heidn	Arbeitslosigkeit?
Achgott	Nein.
Heidn	Spielsucht?
Achgott	Nein
Heidn	Überschwemmungskatastrophen?
Achgott	Nein.
Heidn	Hitzewellen?
Achgott	Nein.
Heidn	Ufos?
Achgott	Nein.
Heidn	Vulkanausbrüche?
Achgott	Nein.
Heidn	Massenmorde?
Achgott	Nein.
Heidn	Religionen?
Achgott	Nein.
Heidn	Geburt und Tod?
Achgott	Nein.
Heidn	Krankenkassen?
Achgott	Nein.

Heidn	Armut?
Achgott	Nein.
Heidn	Gewässerschutz?
Achgott	Nein.
Heidn	Faschismus?
Achgott	Nein.
Heidn	Biolandwirtschaft?
Achgott	Nein.
Heidn	Sonnenenergie?
Achgott	Nein.
Heidn	Windenergie?
Achgott	Nein.
Heidn	AKWs?
Achgott	Nein.
Heidn	FKK?
Achgott	Nein.
Heidn	Me-too?
Achgott	Nein.
Heidn	Black-lives-matter?
Achgott	Nein.
Heidn	Homosexualität?
Achgott	Nein.
Heidn	Biodiversität?
Achgott	Nein.
Heidn	Weltraumschrott?
Achgott	Nein.
Heidn	Plastikmüll?
Achgott	Nein.
Heidn	Corona-Virus?
Achgott	Nein.
Heidn	Lockdown?
Achgott	Nein.
Heidn	Verschwörungstheorien?
Achgott	Nein.
Heidn	Bodenversiegelung?
Achgott	Nein.

Heidn	CO2?
Achgott	Nein.
Heidn	Heroin?
Achgott	Nein.
Heidn	Übergewicht?
Achgott	Nein.
Heidn	Kokain?
Achgott	Nein.
Heidn	Magersucht?
Achgott	Nein.
Heidn	Nikotin?
Achgott	Nein.
Heidn	Impfzwang?
Achgott	Nein.
Heidn	Alkohol?
Achgott	Nein.
Heidn	Flüchtlinge?
Achgott	Nein.
Heidn	Haarausfall?
Achgott	Nein.
Heidn	Stromausfall?
Achgott	Nein.
Heidn	Hungersnot?
Achgott	Nein.
Heidn	Überfischung?
Achgott	Nein.
Heidn	Überbevölkerung?
Achgott	Nein.
Heidn	Überalterung?
Achgott	Nein.
Heidn	Zivilschutz?
Achgott	Nein.
Heidn	Ehe für alle?
Achgott	Nein.
Heidn	Grundeinkommen?
Achgott	Nein.

Heidn	Ich errate es nicht.
Achgott	Doch-doch.
Heidn	Verkehrsunfälle?
Achgott	Nein.
Heidn	Flugzeugabstürze?
Achgott	Nein.
Heidn	Olympische Spiele?
Achgott	Nein.
Heidn	Leben nach dem Tod?
Achgott	Nein.
Heidn	Tornados?
Achgott	Nein.
Heidn	Rassismus?
Achgott	Nein.
Heidn	Sklaverei?
Achgott	Nein.
Heidn	Imperialismus?
Achgott	Nein.
Heidn	Weltkriege?
Achgott	Nein.
Heidn	Computerspiele?
Achgott	Nein.
Heidn	Brexit?
Achgott	Nein.
Heidn	Kalter Krieg?
Achgott	Nein.
Heidn	Revolutionen?
Achgott	Nein.
Heidn	Sturm auf das Kapitol?
Achgott	Nein.
Heidn	Strandferien?
Achgott	Nein.
Heidn	Nein?
Achgott	Ja: Nein.
Heidn	Achgott.
Achgott	Genau.

Heidn	Ich find's nicht heraus.
Achgott	Überlegen Sie.
Heidn	Tu ich ja die ganze Zeit.
Achgott	Noch einen Versuch.
Heidn.	Ok.
Achgott	Also?
Heidn	Wer erschuf die Welt?
Achgott	Nein.
Heidn	Also?
Achgott	Soll ich's Ihnen verraten?
Heidn	Ja.
Achgott	Genau genommen, waren es zwei Fragen.
Heidn	Aha.
Achgott	Nämlich:...
Heidn	Nämlich?
Achgott	Und?
Heidn	Und?
Achgott	Ja.
Heidn	Und?
Achgott	Wie geht es Ihnen so heute, Herr Heidn?
Heidn	Gut.

Achgott fünfunddreissig

Heidn	Ich rede von IHRER Verantwortung, Herr Achgott.
Achgott	Sie verstehen mich miss, Herr Heidn.
Heidn	Ich MISSverstünde Sie, heisst es, Herr Ähm.
Achgott	Ja, das stimmt.
Heidn	Was?
Achgott	Dass Sie mich missverstehen.
Heidn	Ich denke nicht, dass ich Sie missverstehe, Herr Dings. Sie behaupten, mir und den andern beizustehen, mich und die andern zu unterstützen, uns Menschen die richtige Richtung vorzugeben.
Achgott	Richtig.
Heidn	Und wo ist da das Missverständnis?
Achgott	Für Ihr Handeln, Herr Heidn, übernehme ich NICHT die Verantwortung.
Heidn	Und die all der andern auch nicht?
Achgott	Auch nicht.
Heidn	Obwohl Sie deren Denken und Handeln ständig beeinflussen?
Achgott	Ja, obwohl.
Heidn	Sie stehlen sich da aus IHRER Verantwortung: Sie haben alle Möglichkeiten, uns, die Menschen, positiv zu beeinflussen, schaffen es aber nicht, dass sich irgendetwas positiv verändert!
Achgott	Herr Heidn: Ich versichere Ihnen, dass ich alles in meiner Macht Stehende unternehme, um jeden einzelnen Menschen zu motivieren, einen positiven Lebens- und Entwicklungsprozess an die Hand zu nehmen.
Heidn	Ja schon, aber offenbar nicht erfolgreich genug.
Achgott	Das ist mir bewusst.
Heidn	Und was unternehmen Sie dagegen?
Achgott	Ich suche Menschen wie Sie, Herr Heidn. Menschen wie Sie.

Heidn	Ich kann – im Gegensatz zu Ihnen, Herr ... Ähm, doch nicht die Welt verändern, dazu bin ich VIEL zu schwach. SIE jedoch haben die Macht und die Mittel dazu und tragen deshalb schlussendlich auch die Hauptverantwortung für den katastrophalen Zustand von Erde und Menschheit.
Achgott	Herr Heidn: Ich arbeite komplett auf der mentalen, der Seins-Ebene, die vielen Menschen leider-leider nur wenig bedeutet.
Heidn	Trotzdem: An Leben und Tod kommt kein Mensch vorbei – das leuchtet doch jeder und jedem ein.
Achgott	Leider nicht, Herr Heidn. Nicht einmal Sie, Herr Heidn, sind davon ausgenommen.
Heidn	Inwiefern?
Achgott	Sie sprechen von Macht und Mitteln, über die ich in keinster Weise verfüge. Meine «Macht» ist sehr beschränkt, geringer als die Ihrige, ist unsichtbar, flüchtig, nicht spürbar, nicht durchsetzbar. Ich bin nur Geist, nur Sein, nichts Materielles, nichts Physisches. Sie hingegen haben Hände und Füsse, eine Stimme, Fähigkeiten, mit denen Sie etwas bewegen, etwas initiieren können, hin zum Besseren.
Heidn	Wählen Sie denn zu wenige oder die falschen Menschen aus?
Achgott	Nein: Jeder Mensch ist auserwählt, das Richtige zu tun.
Heidn	Und trotzdem finden täglich überall auf der Welt ungeheure Verbrechen gegen Menschen und Natur statt?
Achgott	Leider ja: Trotzdem.
Heidn	Wie ist das zu erklären?
Achgott	Viele Menschen bewegen sich ausschliesslich auf der obersten Oberflächlichkeit des Lebens, jener des Besitzenwollens, des Machtstrebens, der materiellen, der puren Habensebene.
Heidn	Was zu Weltkriegen, der Zerstörung der Natur, der Klimakatastrophe führt?
Achgott	Genau: Der blanke, rücksichtslose Egoismus ist es, der die Welt zerstört.
Heidn	Trotzdem: Sie müssen doch Wege finden, diesen Prozess

	Richtung Untergang aufzuhalten.
Achgott	Ich tue mein Bestes, Herr Heidn, das kann ich Ihnen versichern.
Heidn	Aber?
Achgott	Jeder Mensch hat einen eigenen Willen, hat das Recht, sich nach eigenem Gutdünken zu entwickeln.
Heidn	Was läuft denn falsch?
Achgott	Dass nicht Geist und Liebe regieren, sondern das Geld, die Habgier, der Neid, die Missgunst, der Hass.
Heidn	Wo bleibt denn da die Hoffnung?
Achgott	Die Hoffnung? In den Abermillionen Menschen, die sich in die richtige Richtung bewegen, sich einsetzen, einander unterstützen, kämpfen gegen Willkür, Unterdrückung, Ungerechtigkeiten.
Heidn	Und Sie sind optimistisch?
Achgott	Ja, sehr.
Heidn	Zweckoptimismus?
Achgott	Nein.
Heidn	Was dann?
Achgott	Liebe.

Achgott sechsunddreissig

Achgott	Woran denken Sie gerade?
Heidn	Ans Aufräumen.
Achgott	Ist etwas passiert?
Heidn	Nein. Aber von Zeit zu Zeit sollte man wieder mal etwas Ordnung schaffen, damit man weiss, wo was ist.
Achgott	Wo gedenken Sie denn, mit Aufräumen zu beginnen?
Heidn	Darauf eine Antwort zu finden, ist gar nicht so einfach.
Achgott	In Ihrer Wohnung, nehme ich an.
Heidn	Ja schon – doch die ist geräumig, hat einen Abstellraum, eine Galerie und verfügt zudem über ein Kellerabteil.
Achgott	So schlimm kann das gar nicht sein, dass Sie sich darüber Gedanken machen müssten – oder etwa doch?
Heidn	Haben Sie eine Ahnung!
Achgott	Nein, hab ich nicht.
Heidn	Und warum nicht? Sie kennen mich doch!
Achgott	Herr Heidn: Materielle Dinge sagen mir nichts, da ich nichts Materielles besitze.
Heidn	Ich schon: Viel zu viel.
Achgott	Dann trennen Sie sich mindestens von einem Teil davon.
Heidn	Ja – das ist auch das Ziel des Aufräumens, falls ich es überhaupt schaffe anzufangen.
Achgott	Was soll daran schwierig sein? Es bringt doch nur Vorteile.
Heidn	Ich wiederhole mich: Sie scheinen tatsächlich keine Ahnung zu haben.
Achgott	Das scheint nicht nur so...
Heidn	Erstens: Alle Schränke, Gestelle, Schubladen, Ecken und Winkel sind vollgestopft mit irgendwelcher Ware.
Achgott	Ui.
Heidn	Zweitens: Nur weniges ist nachvollziehbar sortiert.
Achgott	Aha.
Heidn	So dass ich drittens fast nie das finde, wonach ich suche.
Achgott	Suboptimal.

Heidn	Suboptimal? Es herrscht das nackte Chaos.
Achgott	Und viertens?
Heidn	Wieso viertens?
Achgott	Wenn die Unordnung bei Ihnen so gross ist, wie Sie behaupten, werden Sie wohl mehr als nur drei Schwierigkeiten aufzählen können, die Sie daran hindern, mit Aufräumen anzufangen.
Heidn	Ja natürlich: Das bis an die Decke vollgestopfte Kellerabteil ist ein weiterer Punkt sowie das gesamte Gerümpel, das sich zwischen Büchergestellen und der Dachschräge in der Galerie befindet.
Achgott	Wie ist es denn zu diesem Zustand gekommen?
Heidn	Zum Aufräumen fehlte mir die Zeit.
Achgott	Herr Heidn – seit über sieben Jahren arbeiten Sie nicht mehr: Sie haben 365 Tage Ferien im Jahr, in Schaltjahren 366, Sie haben so viel freie Zeit, wie Sie sich nur vorstellen und wünschen können – doch diese Jahre, Monate, Wochen und Tage reichen nicht fürs Aufräumen?
Heidn	Doch schon – die würden längstens reichen.
Achgott	Aber?
Heidn	Es fehlen der Wille, die Planung, die Selbstdisziplin.
Achgott	Da frage ich mich schon, wie Sie es dann geschafft haben, jahrzehntelang Kinder und Jugendliche zu unterrichten, die Lektionen zu planen, Tausende von Arbeiten von Hunderten von Schülerinnen und Schülern zu korrigieren, zu bewerten, die Noten einzutragen, Lehrmittel zu beschaffen, x Schulschränke und das Pult ein- und aus- und aufzuräumen, Exkursionen, Klassenlager etc. zu organisieren, Theaterstücke zu schreiben, Elternabende durchzuführen, in der wenigen Freizeit regelmässig Sport zu treiben, auf lokaler, regionaler und kantonaler Ebene politisch aktiv zu sein, sich kulturell und sozial zu engagieren und ganz nebenbei noch eine Familie zu haben inklusive Kinderbetreuung, Haushaltsarbeiten und Beziehungspflege.
Heidn	Genau das frage ich mich auch.
Achgott	Also, Herr Heidn, wenn es Ihnen gelungen ist, dieses Rie-

senprogramm jahrzehntelang zu bewältigen, dann werden Sie wohl noch in der Lage sein, dieses bisschen Chaos, das bei Ihnen gemäss Ihren eigenen Angaben herrschen soll, innert nützlicher Frist einigermassen aufzuräumen – oder etwa nicht?

Heidn	Das denke ich auch.
Achgott	Also?
Heidn	Sie haben mich motiviert: Ich werde gleich damit beginnen.
Achgott	Wann?
Heidn	Morgen.
Achgott	Bestimmt?
Heidn	Vielleicht.

Achgott siebenunddreissig

Heidn	Wenn ich Sie richtig verstehe, könnten Sie sich also in einen Frosch verwandeln?
Achgott	Theoretisch schon.
Heidn	Und praktisch?
Achgott	Theorie und Praxis sind zwei verschiedene Sichtweisen.
Heidn	Und zwar?
Achgott	Einerseits in Form einer irrealen Vorstellung, andererseits in Form einer realen.
Heidn	Realen was?
Achgott	Vorstellung.
Heidn	Eine Vorstellung ist ein Gedanke in Form eines Bildes oder einer Art Video – nicht real, nicht wirklich.
Achgott	Eine Vorstellung hat immer auch mit Realität zu tun.
Heidn	Wie meinen Sie das?
Achgott	Sehen Sie mich an: Was sehen Sie?
Heidn	Eine Person mittleren Alters, dunkle Augen, sportlich, nicht übergewichtig, unauffällig gekleidet, ein freundlicher Typ.
Achgott	Und? Erscheine ich Ihnen real oder irreal?
Heidn	Real natürlich – ich spreche ja mit Ihnen, höre Ihnen zu, antworte auf Ihre Fragen.
Achgott	Und wenn Sie mir in Ihrer Vorstellung begegnen?
Heidn	Sehen Sie genau so aus: Eine Person mittleren Alters, nicht übergewichtig...
Achgott	Und was schliessen Sie daraus?
Heidn	Dass Sie jetzt gerade mir hier gegenüber sitzen – echt, wirklich, in 3D – ausserhalb meines Kopfes und nicht innerhalb.
Achgott	Sind Sie sicher?
Heidn	Was wollen Sie eigentlich? Mir beweisen, dass Sie ein Hirngespinst sind – und zwar ein reales?
Achgott	Ja, so ungefähr.
Heidn	Achgott!

Achgott	Exakt.
Heidn	Wenn das so ist: Bitte verwandeln Sie sich augenblicklich in einen Frosch.
Achgott	Das funktioniert nur, wenn Sie davon überzeugt bin, dass ich das kann.
Heidn	Es liegt an Ihnen, mich zu überzeugen – nicht umgekehrt.
Achgott	Das glauben Sie.
Heidn	Nein – das weiss ich.
Achgott	Sie wissen gar nichts.
Heidn	Soll ich das als Beleidigung verstehen?
Achgott	Nein – als Fakt.
Heidn	Dass ich nichts wisse?
Achgott	Genau.
Heidn	Was meinen Sie mit «nichts»?
Achgott	Das Immaterielle, Nichtexistente, Irreale, nur in der Vorstellung Vorhandene.
Heidn	Aha.
Achgott	Sie verstehen?
Heidn	Nein.
Achgott	Wie sind Sie eigentlich auf die Idee mit dem Frosch gekommen?
Heidn	Spontan, ganz spontan.
Achgott	Innerhalb oder ausserhalb?
Heidn	Innerhalb.
Achgott	Aha.
Heidn	Ja.
Achgott	Ja?
Heidn	Innerhalb.
	...
	Innerhalb.

Achgott achtunddreissig

Heidn	Entschuldigung! Darf ich Sie etwas fragen?
Achgott	Selbstverständlich, Herr Heidn, selbstverständlich.
Heidn	Sie kennen meinen Namen?
Achgott	Natürlich – Sie sind mir bekannt.
Heidn	Woher denn?
Achgott	Das ist eine lange Geschichte... Sie wollten mir eine Frage stellen?
Heidn	Ach ja, und zwar können Sie mir vielleicht sagen, woher der Begriff «Heureka» stammt.
Achgott	Heureka?
Heidn	Ja – von einem Kollegen habe ich einen Ordner mit 20 Mäppchen erhalten mit dem Titelblatt «Heureka, es ist vollbracht».
Achgott	Tönt gut! Befreiend, erlösend.
Heidn	Ja, das denke ich auch. Aber woher stammt die Redewendung?
Achgott	Das wissen Sie nicht?
Heidn	Nur ungefähr... ich dachte, ich frage mal Sie – Sie sehen so gebildet aus. Sind Sie Hochschuldozent, Wissenschaftler, Germanist oder etwas in der Art?
Achgott	Ja: Etwas in der Art.
Heidn	Da habe ich mich in Ihnen also nicht getäuscht.
Achgott	Richtig: Ihre Annahme ist ziemlich zutreffend.
Heidn	Das freut mich.
Achgott	Was vermuten Sie denn, was sich hinter dieser Redensart verbirgt?
Heidn	Verbirgt?
Achgott	Ja, die Geschichte darum herum.
Heidn	Meines Wissens hat das mit dem alten Griechenland zu tun, mit einem griechischen Philosophen.
Achgott	Richtig. Und?
Heidn	Und?

Achgott	Was fällt Ihnen auch noch zum Begriff «Heureka» ein?
Heidn	Es gab mal vor Jahren eine sehr interessante und lehrreiche Outdoor-Ausstellung am Ufer des Zürichsees, die viele historische Fakten und Erkenntnisse vermittelte.
Achgott	Und weiter?
Heidn	Ich habe SIE um eine Antwort gebeten. Ich habe SIE gefragt, ob Sie meine Frage beantworten könnten und nicht umgekehrt. Ich habe eigentlich erwartet, dass Sie mir kurz und bündig, ähnlich wie «Wikipedia» oder ein anderes Lexikon, Auskunft geben könnten.
Achgott	Das tut mir aufrichtig leid. Ich wollte Sie keineswegs in Verlegenheit bringen.
Heidn	Das haben Sie auch nicht, denn es ist mir überhaupt nicht peinlich, dass ich das nur sehr ungenau weiss.
Achgott	Da bin ich aber beruhigt.
Heidn	Wäre es mir nämlich peinlich, hätte ich Sie bestimmt nicht gefragt.
Achgott	Das Wichtigste haben Sie ja denn auch selbst herausgefunden.
Heidn	Was denn?
Achgott	Dass der Begriff griechischen Ursprungs ist. Und wenn Sie die damalige Ausstellung besucht haben, fällt Ihnen sicher auch der Name des griechischen Philosophen ein, von dem dieser Ausspruch stammen soll.
Heidn	Leider nein.
Achgott	Raten Sie doch mal!
Heidn	Aristoteles?
Achgott	Nein.
Heidn	Plutarch?
Achgott	Nein.
Heidn	Sokrates?
Achgott	Nein.
Heidn	Aischylos?
Achgott	Nein.
Heidn	Heliodor?
Achgott	Nein.

Heidn	Epikur?
Achgott	Nein.
Heidn	Aristophanes?
Achgott	Nein.
Heidn	Cicero?
Achgott	War der nicht ein Römer?
Heidn	Ja.
Achgott	Platon?
Heidn	Der könnte es gewesen sein.
Achgott	Nein.
Heidn	Hippokrates?
Achgott	Nein.
Heidn	Herrgottnochmal!
Achgott	Nein.
Heidn	Sind Sie etwa ein Oberstufenlehrer, der mit so einem Interrogativ-Uralt-Unterricht seine Schülerinnen und Schüler zu Tode langweilt?
Achgott	Nein – ganz und gar nicht. Im Gegenteil.
Heidn	Das heisst?
Achgott	Ich bin und war und werde nie eine Lehrperson sein, und schon gar nicht eine, die auf diese Art und Weise unterrichten würde.
Heidn	Da bin ich echt beruhigt.
Achgott	Wenn es Ihnen recht ist, zitiere ich Wikipedia.
Heidn	Ja, gut, danke.
Achgott	Also: «Der Ausruf ist nach einer von Plutarch und Vitruv überlieferten Anekdote berühmt geworden, der zufolge Archimedes von Syrakus unbekleidet und laut «Heureka!» rufend durch die Stadt gelaufen sein soll, nachdem er in der Badewanne das nach ihm benannte archimedische Prinzip entdeckt hatte. Seitdem wird «Heureka!» als freudiger Ausruf nach gelungener Lösung einer schwierigen (meist geistigen) Aufgabe verwendet und steht auch als Synonym für eine plötzliche Erkenntnis.»
Heidn	Danke, Herr... Genauso eine Antwort habe ich von Ihnen im allerbesten Fall erwartet.

Achgott	Bitte-bitte. Es war ja nur ein Zitat.
Heidn	Und das wussten Sie auswendig?
Achgott	Ja sicher – alles, was ich weiss, weiss ich auswendig.
Heidn	Fast hätte ich Ihnen eine weitere Frage gestellt.
Achgott	Welche denn?
Heidn	Das sage ich doch nicht, da ich sie nicht stellen möchte.
Achgott	Wenn Sie möchten, kann ich auch Ihre nicht gestellte Frage beantworten.
Heidn	Wieder mit einem Zitat?
Achgott	Ja.
Heidn	Wieder Wikipedia?
Achgott	Ja, ich denke schon.
Heidn	Zitieren Sie!
Achgott	«Der statische Auftrieb eines Körpers in einem Medium ist genau so gross wie die Gewichtskraft des vom Körper verdrängten Mediums.»
Heidn	Aha.
Achgott	Nun: Habe ich Ihre nicht gestellte Frage beantwortet?
Heidn	Ähm – ich bin am Überlegen.
Achgott	Gut!
Heidn	Ja!
Achgott	Ja?
Heidn	Ja, Ihre Antwort ist korrekt: Das habe ich Sie tatsächlich fragen wollen.
Achgott	Warum?
Heidn	Weil mir nicht mehr klar war, warum Archimedes «Heureka!» geschrien hat.
Achgott	Und das ist Ihnen nun bewusst geworden mithilfe meines zweiten Zitats?
Heidn	Ja, besten Dank!
Achgott	Bitte-bitte.
Heidn	Und warum er dabei NACKT war...

Achgott neununddreissig

Heidn	Sie, Herr Ähm.
Achgott	Ja, bitte?
Heidn	Ich habe das Gefühl, wir kennen uns.
Achgott	Das geht vielen Menschen so.
Heidn	Kommt es Ihnen nicht auch so vor?
Achgott	Nicht wirklich.
Heidn	Sorry, in diesem Fall bitte ich Sie um Entschuldigung.
Achgott	Sie müssen sich nicht entschuldigen, Herr Heidn. Sie haben recht: Wir kennen einander schon so lange, wie wir uns kennen.
Heidn	Das kann nicht sein.
Achgott	Und warum nicht?
Heidn	Dann wären Sie ja meine Mutter.
Achgott	Da haben Sie recht: Ich bin NICHT Ihre Mutter.
Heidn	Als ich noch ein Kind war, spielte ich vor allem mit mir allein, meiner Schwester und meinem Bruder, meinen Cousins und Cousinen, und später dann auch mit einzelnen Knaben, die ich vom Kindergarten und von der Schule her kannte.
Achgott	Und?
Heidn	Sie sind keiner von denen – da hätte ich Sie sofort erkannt.
Achgott	Das ist aber schon lange her – über sechzig Jahre, da kann man vieles vergessen.
Heidn	Schon, aber nicht die Bekanntschaften, die man als kleines oder schon etwas älteres Kind gemacht hat – die vergisst man eigentlich nie.
Achgott	Und trotzdem kennen wir einander schon seit über sechzig, sogar über siebzig Jahren.
Heidn	Ich kenne nur einen, der sich sogar an die vorgeburtliche Zeit im Mutterleib erinnerte.
Achgott	Persönlich?
Heidn	Nein, nur indirekt: Von Vorlesungen an der Universität Zü-

rich.

Achgott	Und wer ist oder war das?
Heidn	Der ist schon lange tot: Der österreichische Dichter Adalbert Stifter, von dem Sie eventuell schon mal gehört haben.
Achgott	Ja, habe ich: Ich kenne sein Werk.
Heidn	Tatsächlich?
Achgott	Ja, auch seine Biografie, seine Lebensumstände, seine Höhen und Tiefen.
Heidn	Wow! Dann haben Sie also auch Literatur studiert?
Achgott	Nicht wirklich – das hat sich so ergeben.
Heidn	Haben Sie denn schon mal von den Erzählungen gehört, in denen sich Stifter an das embryonale Leben erinnert?
Achgott	Ja schon, aber ich denke, dass sich alle Menschen daran erinnern könnten, wenn sie in sich hineinhorchen würden.
Heidn	Das hingegen kann ich mir nicht vorstellen.
Achgott	Das hat Sie beeindruckt?
Heidn	Ja sehr. Ich glaube aber nicht, dass ich diese Erzählungen gelesen habe. Ich denke, dass ein Literaturprofessor, Binder hiess er, darüber in einer Vorlesung berichtet hat, was mir damals aussergewöhnlich und einzigartig erschien. Darum habe ich das bis heute nicht vergessen.
Achgott	Was auch schon über fünfzig Jahre her sein muss.
Heidn	Ja – ich bin nun schon so alt, dass ich mich besser an Erlebnisse aus meiner Kinderzeit erinnere als daran, wie ich den vorgestrigen oder vorvorgestrigen Tag verbracht habe.
Achgott	Alzheimer?
Heidn	Eventuell. Sie haben keine Gedächtnislücken?
Achgott	Nein.
Heidn	Auch keine Wortfindungsstörungen?
Achgott	Überhaupt nicht.
Heidn	Ich schon: Manchmal entfallen mir die einfachsten Dinge.
Achgott	Zum Beispiel?
Heidn	Gestern war ich am Geldomat und wollte dreihundert Franken abheben.
Achgott	Und das ist Ihnen nicht gelungen?
Heidn	Nein – ich konnte mich beim besten Willen nicht mehr

	erinnern – ich wusste zwar noch ungefähr die Zahlenkombination, die ich dann eintippte, doch statt der Noten spuckte er die Kreditkarte wieder aus.
Achgott	Dumm.
Heidn	Genau: Ich musste nochmal nach Hause und mir dort die Zahlenkombination erneut einprägen.
Achgott	Ärgerlich.
Heidn	Es geht – ich habe ja Zeit.
Achgott	Wie ich.
Heidn	Gewisse Begriffe und Wörter fallen mir auch nicht mehr ein – und zwar immer dieselben: Die sind zwar nicht total gelöscht, aber im Papierkorb.
Achgott	Papierkorb?
Heidn	Wie am Compi oder beim Handy. Die Begriffe muss ich mir wieder erarbeiten, aus dem Papierkorb holen, neu einprägen – und am nächsten Tag habe ich sie wieder vergessen.
Achgott	Und mit Personenbezeichnungen haben Sie auch Probleme?
Heidn	Sie meinen mit den Namen von Menschen, die ich kenne?
Achgott	Ja.
Heidn	Ja, da habe ich grosse Probleme. Manchmal muss ich das ganze Alphabet durchgehen, bis ich – wenn ich Glück habe – einen Namen wieder rekonstruieren kann.
Achgott	Aber meinen Namen haben Sie nicht vergessen?
Heidn	Warten Sie...
Achgott	Aaaa...
Heidn	A-B..., A-C..., A-D..., A-E..., A-F..., A-G..., A-H..., A-I...
Achgott	Beginnt mit A und endet mit ...O-T-T.
Heidn	Achgott! Nein, Ihr Name fällt mir beim besten Willen nicht ein!

Achgott vierzig

Achgott	Hallo, Herr Heidn!
Heidn	Ähm – hallo!
Achgott	Hier oben bin ich, Herr Heidn, hier oben!
Heidn	Wo sind Sie?
Achgott	Hier oben im Gang – oberhalb der Halle, direkt über dem Tisch mit Ihren Karten und Ihrem Buch!
Heidn	Oh, da oben sind Sie!
Achgott	Ja, ich betrachte die Ausstellung von oben – hier hat man die beste Übersicht!
Heidn	Stimmt! Soll ich zu Ihnen hinaufkommen?
Achgott	Wenn Sie möchten... dann müssten wir nicht schreien!
Heidn	Klar! Sofort!
Achgott	Das ging aber schnell! Ich dachte, Sie hätten Probleme mit Ihrem linken Bein?
Heidn	Heute geht's gut – ich versuche, das Beinproblem mit gezielter Gymnastik zu lösen.
Achgott	Gut, Herr Heidn, sehr gut!
Heidn	Haben Sie denn die ganze Ausstellung gesehen?
Achgott	Ja, jedes einzelne Exponat. Erstaunlich, für ein so kleines Dorf.
Heidn	Finden Sie? Ich denke, es hat grosse Qualitätsunterschiede – von sehr amateurhaft bis sehr professionell.
Achgott	Das ist nur eine Frage der Definition.
Heidn	Ich finde, das ist nicht nur Ansichtssache, sondern objektiv feststellbar.
Achgott	So?
Heidn	Ja, die Idee, das Konzept, die Aussage eines Werks sollten im Zentrum stehen.
Achgott	So? Meinen Sie?
Heidn	Ja: Über Kunst lässt sich zwar streiten, aber nicht darüber, ob sie einen Sinn haben soll oder nicht.
Achgott	Aha.

Heidn	Haben Sie das, was ich ausgestellt habe, auch gesehen?
Achgott	Ja klar – deshalb bin ich ja hergekommen.
Heidn	Extra meinetwegen?
Achgott	Sicher schon! Ihr Werk hat mich sehr beeindruckt.
Heidn	Was denn genau?
Achgott	Ihre Liste zum Beispiel – aussergewöhnlich, eindrücklich, überraschend.
Heidn	Finden Sie?
Achgott	Ja – vor allem sind Sie der Einzige, der eine klare Aussage macht, ein klares Statement abgibt.
Heidn	Und das finden Sie gut?
Achgott	Ich finde es generell gut, wenn sich die Menschen Gedanken machen über sich selbst und ihre Mitmenschen.
Heidn	Ich denke, das ist auch eine Aufgabe der Kunst: Die Menschen zum Denken anzuregen.
Achgott	Kann sein – ich bin kein Kunstexperte.
Heidn	Sondern?
Achgott	Experte in allen Lebensfragen – Geburt und Tod eingeschlossen.
Heidn	Dann sollten Sie mein Buch lesen.
Achgott	Hab ich schon, hab ich schon.
Heidn	Sie haben mein Buch gelesen?
Achgott	Mit grossem Vergnügen!
Heidn	Was? Sie überraschen mich! Die meisten, die das Buch besitzen, haben zwar angefangen zu lesen, aber bald wieder mit Lesen aufgehört...
Achgott	Sie können niemanden zwingen, ein Buch zu Ende zu lesen...
Heidn	Natürlich nicht – aber etwas enttäuschend ist es schon...
Achgott	Was hat Sie denn zum Schreiben motiviert?
Heidn	Ähm – keine Ahnung... eines Nachts hatte ich die Idee mit dem Sarg, und schliesslich habe ich mich daran gemacht, daraus eine Geschichte zu entwickeln, Schritt für Schritt, Kapitel für Kapitel.
Achgott	Ist Ihre Geschichte nun ein Roman oder ein Krimi?
Heidn	Ich würde sagen: Ein Polit-Krimi-Roman.

Achgott	Ja, ich glaube, das trifft auf Ihre Geschichte zu.
Heidn	Und? Können Sie mir ein kurzes Feedback geben, sofern Sie möchten?
Achgott	Ja, kann ich machen – aber ich fürchte, dass ich Sie enttäuschen werde.
Heidn	Sicher nicht, denn was mich interessiert, sind kritische Fragen zum Inhalt, Aufbau und Stil.
Achgott	Da bin ich wahrscheinlich der Falsche: In Literatur bin ich keine Fachperson.
Heidn	Das Buch richtet sich ja nicht in erster Linie an hochgebildete Kennerinnen und Kenner der Literatur, sondern an alle, die hie und da ein Buch lesen.
Achgott	Was ich tue – und zwar genauso, wie Sie es beschreiben.
Heidn	Ich beschreibe im Roman, wie Sie lesen?
Achgott	Ja – genau!
Heidn	Wo denn? Wie denn?
Achgott	Zum Beispiel, als Sie im Sarg liegen und alle vierzehn Bücher innerhalb von zehn Minuten lesen.
Heidn	Dazu sind Sie in der Lage?
Achgott	Ja – und ohne dass ich mich dafür in Ihren Sarg legen muss.
Heidn	Wow – ich dachte, das wäre unmöglich.
Achgott	Nichts ist unmöglich, Herr Heidn, nichts.
Heidn	Und wie finden Sie meine Story?
Achgott	Gut – erstaunlich gut!
Heidn	Das tönt gerade so, als ob Sie mir das gar nicht zugetraut hätten!
Achgott	So ist es nicht, Herr Heidn, so ist es nicht.
Heidn	Sondern?
Achgott	Eher so, dass ich Ihre Selbstdisziplin bewundere, die Sie beim Schreiben an den Tag gelegt haben.
Heidn	Ja, das ist wahr: Das hat mich selbst erstaunt.
Achgott	Sehen Sie: Mit diesem Buch haben Sie auch sich selbst überrascht – und übertroffen.
Heidn	Übertroffen vielleicht nicht – ich hätte es viel sorgfältiger überarbeiten müssen – beispielsweise weist es mindestens fünf dumme Fehler auf...

Achgott	Das habe ich auch bemerkt – aber nichts ist perfekt...
Heidn	Mich stört das aber...
Achgott	Aber?
Heidn	Ich bringe die Energie nicht auf, eine korrigierte und perfektionierte Fassung drucken zu lassen – das täte ich nur, wenn der Erfolg grösser wäre als der Misserfolg.
Achgott	Das verstehe ich jetzt nicht.
Heidn	Mein Buch verkauft sich nicht, und die wenigen, die mit dem Lesen anfangen, hören nach wenigen Seiten wieder auf.
Achgott	Und woran liegt das?
Heidn	Ich denke, nicht am Inhalt, nicht am Stil, nicht an den fünf Fehlern.
Achgott	Sondern?
Heidn	An der Präsentation, am Verlag, am Klappentext.
Achgott	Oje.
Heidn	Genau: Oje.
Achgott	Kann ich Ihnen da irgendwie helfen?
Heidn	Schon – falls Sie Beziehungen zu Buchhandlungen, Literaturclubs, Verlagen haben.
Achgott	Habe ich, habe ich.
Heidn	Also könnten Sie etwas Werbung machen für mein Buch?
Achgott	Kann ich, werde ich.
Heidn	Oh, das ist aber nett von Ihnen.
Achgott	Ich kann Sie etwas promoten, wenn Sie möchten.
Heidn	Ja, das wäre toll – wirklich.
Achgott	Ich schaue mal, was ich tun kann.
Heidn	Und – falls Sie auch Beziehungen haben zu Medien, insbesondere Printmedien: Könnten Sie nicht auch dafür sorgen, dass noch irgendwo, irgendwann und irgendwie meine bildnerischen Werke in irgendeiner Form erwähnt werden?
Achgott	Ich kann es versuchen.
Heidn	Vielen Dank!
Achgott	Haben Sie denn sonst noch was auf dem Herzen?
Heidn	Eine Frage hab ich noch – eine.
Achgott	Bitte?

Heidn	Was halten Sie von meinen «Deadlove»-Bildern?
Achgott	Schön, ästhetisch, fast schon kitschig.
Heidn	Inwiefern?
Achgott	Dass Sie den Tod in fröhlichen Farben darstellen, finde ich gut.
Heidn	Das war meine Absicht.
Achgott	Weiss ich, weiss ich.
Heidn	Und was finden Sie daran gut?
Achgott	Dass es passt, dass es stimmt, dass es zutrifft.
Heidn	Genau.
Achgott	Genau.
Heidn	Ja, genau!

Achgott einundvierzig

Achgott	Grüssgott, Herr Heidn! Sind Sie bereit?
Heidn	Bereit?
Achgott	Ja, Herr Heidn! Herzlich willkommen!
Heidn	Ja – wo bin ich denn hier gelandet?
Achgott	Zuhause, daheim, hier bei mir.
Heidn	Hallo, Herr... Ähm... Es wäre nett, wenn Sie sich vorstellen könnten.
Achgott	Erinnern Sie sich nicht? Achgott ist mein Name, IHR Achgott.
Heidn	Jetzt, da Sie Ihren Namen nennen...
Achgott	Wie gesagt: Willkommen.
Heidn	Hallo, Herr. Und danke - der Drink vorhin war nicht schlecht.
Achgott	Willkommen zum Eintrittsgespräch.
Heidn	Eintrittsgespräch?
Achgott	Ja, das ist so üblich: Alle Neueintretenden haben Anspruch auf ein Gespräch.
Heidn	Anspruch?
Achgott	Sie sind, wie mir scheint, noch etwas durcheinander.
Heidn	Nein-nein – mir geht's, abgesehen von leichten Kopfschmerzen, relativ gut, ich fühl mich ganz ok.
Achgott	Wir kennen uns, Herr Heidn, ja schon lange, mehr oder weniger. Der Kontakt war zwar intensiv, aber nicht sehr fruchtbar.
Heidn	Welcher Kontakt?
Achgott	Ihren gegenwärtigen, etwas instabilen Zustand wird Ihnen nachher das Personal erklären, ebenso wie Ihre weiteren und neuen Aufgaben.
Heidn	Aufgaben? Ich bin doch pensioniert...
Achgott	Waren, Herr Heidn, Sie WAREN pensioniert.
Heidn	Nein-nein, da liegt ein Irrtum vor – wahr ist, dass ich Lehrer

	war, über 40 Jahre lang, und seither bin ich pensioniert, Herr Ähm... BIN ich pensioniert...
Achgott	Wie dem auch sei: Ich und meine Crew heissen Sie hier von Herzen willkommen!
Heidn	Ja, das ist schön und gut. Aber kommen Sie doch bitte zur Sache. Ich bin zwar pensioniert, habe jedoch nur wenig Zeit.
Achgott	Ok, Herr Heidn, ok. Zuerst erfassen wir mal Ihre Personalien.
Heidn	Wozu? Und der Datenschutz?
Achgott	Unsere Datenschutzrichtlinien, die Sie nachher gerne einsehen können, sind glasklar und basieren auf ewigen Erfahrungen – da kann ich Sie beruhigen. Ich kann es, wenn Sie möchten, auch etwas kürzer machen, denn selbstverständlich verfügen wir schon über all Ihre Daten, die wir aber noch mit Ihren eigenen Erfahrungen abgleichen möchten.
Heidn	Ja bitte. Ich bin etwas verwirrt, habe Schwierigkeiten, meinen Zustand zu definieren.
Achgott	Glauben Sie mir, Herr Heidn, das geht den meisten so.
Heidn	Den meisten?
Achgott	Ja, vielen. Die Verarbeitung des Sphärenwechsels dauert manchmal etwas länger.
Heidn	Kommen Sie bitte zum Punkt, da ich erstens noch einkaufen, die Wohnung etwas saubermachen und danach noch kochen muss: Mein Sohn kommt um 19 Uhr 30 zum Essen.
Achgott	Herr Heidn – Sie scheinen da leider noch ein etwas gröberes Problem zu haben: Offenbar sind Sie noch nicht vollkommen angekommen.
Heidn	Wo angekommen? Eben sass ich doch noch auf meinem Bike – und jetzt das?
Achgott	Herr Heidn? Hören Sie mich noch? Können Sie mich noch verstehen?
Heidn	Achgottachgottachgott...
Achgott	Herr Heidn?
Heidn	Achgottachgott – mein Kopf!
Achgott	Herr Heidn? Hören Sie mich?

Heidn	Achgottach...
Achgott	U-u, Herr Hei...?
Heidn	Achgottach...
Achgott	Herr Hei...
Heidn	Achg...

Achgott zweiundvierzig

Achgott	So, Herr Heidn, herzlich willkommen! Zum zweitenmal, Herr Heidn, zum zweitenmal!
Heidn	Wo bin ich?
Achgott	Diesmal scheint es ja geklappt zu haben mit Ihnen, Herr Heidn.
Heidn	Sie schon wieder?
Achgott	Ihr Kreis hat sich nun definitiv geschlossen, Herr Heidn, und nun sind Sie wieder zurück! Endgültig!
Heidn	Zurück?
Achgott	Ja, freuen Sie sich denn nicht? Sie sind zurück!
Heidn	Wo zurück?
Achgott	Ja, hier bei mir, Herr Heidn! Oder was glauben Sie denn, wo Sie gelandet sind?
Heidn	Im Krankenhaus, im Europapark, in einem Ferienhotel kann es kaum sein...
Achgott	Setzen Sie sich doch! Machen Sie es sich bequem! Ruhen Sie sich aus! Und glauben Sie mir: Bald wird Ihnen klar werden, wo und warum Sie sich hier befinden.
Heidn	Danke – aber bitte sagen Sie's mir.
Achgott	Hab ich doch schon: Ihr Kreis hat sich geschlossen.
Heidn	Das habe ich verstanden, Herr Ähm... Ich darf Sie doch beim Vornamen nennen?
Achgott	Ja natürlich! Alle hier haben nur einen einzigen Namen: Den richtigen.
Heidn	Das ganze Ambiente hier erinnert mich etwas an die Ikea...
Achgott	Da haben Sie recht: Ein grosser Teil des Mobiliars ist modifizierter Ikea-Stil – extra für Sie, Herr Heidn.
Heidn	Da fühlt man sich gleich wie zu Hause – wie zu Hause...
Achgott	Sehen Sie? Möchten Sie etwas trinken? Sie sind sicher ziemlich durstig!
Heidn	Oh, danke! Ich hätte gerne eine Tasse Kaffee.

Achgott	Da muss ich Sie leider enttäuschen, Herr Heidn. Kaffee führen wir nicht, ebenso wenig wie alkoholische Getränke.
Heidn	Das macht doch nichts. Rivella ist auch ok. Haben Sie denn auch Rivella? Rivella blau?
Achgott	Nein, leider nicht. Ich kann Ihnen aber unseren erfrischenden Begrüssungsdrink offerieren.
Heidn	Ja gern! Aber nur, wenn er nicht zu viel Zucker enthält.
Achgott	Sie werden überrascht und begeistert sein, denn unser Heaven Juice schmeckt himmlisch! – Hier, bitte sehr!
Heidn	Danke, Herr.
Achgott	Und? Wie schmeckt er Ihnen?
Heidn	Ganz gut, ganz gut. Wie Flauder mit Honig und Mandelmilch.
Achgott	Extra für Sie, Herr Heidn! Nun: Wie fühlen Sie sich?
Heidn	Gut! Sehr gut! Happy! Wie im Himmel!
Achgott	Freut mich, das zu hören, Herr Heidn. Von Ihnen, Herr Heidn.
Heidn	Ich fühle mich frei, relaxed, erleichtert.
Achgott	Ihre Zweifel sind weg?
Heidn	Zweifel? Welche Zweifel?
Achgott	Dass es mich gibt...
Heidn	Wie, dass es Sie gibt?
Achgott	Lassen wir das, Herr Heidn, lassen wir das. Beginnen wir noch einmal mit dem Eintrittsgespräch.
Heidn	Zu welchem Thema?
Achgott	Sie, Herr Heidn, sind das Thema.
Heidn	So wichtig bin ich nun auch nicht, dass Sie sich mit mir über mich unterhalten müssten. Es gibt relevantere Personen, Fakten und Probleme.
Achgott	Unterschätzen Sie sich nicht. Und mich: Sie liegen mir nämlich sehr am Herzen.
Heidn	Dieser Satz kommt mir bekannt vor – irgendwie.
Achgott	Schön, Herr Heidn – Ihr Erinnerungsvermögen scheint zurückzukehren.
Heidn	Ja, das kommt mir auch so vor.
Achgott	Also, Herr Heidn, kommen wir zu meiner ersten Frage:

	Wann haben Sie zum ersten Mal von meiner Existenz erfahren?
Heidn	Von Ihrer Existenz? Keine Ahnung. Da müsste ich ja zuerst wissen, wer Sie sind.
Achgott	Oder anders gefragt: Wie alt waren Sie, als Sie zum erstenmal von der Existenz einer göttlichen respektive achgöttlichen Macht erfuhren?
Heidn	Wieso wollen Sie das wissen?
Achgott	Diese Kernfrage ist Teil des Aufnahmegesprächs, Herr Heidn.
Heidn	Unser Gespräch wird aufgenommen? Brauchen Sie dazu nicht mein Einverständnis?
Achgott	Offen gesagt: Nein. Herr Heidn: Versuchen Sie einfach, meine Frage zu beantworten.
Heidn	Ok-ok, versuchen kann ich's ja, obwohl ich das mit der Aufnahme nicht gutheisse.
Achgott	Nun?
Heidn	Da muss ich drei- bis vierjährig gewesen sein, als mir die Mutter regelmässig aus der Kinderbibel vorgelesen hat. Vor dem Einschlafen.
Achgott	Daran erinnern Sie sich?
Heidn	Ja, vor dem Einschlafen. Im Bett. Sie sass auf der Bettkante neben mir und las mir Wort für Wort aus der abgegriffenen, kartonierten, blauen Kinderbibel vor, die viele schwarzweisse und einige farbige Bilder enthielt.
Achgott	Wunderbar, Herr Heidn, wunderbar!
Heidn	Das freut Sie?
Achgott	Ja klar: Da wird mir warm ums Herz. Aber bitte fahren Sie fort.
Heidn	Wohin?
Achgott	Bitte Herr Heidn, bitte.
Heidn	Also sie zeigte mir diese Zeichnungen, die mich sehr beeindruckten – und prägten.
Achgott	Inwiefern?
Heidn	Insofern, dass mir ein Gottesbild vermittelt wurde, das ich dann in späteren Jahren komplett ablehnte.

Achgott	Was für ein Gottesbild?
Heidn	Eines Gottes mit Vollbart, auf einem Wolkenthron sitzend, herrschend von oben herab, weit-weit oben, über uns kleine Menschlein da unten.
Achgott	Das war Ihr Eindruck?
Heidn	Ja sicher: Er sah aus wie Karl Marx – nur viel-viel Furcht einflössender.
Achgott	Sie fürchteten sich?
Heidn	Ja sicher: Ich war ein kleines, naives Kind im Märchenalter, dem man alles erzählen konnte und das alles glaubte, zu hundert Prozent! Ich vertraute ja meiner Mutter, liebte sie, verehrte sie, hatte ja ein Urvertrauen.
Achgott	Urvertrauen?
Heidn	Ja, ein grundsätzliches, unverrückbares, stabiles Vertrauen in die Güte meiner Mutter und damit der Menschen.
Achgott	Schön-schön. Und wie beeinflusste das das Bild Gottes?
Heidn	Negativ, grundsätzlich negativ.
Achgott	Wie das denn?
Heidn	Den Gott dieser Kinderbibel empfand ich als Bedrohung: Ein allmächtiger Herrgott – tausendmal mächtiger als Ludwig der Vierzehnte – überwachte und kontrollierte mich und mein Handeln rund um die Uhr: Ein narzisstischer, unbarmherziger, erbarmungsloser Gott-Diktator, der seine Untertaninnen und Untertanen, uns Erdenmenschen, gnadenlos und voller Zorn verfolgte, den kleinsten Fehler bestrafte, alle unsere Gedanken, Ideen, Wünsche kannte und knallhart überprüfte.
Achgott	Das war Ihr erster Eindruck?
Heidn	Genau so: Ein männlicher Macho-Herrgott, wie er schlimmer nicht hätte sein können.
Achgott	Schlimm.
Heidn	Ja: Sehr schlimm.
Achgott	Zweifel hegten Sie erst in späteren Jahren?
Heidn	Ja. Da gab es die täglichen Tischgebete, Gutenachtgebete, das war alles real – und da war auch das schreckliche Gottesbild der Kinderbibel real.

Achgott	Aha.
Heidn	Dann kam ja bald die Sonntagsschule dazu mit ihren «Weisst-du-wieviel-Sternlein-stehen»-Songs, die mir noch heute auf die Nerven gehen.
Achgott	Aber die Sie damals mit Inbrunst mitgesungen haben?
Heidn	Ja. Ich konnte gut singen, hatte eine helle, klare Stimme und traf praktisch immer den richtigen Ton.
Achgott	Und?
Heidn	Obwohl meine Kindergartenlehrerin eine uniformierte Ordensschwester mit langem, schwarzem Rock und weisser Haube war, haben wir dort meines Wissens nie gebetet.
Achgott	Das haben Sie vermisst?
Heidn	Nein, nicht. Es war ein angenehmer, freundlicher Ort, an dem das Angst einflössende Gottesbild kaum präsent war.
Achgott	Wann haben Sie denn angefangen zu zweifeln?
Heidn	Mir konnte man ja erzählen, was man wollte: Ich war durch und durch naiv, vertrauensselig und einfältig, auf eine gewisse Weise: Ich glaubte an den Storch, den Osterhasen, den Nikolaus, das Christkind. Und meine Eltern disziplinierten mich mit weiteren Märchen, die frei erfunden waren: Beispielsweise würde man nicht mehr weiterwachsen, wenn man einen Raum durch dessen Fenster verliesse, oder dass man eine Blinddarmentzündung bekäme, wenn man nach einem Eis oder einer Kirsche Wasser trinken würde, oder dass man, wenn man einem Bach oder Fluss zu nahe käme, von einem Wassergeist mit einem Haken ins Wasser gezogen würde.
Achgott	Schlimm.
Heidn	Schon schlimm. Jedenfalls hatte ich Angst vor dem Wasser, Angst vor offenen Fenstern, Angst, ein Eis oder Kirschen zu essen und dann zu vergessen, dass man mindestens eine Stunde zu warten hätte, bis man wieder einen Schluck Wasser trinken könnte.
Achgott	Also eine schlimme Kindheit?
Heidn	Wo denken Sie hin! Im Gegenteil: Wir waren fröhlich und glücklich, haben viel gespielt, gezeichnet, gebastelt.

Achgott	Und nie gezweifelt?
Heidn	Nie! Wirklich! Sogar mit sechzehn und siebzehn war ich noch voll religiös und glaubte all den Quatsch, der mir jahrelang eingetrichtert worden war.
Achgott	Jetzt übertreiben Sie aber – hier stehe respektive sitze ich vor Ihnen...
Heidn	Und? Was hat das damit zu tun, dass all diese tausendfach erzählten religiösen Märchen nichts als Fakes waren, um die Menschen zum Schweigen zu bringen, zu folgsamen Schäfchen zu degradieren, ihnen das selbständige Denken zu rauben?
Achgott	Das wäre in der Tat nicht in meinem Sinne.
Heidn	Man hat Gott instrumentalisiert, um freie Menschen leichter lenken, unterdrücken und ausbeuten zu können.
Achgott	Ja, so kann man's auch sehen.
Heidn	Mit vierzehn wurde ich am Blinddarm operiert. Hatte ich Wasser getrunken nach den Kirschen? Es war Juni, vor den Sommerferien – die Kirschen waren reif, Kirschensteinespucken war in und ich hatte keinen Grund daran zu zweifeln, dass meine Mutter recht hatte.
Achgott	Somit stellten Sie auch die achgöttliche Existenz nicht in Frage?
Heidn	Nein. Immerhin beschäftigte ich mich während und nach der Operation mit der Bedeutung von Kleidern.
Achgott	Was Sie später dazu brachte, an Gott zu zweifeln?
Heidn	Indirekt sicher. Später setzte ich mich mit anderen grundsätzlichen Lebensfragen auseinander – kritisch natürlich.
Achgott	Sie begannen, selbständig zu denken.
Heidn	Anregungen bekam ich auch von der Schule, zum Beispiel im Fach Geschichte, als der Lehrer so nebenbei im Zusammenhang mit der Kolonialisierung die Verbreitung des Christentums erwähnte und dabei die Missionierung Japans unter anderem so erklärte: Die japanischen Familien waren sich gewöhnt, im Meer nackt zu baden und zu schwimmen. Das sei anstössig, unsittlich und unchristlich, als getaufte Christen seien sie verpflichtet, zum Baden und Schwimmen

einen Badeanzug zu tragen. Die Japanerinnen und Japaner befolgten diese Anweisung, indem sie, bevor sie ins Wasser stiegen, sich mit einem Kleidungsstück bedeckten, das sie nach dem Bad sofort wieder auszogen und sich weiterhin ungeniert nackt am Strand tummelten.

Achgott	Nette Geschichte. Und wo ist da der Zweifel?
Heidn	Ja eben: Ist es richtig, sich zu schämen für seinen Körper, für seine Nacktheit?
Achgott	Natürlich nicht.
Heidn	Das habe ich dann im Spital erfahren: Fünf Tage lang lag ich nackt im Spitalbett, zu Beginn im Gang, danach in einem ordentlichen Zimmer. Ich trug zwar ein kurzes Spitalhemd, das hinten offen war und meinen Body kaum bedeckte. Für die «Krankenschwestern», wie man das Pflegepersonal damals nannte – das war ein reiner Frauenberuf! – war das die natürlichste Sache der Welt, dass da ein vierzehn-jähriger Knabe nackt vor ihnen lag, wenn die OP-Narbe kontrolliert und gepflegt werden musste. Das war für mich ein befreiendes Gefühl – denn vorher wäre mir nie in den Sinn gekommen, nackt im Bett zu liegen...
Achgott	Sie begannen, langsam erwachsen zu werden, Pubertät nennt sich das, wenn ich mich nicht täusche.
Heidn	Ja genau. Genau.
Achgott	Sie holen weit aus, Herr Heidn, das gefällt mir an Ihnen.
Heidn	Und dass Sie zuhören und mir nicht widersprechen, tut gut, das kann ich Ihnen sagen.
Achgott	Sie hatten sicher weitere derartige Erlebnisse, die Sie wei-tergebracht haben, nehme ich an.
Heidn	Ja, aber ich denke, dass das der Beginn meiner Emanzipa-tion war, der Anfang meiner Persönlichkeitsentwicklung – so eine Art Schlüsselerlebnis.
Achgott	Und dann haben Sie langsam begonnen, auch an mir zu zweifeln?
Heidn	An Ihnen? Wieso an Ihnen?
Achgott	Aber Herr Heidn: Jetzt, da Sie «hinüber» sind, wie Sie mir gegenüber mal Ihren heutigen Zustand beschrieben ha-

	ben...
Heidn	Ich bin hinüber?
Achgott	Haben Sie das noch nicht realisiert?
Heidn	Das kann doch nicht sein!
Achgott	Doch-doch! Sie hatten einen Unfall auf Ihrer Bike-Tour, dort, in der Nähe des AKWs, dort, wo wir, Sie und ich, auf unserer Rad-Tour auch vorbeigekommen sind...
Heidn	Was? Sie meinen, ich sei tot?
Achgott	Ich meine das nicht nur – ich weiss es.
Heidn	Wäre ich tot, könnte ich nicht mit Ihnen sprechen, hier in diesem IKEA-mässig eingerichteten Grossraumbüro, Herr Dings.
Achgott	Achgott, Herr Heidn, Achgott! Ich bitte Sie, sich endlich-endlich meinen Namen zu merken!
Heidn	Achgott – ja klar, jetzt erkenne ich Sie: Sie sind der Achgott, mit dem ich mich regelmässig unterhalte!
Achgott	Unterhalten haben, HABEN, Herr Heidn, denn nun sind Sie ja hier!
Heidn	Das seh ich selber, dass ich hier bin, Herr Achgott.
Achgott	Also?
Heidn	Dann habe ich sicher wieder einmal aus Versehen «Achgott!» gerufen – und gleich sind Sie gekommen! Was war denn diesmal die Ursache, Herr Achgott?
Achgott	Eben dieser schwere Fahrradunfall, bei dem Sie zuerst wiederbelebt werden konnten.
Heidn	Sie scherzen! Ich fahre stets vorsichtig – nicht zu schnell, aber auch nicht zu langsam.
Achgott	Herr Heidn: Können wir bitte unser Eintrittsgespräch fortsetzen? Die Warteliste wird sonst noch länger, als sie ohnehin schon ist.
Heidn	Diesen Gefallen kann ich Ihnen schon tun: Sie wissen ja, dass ich pensioniert bin und über meine Zeit frei verfügen kann.
Achgott	WAREN – Sie WAREN pensioniert, Herr Heidn.
Heidn	BIN ich nun hier oder nicht? Solange ich das BIN und nicht WAR, BIN ich auch pensioniert, das ist doch sowas von lo-

	gisch!
Achgott	Ach, Herr Heidn, können wir nun fortfahren? – Aber bitte unterlassen Sie es, nochmal «wohin?» zu sagen.
Heidn	Warum?
Achgott	Bitte, Herr Heidn: Sie waren gerade dabei, mir etwas über Ihr «Schlüsselerlebnis» zu erzählen.
Heidn	Wie Sie möchten, unter der Voraussetzung, dass Sie akzeptieren, dass ich 1. hier BIN und 2. pensioniert.
Achgott	Es ist ein Eintritts-, kein Streitgespräch, Herr Heidn.
Heidn	Also BIN oder WAR ich?
Achgott	Ja.
Heidn	Wo waren wir stehengeblieben?
Achgott	Ihr letzter Satz war, dass das der Beginn Ihrer Persönlichkeitsentwicklung gewesen sei.
Heidn	Stimmt, ja. Doch die Kirche, die Religion, das Christentum waren für mich weiterhin wichtige Elemente des Lebens: Ich besuchte den Präparandenunterricht, den Konfirmationsunterricht, die christliche Jugendorganisation, wurde Jungscharleiter und Sonntagsschullehrer und verteilte weiterhin einmal wöchentlich bei jedem Wetter per Velo im ganzen Dorf eine christliche Wochenzeitschrift an alle Abonnentinnen und Abonnenten.
Achgott	Also eine Art christlicher Missionar.
Heidn	Ja: Shame on me!
Achgott	Aber etwas verdient haben Sie schon für Ihre missionarische Tätigkeit?
Heidn	Ja: Das war mein erstes selbst verdientes Taschengeld, für das ich mir Dinge leisten konnte, die sonst ausser Reichweite gewesen wären.
Achgott	Also hatten Sie für Ihren christlichen Einsatz auch materiell profitiert.
Heidn	Ja, wenigstens das! Wie oft habe ich mir die Finger abgefroren beim Verteilen der christlichen Zeitschrift, wie oft musste ich zwei- oder dreimal zum selben Haus fahren, weil niemand zu Hause oder gerade der Haushund im Garten war und mich anbellte, wieviele hundert Stunden

	habe ich die Sonntagsschullektionen vorbereitet – das war
	harte Arbeit – schlecht bezahlte Kinder- und Jugendarbeit!
Achgott	Muss ich das als Vorwurf verstehen?
Heidn	Nein! Ich habe das ja gewollt, habe all dies auf mich ge-
	nommen, weil es auch immer irgendwie Spass machte und
	zu meinem Leben gehörte.
Achgott	Dann schlossen Sie die Bezirksschule ab und traten ins Leh-
	rerseminar ein.
Heidn	Genau! – Vorher jedoch hatte mein Vater mit seinem klei-
	nen Arbeiterlohn einen Fernsehapparat gekauft, der dann
	ziemlich mich und mein Leben zu beeinflussen begann.
Achgott	Inwiefern?
Heidn	Indem ich einerseits die Welt ausserhalb des Dorfes und
	des nahen Städtchens kennenlernte, andererseits diesem
	Medium verfiel. Statt die Hausaufgaben zu erledigen, zu
	lesen, zu zeichnen, schaute ich stundenlang in die Glotze.
Achgott	Sie konnten nicht widerstehen, waren zu schwach...
Heidn	Zum Glück hatte es nur zwei Sender, den schweizerischen
	und den deutschen. Zudem war tagsüber nur das Testbild
	zu sehen – das Programm begann nicht vor 17.30 Uhr.
Achgott	Wieviel schwerer haben es die heutigen Kinder und Jugend-
	lichen! Täglich können Sie von morgens bis abends zwi-
	schen Tausenden von Ablenkungsmöglichkeiten wählen.
Heidn	Ja – schlimm. Ich weiss nicht, was aus mir geworden wäre,
	wenn ich die gleiche gigantische Auswahl gehabt hätte...
Achgott	Sie sind also froh, nicht vierzig Jahre später geboren wor-
	den zu sein?
Heidn	Wahrscheinlich, schwer zu sagen...
Achgott	Das Fernsehen hat Sie dazu gebracht, an mir zu zweifeln?
Heidn	Warum an Ihnen, Herr Achgott? – Nein, das Fernsehen war
	nicht mehr als ein billiger Zeitvertreib. Man wurde abge-
	lenkt, war passiv, liess sich abfüllen mit Unterhaltungen
	aller Art...
Achgott	Es motivierte Sie nicht, über sich, das Leben, über mich
	nachzudenken?
Heidn	Über Sie sowieso nicht. Und auch nicht über Gott. Das pas-

	sierte dann im Lehrerseminar: Ausgerechnet ein Pfarrer war es, der mich dazu inspirierte, über Gott und das Christentum kritisch nachzudenken.
Achgott	Wie das?
Heidn	Als Sonntagsschullehrer und Jungschargruppenleiter fühlte ich mich verpflichtet, den freiwilligen Religionsunterricht dieses Pfarrers im Lehrerseminar zu besuchen – wenigstens im ersten Schuljahr. Als Lektüre lasen wir das Buch «Deus ex machina», das sich mit dem Gottesbild des Christentums auseinandersetzte und mich dazu brachte, 1. die göttliche Existenz und 2. die Rolle der christlichen Kirchen grundsätzlich in Frage zu stellen. Und obwohl ich weiterhin als Sonntagsschullehrer fungierte, glaubte ich bald nichts mehr von dem, was ich da den Kindern erzählte. Mit zwanzig trat ich aus der Kirche aus.
Achgott	Was Sie nie bereuten?
Heidn	Keine Sekunde! Wie hiess es doch: «Kopf ab zum Gebet!»
Achgott	Herr Heidn: Sie werden es kaum glauben – aber in dieser Beziehung teile ich Ihre Meinung!
Heidn	Wenn ich Sie so vor mir sehe, verstehe ich Sie. Sie freuen sich an aufrechten, klar und kritisch und selbständig denkenden Menschen. Mit folgsamen Herdenmenschen, die denken, was alle denken und tun, was alle tun, haben Sie mehr Mühe...
Achgott	Das haben Sie gesagt, nicht ich...
Heidn	So war das mit meinen Zweifeln – und das war sicher kein Fehler – auch aus heutiger Sicht...
Achgott	Herr Heidn: Heute, gestern, morgen – das ist hier doch irrelevant.
Heidn	Wie kommen Sie darauf? – Der zeitliche Ablauf, die Chronologie, das Vorher und Nachher, das Gestern, Heute und Morgen, der Anfang und das Ende sind doch ebenso relevant, sind fundamentaler Bestandteil jeden Lebens...
Achgott	Eben nicht: Das Sein ist allgegenwärtig, zeitlos, ewig – und auch Sie, Herr Heidn, sind Teil dieses umfassenden Seins.
Heidn	Das ist doch reine Theorie, Herr Achgott...
Achgott	Ist es nicht, Herr Heidn...

Heidn	... doch: Reinste Verschwörungstheorie!
Achgott	Das ist keine Theorie, sondern Tatsache, ein Fakt.
Heidn	Herr Achgott: Ich habe noch viele nicht realisierte Pläne! Und ein grosses Archiv – und ein Chaos, das ich demnächst aufzuräumen gedenke...
Achgott	Ach, Herr Heidn. Realisieren Sie doch bitte, dass ...
Heidn	Nein, Herr Achgott, diesen Gefallen tue ich Ihnen nicht. Ich mag Sie aus einem nichtigen Grund zum x-ten Mal gerufen haben – wofür ich mich aufrichtig entschuldige – doch jetzt möchte ich meine angefangene Arbeit erledigen: Die Wäsche, der Haushalt, die Katzen, der Laptop, die Pandemie-Liste etc. etc. warten, so dass ich Sie bitten muss, mich jetzt zu verlassen.
Achgott	Aber Herr Heidn: Wie soll ich in der Lage sein, Sie zu verlassen?
Heidn	Das überlasse ich Ihnen – bis jetzt haben Sie das auch immer geschafft.
Achgott	Bitte, Herr Heidn, überlegen Sie doch: Wer sind Sie? Wo sind Sie? Warum sind Sie hier?
Heidn	Herr Achgott: Sie wissen ganz genau, dass Sie nur auf der mentalen Ebene existieren. Das haben Sie – wie ich mich erinnere – selbst einmal gesagt. Hier, in der realen Welt, in meiner Welt, in der ich als pensionierter Lehrer lebe und arbeite, tauchen Sie manchmal wie aus dem Nichts auf und verschwinden kurze Zeit später wieder dorthin, woher Sie gekommen sind.
Achgott	Herr Heidn: Ich denke, wir brechen hier unser Eintrittsgespräch ab. Wir verfügen über ein ausgezeichnetes Care-Team, das Ihre Betreuung übernehmen wird.
Heidn	Wenn ich Ihnen einen Tipp geben darf, Herr Achgott: Ich denke, dass eher Sie betreut werden müssten. Ihre Wahrnehmungsstörungen bedürfen meines Erachtens ärztlicher respektive psychiatrischer Hilfe.
Achgott	Herr Heidn, danke für das Gespräch, aber...
Heidn	Aber?
Achgott	Sie sind...
Heidn	... SIND oder WAREN?

Achgott	Sie SIND...
Heidn	... sehen Sie!
Achgott	... EINE HARTE NUSS!

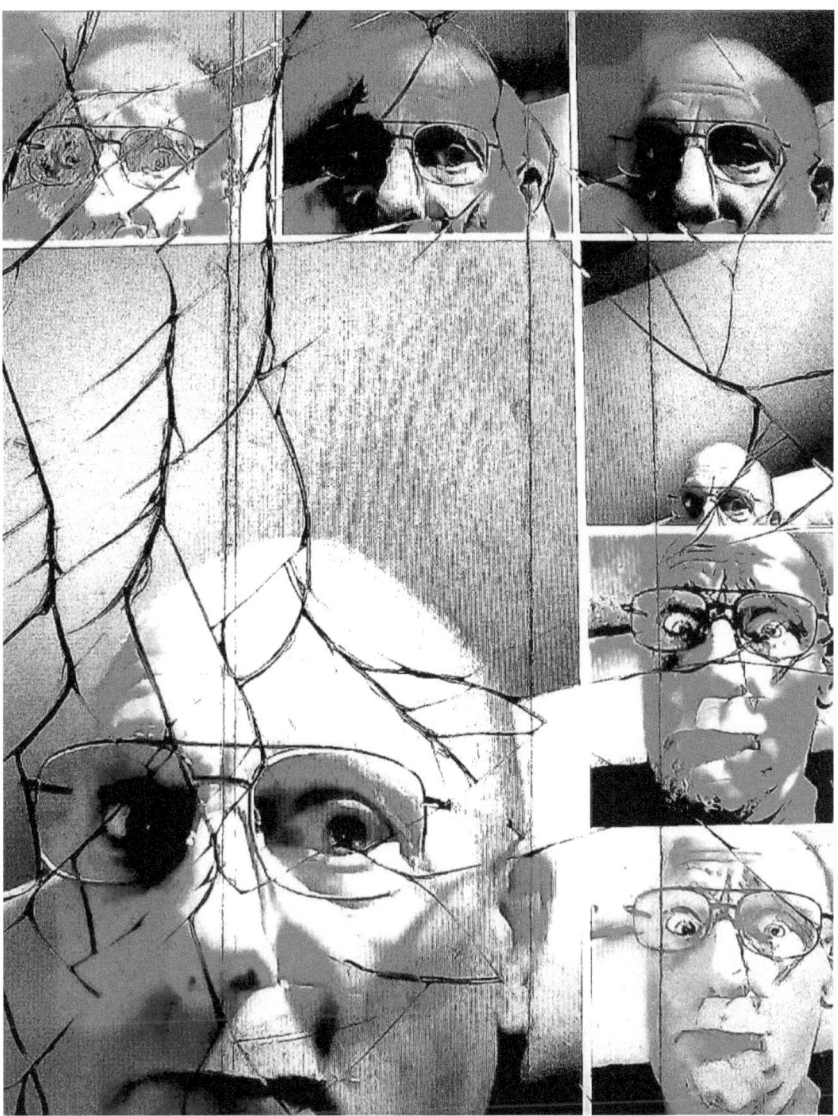

Herr Heidn – Sie scheinen noch ein etwas gröberes Problem zu haben: Offen-
bar sind Sie doch noch nicht vollkommen angekommen.

Und andere Dialoge.

Die Umfrage

Herr Stein	*(Am Telefon)* Ja bitte?
Stimme	Hier ist das Institut für Angewandte Umfrage-Ergebnisse GmbH in Worms. Sind Sie Frau Zeltner?
Herr Stein	Nein.
Stimme	Wenn Sie nicht Frau Zeltner sind – wer sind Sie dann?
Herr Stein	Warum?
Stimme	Ich mache eine telefonische Umfrage im Auftrag des Instituts für Angewandte Umfrage-Ergebnisse im Zusammenhang mit Nahtoderfahrungen in Worms. Möchten Sie mitmachen? Es dauert etwa vier Minuten.
Herr Stein	Nein.
Stimme	Gut! Danke. Wie alt sind Sie?
Herr Stein	68.
Stimme	Männlich oder weiblich?
Herr Stein	Nein.
Stimme	Zivilstand?
Herr Stein	Nein.
Stimme	Ihre letzte Ausbildung?
Herr Stein	Vor 43 Jahren.
Stimme	Hochschule, Abitur oder Volksschule?
Herr Stein	Nein.
Stimme	Glauben Sie an Gott?
Herr Stein	Nein.
Stimme	Glauben Sie an ein Leben nach dem Tod?
Herr Stein	Nein.
Stimme	Glauben Sie an eine höhere Macht?
Herr Stein	Nein.
Stimme	Glauben Sie an ein Leben vor dem Tod?
Herr Stein	Nein.
Stimme	Glauben Sie an die Kraft der Liebe?
Herr Stein	Nein.

Stimme	Fühlen Sie sich nie, manchmal oder häufig einsam?
Herr Stein	Nein.
Stimme	Fühlen Sie sich nie, manchmal oder häufig glücklich?
Herr Stein	Nein.
Stimme	Leiden Sie nie, manchmal oder häufig an Depressionen?
Herr Stein	Nein.
Stimme	Leiden Sie nie, manchmal oder häufig an Schlafstörungen?
Herr Stein	Nein.
Stimme	Sind Sie nie, manchmal oder häufig krank?
Herr Stein	Nein.
Stimme	Sind Sie über-, unter- oder normalgewichtig?
Herr Stein	Nein.
Stimme	Trinken Sie nie, manchmal oder häufig Alkohol?
Herr Stein	Nein.
Stimme	Rauchen Sie nie, manchmal oder häufig?
Herr Stein	Nein.
Stimme	Gehen Sie nie, manchmal oder häufig in die Ferien?
Herr Stein	Nein.
Stimme	Gehen Sie nie, manchmal oder häufig in die Kirche?
Herr Stein	Nein.
Stimme	Gehen Sie nie, manchmal oder häufig auf den Friedhof?
Herr Stein	Nein.
Stimme	Gehen Sie nie, manchmal oder häufig an Beerdigungen?
Herr Stein	Nein.
Stimme	Hatten Sie in den letzten zehn Jahren einen Spitalaufenthalt?
Herr Stein	Nein.
Stimme	Sie waren also immer gesund?
Herr Stein	Nein.
Stimme	Waren Sie in den letzten zehn Jahren einmal oder mehrmals bewusstlos?
Herr Stein	Nein.
Stimme	Fielen Sie in den letzten zehn Jahren einmal oder mehrmals in Ohnmacht?
Herr Stein	Nein.
Stimme	Waren Sie in den letzten zehn Jahren einmal oder mehr-

	mals schwer verletzt?
Herr Stein	Nein.
Stimme	Litten oder leiden Sie an Angstgefühlen?
Herr Stein	Nein.
Stimme	Haben Sie Angst vor dem Tod?
Herr Stein	Nein.
Stimme	Leiden Sie nie, manchmal oder häufig an Albträumen?
Herr Stein	Nein.
Stimme	Leiden Sie an Höhenangst?
Herr Stein	Nein.
Stimme	Platzangst?
Herr Stein	Nein.
Stimme	Angst vor Schlangen, Spinnen, Einbrechern?
Herr Stein	Nein.
Stimme	Prüfungsangst?
Herr Stein	Nein.
Stimme	Zukunftsangst?
Herr Stein	Nein.
Stimme	Angst zu versagen?
Herr Stein	Nein.
Stimme	Haben Sie Angst vor Toten?
Herr Stein	Nein.
Stimme	Können Sie Blut sehen?
Herr Stein	Nein.
Stimme	Operationen, klaffende Wunden, Geschwüre?
Herr Stein	Nein.
Stimme	Kennen Sie das Bild mit dem hellen Licht am Ende des Tunnels?
Herr Stein	Nein.
Stimme	Kennen Sie das Gefühl des Glücks beim Austritt aus dem Tunnel und dem Eintauchen in das strahlende Licht?
Herr Stein	Nein.
Stimme	Sind Sie schon mal Verstorbenen im Traum oder im realen Leben begegnet?
Herr Stein	Nein.
Stimme	Möchten Sie mal Verstorbenen im Traum oder im realen

	Leben begegnen?
Herr Stein	Nein.
Stimme	Gibt es eine verstorbene Person, die Sie besonders vermissen?
Herr Stein	Nein.
Stimme	Haben Sie eine Vorstellung, was genau passiert beim Übergang vom Leben in den Tod?
Herr Stein	Nein.
Stimme	Haben Sie sich mal vorgestellt zu sterben?
Herr Stein	Nein.
Stimme	Möchten Sie wissen, wie der Vorgang des Sterbens genau abläuft?
Herr Stein	Nein.
Stimme	Möchten Sie beerdigt oder kremiert werden?
Herr Stein	Nein.
Stimme	Möchten Sie an Ihrer eigenen Beerdigung dabeisein?
Herr Stein	Nein.
Stimme	Können Sie sich vorstellen, Ihre eigene Abdankungsfeier aus der Vogelperspektive mitzuverfolgen?
Herr Stein	Nein.
Stimme	Möchten Sie wissen, wer um Sie trauert, wenn Sie tot sind?
Herr Stein	Nein.
Stimme	Möchten Sie Ihre Todeserfahrungen Ihren Angehörigen mitteilen können?
Herr Stein	Nein.
Stimme	Möchten Sie, dass die Menschen, die Sie kennen, nach Ihrem Tod positiv über Sie denken?
Herr Stein	Nein.
Stimme	Möchten Sie zum Zeitpunkt des Todes Glücksgefühle verspüren?
Herr Stein	Nein.
Stimme	Möchten Sie im Beisein Ihrer nächsten Angehörigen sterben?
Herr Stein	Nein.
Stimme	Möchten Sie einen möglichst leichten Tod sterben?
Herr Stimme	Nein.

Stimme	Haben Sie Angst vor dem Erleiden eines schmerzhaften Todeskampfes?
Herr Stein	Nein.
Stimme	Möchten Sie möglichst lange leben?
Herr Stein	Nein.
Stimme	Hoffen Sie auf einen schönen Tod nach einem erfüllten Leben?
Herr Stein	Nein.
Stimme	Wünschen Sie sich das ewige Leben?
Herr Stein	Nein.
Stimme	Denken Sie nie, manchmal oder häufig an den Tod?
Herr Stein	Nein.
Stimme	Gehört Ihrer Ansicht nach der Tod zum Leben?
Herr Stein	Nein.
Stimme	Haben Geburt und Tod etwas Gemeinsames?
Herr Stein	Nein.
Stimme	Hat die Tatsache, dass das Leben ein Ende hat, Einfluss auf Ihre Lebensweise?
Herr Stein	Nein.
Stimme	Leben Sie nach der Devise, dass Sie morgen tot sein könnten?
Herr Stein	Nein.
Stimme	Möchten Sie noch etwas Persönliches zum Thema „Tod und Sterben" beifügen?
Herr Stein	Nein.
Stimme	Danke. Das war's. War's schlimm?
Herr Stein	Nein.
Stimme	Nun – was machen Sie denn jetzt gerade?
Herr Stein	Erst trink ich meinen Kaffee fertig, dann bring ich mich um.

Am Kiosk

Kunde	Einen Kaffee.
Verkäuferin	Mit oder ohne?
Kunde	Rahm?
Verkäuferin	Zucker.
Kunde	Ohne.
Verkäuferin	Hell oder dunkel?
Kunde	Hell.
Verkäuferin	Gross, mittel oder klein?
Kunde	Mittel.
Verkäuferin	Bio oder Normal?
Kunde	Normal
Verkäuferin	Zertifiziert oder nicht?
Kunde	Nicht.
Verkäuferin	Macht zwei neunzig.
Kunde	Und ein Brötchen.
Verkäuferin	Hell oder dunkel?
Kunde	Dunkel.
Verkäuferin	Vollkorn?
Kunde	Nein.
Verkäuferin	Das oder das?
Kunde	Das.
Verkäuferin	Macht dann vier fünfzig.
Kunde	Und einen Kaugummi.
Verkäuferin	Mit oder ohne?
Kunde	Geschmack?
Verkäuferin	Zucker.
Kunde	Ohne.
Verkäuferin	Gross oder klein?
Kunde	Einer oder mehrere?
Verkäuferin	Ja.
Kunde	So zwei.

Verkäuferin	Der, der oder der oder der?
Kunde	Der.
Verkäuferin	Das macht dann neun zwanzig.
Kunde	Pomadenstift.
Verkäuferin	Pomadenstift?
Kunde	Ja, Pomadenstifte!
Verkäuferin	Einen?
Kunde	Ja.
Verkäuferin	Grün, blau oder gelb?
Kunde	Blau.
Verkäuferin	Der oder der?
Kunde	Der.
Verkäuferin	Einzel- oder Doppelpackung?
Kunde	Doppel.
Verkäuferin	Doppel.
Kunde	Man weiss ja nie.
Verkäuferin	Noch was?
Kunde	Nein.
Verkäuferin	Das macht dann…
Kunde	Oder doch…
Verkäuferin	… alles zusammen…
Kunde	… noch was: …
Verkäuferin	… fünfzehn fünfundsiebzig!
Kunde	Rivella.
Verkäuferin	3 oder 5?
Kunde	Eins.
Verkäuferin	Deziliter.
Kunde	Fünf.
Verkäuferin	Farbe?
Kunde	Farbe?
Verkäuferin	Rot, Blau, Grün, Gelb oder Orange?
Kunde	Grün?
Verkäuferin	Tee.
Kunde	Gelb?
Verkäuferin	Ananas.
Kunde	Orange?

Verkäuferin	Multifit.
Kunde	Sicher?
Verkäuferin	Sicher.
Kunde	Dann Blau.
Verkäuferin	Also ohne…
Kunde	Ja.
Verkäuferin	… Zucker?
Kunde	Nein, doch Rot.
Verkäuferin	Rot fehlt.
Kunde	Also Blau.
Verkäuferin	Also ohne.
Kunde	Ja, ohne.
Verkäuferin	Alles?
Kunde	Definitiv.
Verkäuferin	Definitiv?
Kunde	Ja.
Verkäuferin	Ja?
Kunde	Nein.
Verkäuferin	Nicht alles?
Kunde	Doch.
Verkäuferin	Sicher?
Kunde	Ja.
Verkäuferin	Das macht dann total…
Kunde	Total, das Waschmittel?
Verkäuferin	Nein, DAS Total…
Kunde	Nicht Bunt- oder Kochwäsche?
Verkäuferin	Nein…
Kunde	30 oder 60 oder 90 Grad?
Verkäuferin	Nein-nein…
Kunde	Sind Sie sicher?
Verkäuferin	Nicht ganz.
Kunde	Halbganz?
Verkäuferin	Halbganz.
Kunde	Anstrengend?
Verkäuferin	Sehr.
Kunde	Sehr oder enorm?

Verkäuferin	Sehr enorm.
Kunde	Schon lange?
Verkäuferin	Sehr lang.
Kunde	Monate oder Jahre?
Verkäuferin	Jahre.
Kunde	Sommer und Winter?
Verkäuferin	Und Frühling und Herbst.
Kunde	Single oder verheiratet?
Verkäuferin	Geschieden.
Kunde	Kinder oder alleinerziehend?
Verkäuferin	WG.
Kunde	Vor- oder Nachname?
Verkäuferin	Vor.
Kunde	Kurz oder lang?
Verkäuferin	Gelb.
Kunde	Tag oder Nacht?
Verkäuferin	Gestern.
Kunde	Richtig oder Falsch?
Verkäuferin	Burnout.
Kunde	Tschüss oder?
Verkäuferin	Genau.
Kunde	A oder B?
Verkäuferin	Arzt oder Notfall?
Kunde	Kuh oder Kalb?
Verkäuferin	Kunde oder König?
Kunde	Messer oder Gabel?
Verkäuferin	Franken oder Euro?
Kunde	Tod oder Leben?
Verkäuferin	Himmel oder Hölle?
Kunde	Anfang oder Ende?
Verkäuferin	Alt oder jung?
Kunde	Coci oder Eistee?
Verkäuferin	Bier oder Wein?
Kunde	Zigi oder Stumpen?
Verkäuferin	Ovo oder Schokolade?
Kunde	Papiertaschentücher?

Verkäuferin	Neunzehnachtzig oder Einundzwanzigdreissig?
Kunde	Neunzehnachtzig?
Verkäuferin	Ihr Kaffee wird kalt.
Kunde	Kalt oder warm?
Verkäuferin	Macht Einundzwanzigdreissig.
Kunde	Hier?
Verkäuferin	Danke.
Kunde	Bitte?

Der Taxifahrer

Taxifahrer	Ja, ich bin frei. Steigen Sie ein.
Gast	*(Am Smartphone)* Fahren Sie mich, so schnell Sie können, zu meiner Mutter.
Taxifahrer	Ok! Ok! Wo wohnt sie denn?
Gast	*(Am Smartphone)* Wer?
Taxifahrer	Ihre Mutter!
Gast	*(Am Smartphone)* Ah so, ja! Meine Mutter!
Taxifahrer	Ja, Ihre Mutter! Wohin wollen Sie also?
Gast	*(Am Smartphone)* Das sagte ich Ihnen schon: Zu meiner Mutter! Und jetzt stören Sie mich bitte nicht mehr!
Taxifahrer	Wenn Sie mir nicht sagen, wo Ihre Mutter wohnt, kann ich Sie auch nicht hinfahren!
Gast	*(Am Smartphone)* Sorry, was haben Sie eben gesagt?
Taxifahrer	Wohin wollen Sie?
Gast	*(Am Smartphone)* So schnell wie möglich zu meiner Mutter, Herrgottnochmal!
Taxifahrer	Also gut! Steigen Sie aus!
Gast	*(Am Smartphone)* Wie bitte? Was haben Sie gesagt?
Taxifahrer	Bitte steigen Sie sofort aus! Oder sagen Sie mir sofort, wo Ihre Mutter wohnt, zu der ich Sie so schnell wie möglich bringen soll!
Gast	*(Am Smartphone)* Ach so, ja, sorry! Meine Mutter wohnt in Griechenland!
Taxifahrer	*(Höchst erstaunt)* WO wohnt Ihre Mutter?
Gast	*(Am Smartphone)* In Griechenland!
Taxifahrer	Das sind ja Hunderte von Kilometern!
Gast	*(Am Smartphone)* Und? Ist das ein Problem?
Taxifahrer	Ja schon: Hin und zurück sind das drei Tage!
Gast	*(Am Smartphone)* Ich will aber nur hin, nicht mehr zurück!
Taxifahrer	Glauben Sie denn, ICH würde in Griechenland bleiben?
Gast	*(Am Smartphone)* Wer spricht denn von Ihnen! ICH bin der

	Gast und ICH will nach Griechenland!
Taxifahrer	Ja natürlich! SIE sind der Gast, aber ICH bin der Taxifahrer und ICH will wieder zurück, und bis ich wieder zurück bin, dauert das mindestens drei Tage!
Gast	*(Am Smartphone)* Ja. fahren Sie mich nun zu meiner Mutter oder nicht?
Taxifahrer	Wo genau wohnt denn Ihre Mutter? Griechenland ist gross und je nachdem dauert's einen halben oder einen ganzen Tag länger oder weniger lang.
Gast	*(Am Smartphone, dem Taxifahrer einen Zettel übergebend)* Hier ist Ihre Adresse: Amelia Gromeros, Mesokampos, Samos.
Taxifahrer	Samos? Ist das nicht eine Insel? Da komm ich ja mit meinem Taxi NIE hin! NIE!
Gast	*(Am Smartphone)* Sind Sie nun ein Taxi oder nicht? *(Auf das Smartphone zeigend)* Hier bitte: Es sind genau 2787 Kilometer und dauert 41 Stunden – ohne Verkehr.
Taxifahrer	41 Stunden hin, 41 Stunden zurück – und wann soll ich schlafen wann? Und wo?
Gast	*(Am Smartphone)* Sie sollen ja fahren, nicht schlafen. Wenn Sie schlafen, kommen wir ja nie zu meiner Mutter!
Taxifahrer	82 Stunden Taxifahrt! Wissen Sie denn, was das kostet?
Gast	*(Am Smartphone)* Nein, natürlich nicht, aber Sie werden es mir gleich sagen! Zudem will ich ja dort bleiben, also bezahle ich nur den Hinweg – und das sind dann 41 Stunden und nicht 82!
Taxifahrer	Ja, klar sag ich's Ihnen: Mit dem günstigsten Tarif kommen wir auf 16'200 Franken – ohne Hotelübernachtungen und Verpflegung! Unter 18'000 Franken ist da nichts zu machen!
Gast	*(Am Smartphone)* Wollen Sie mich ruinieren, Mann? 18'000 Franken! Woher soll ich 18'000 Franken nehmen?
Taxifahrer	SIE wollen ja zu Ihrer Mutter, nicht ich!
Gast	*(Am Smartphone)* Ja, aber nicht zu diesem Preis!
Taxifahrer	Wieso wollen Sie überhaupt mit einem Taxi reisen? Kein Mensch fährt von hier nach Samos mit dem Taxi! KEIN

	MENSCH!
Gast	*(Auf den Werbeslogan zeigend)* Warum steht denn hier „Maxi-Taxi: Wir bringen Sie überall hin! Wohin Sie wollen! Wann Sie wollen! Wie Sie wollen! Bequem und günstig! Maxi-Taxi!"
Taxifahrer	Das ist doch einfach ein dummer Werbespruch! Mit der Realität hat das nichts zu tun!
Gast	*(Am Smartphone)* Können Sie's nicht etwas günstiger machen? Meine Mutter lädt Sie dann bestimmt zum Essen ein! Sagen wir für hundert Franken. Hundert Franken bar auf die Hand! Hier, nehmen Sie!
Taxifahrer	Sind Sie noch bei Trost? Das reicht ja nicht mal fürs Benzin!
Gast	*(Am Smartphone)* Sie kennen meine Mutter nicht! Sie könnten sicher auch ein- oder zweimal übernachten bei ihr, etwas Ferien machen, sich erholen…
Taxifahrer	Los, steigen Sie aus! Ich bin ja nicht verrückt!
Gast	*(Auf das Smartphone zeigend)* Werfen Sie wenigstens noch einen Blick auf meine Mutter hier – Sie lässt Sie grüssen!
Taxifahrer	*(Auf das Smartphone starrend)* Wow! Das ist Ihre Mutter?
Gast	Ja natürlich. Warum?
Taxifahrer	Nur so. Wie alt ist sie denn?
Gast	38 – warum?
Taxifahrer	Nur so. Wieviel bezahlen Sie mir bar auf die Hand?
Gast	100 Franken – hier bitte!
Taxifahrer	So schnell wie möglich?
Gast	So schnell wie möglich!
Taxifahrer	Ok! Ich mach's!
Gast	Sind Sie sicher?
Taxifahrer	Wenn das da auf dem Bild Ihre Mutter ist – ja!
Gast	Das ist ja super!
Taxifahrer	Na, dann los!
Gast	Kennen Sie übrigens die Sendung mit der versteckten Kamera?
Taxifahrer	Nein – und Sie?
Gast	Dann ist ja gut…

Die Einbürgerung

Chef Eiko*	So, Herr Klarowski, Sie wollen sich also einbürgern lassen.
Klarowski	Ja, ich mich will einbirgern.
Chef Eiko	BÜ! EinbÜrgern!
Klarowski	Ja, ich will.
Chef Eiko	Einbirgern oder –bürgern?
Klarowski	Birgern. Ich schon sagte: Ich mich will einbirgern.
Chef Eiko	Ok, ok. Wir sind ja nicht so. WarUm?
Klarowski	WArum?
Chef Eiko	Begründen Sie bitte in einem Satz, warum wir Sie einbirgern sollten.
Klarowski	Begrinden?
Chef Eiko	Ja, bitte!
Klarowski	Also ich mich fiihle hier suhause.
Chef Eiko	Suhause?
Klarowski	Ja, ich hier wohnen seit finfundzwanzig Jahren.
Chef Eiko	Ihr Zuhause ist also hier in der Schweiz?
Klarowski	Ja, meine Lebensmittelpunkte hier ist.
Chef Eiko	Kennen Sie denn Ihre neue Heimat?
Klarowski	Ja sicher! Seit finfundzwanzig…
Chef Eiko	Was machten Sie zum Beispiel am 1. August?
Klarowski	Ich sein gewesen in Ferien.
Chef Eiko	Wo in Ferien?
Klarowski	In meine Heimat.
Chef Eiko	Ist Ihre Heimat nicht hier?
Klarowski	Doch-doch. Meine Heimat seit finfundzwanzig…
Chef Eiko	Wo Sie gewesen in Ferien?
Klarowski	In meine alte Heimat, in…
Chef Eiko	Aha! Welche Heimat ist denn besser, die alte oder die neue?
Klarowski	Beide meine Heimat sind!

Chef Eiko	Kennen Sie Wilhelm Tell?
Klarowski	Ja, natirlich – aber nicht gelebt hat. Mit Apfelschuss, Sie gelesen?
Chef Eiko	Ja, sicher, musste ja – in der Schule. Sie wo in Schule?
Klarowski	In eine kleine Dorf in alte Heimat, zusammen mit meine Brider.
Chef Eiko	Und General Gisang? Schon mal gehört?
Klarowski	Natirlich! Diese General mit Réduit Schweiz verteidigt vor Itler in Zweite Weltkrieg.
Chef Eiko	Oder Christoph Blocher?
Klarowski	Ja natirlich! Ist gewesen Bundesrat! Ist reiche Politiker.
Chef Eiko	Ja, kennen Sie die Bundesräte?
Klarowski	Ich nicht kennen, nur aus Fernsehen. Sie getroffen Bundesrat?
Chef Eiko	Wie heissen sie denn?
Klarowski	Aber Sie doch wissen: Klarowski Boris…
Chef Eiko	Wie die Bundesräte heissen!
Klarowski	Aber natirlich! Ich täglich schauen Tagesschau, lesen 20 Minuten…
Chef Eiko	Wieviele Kantone hat die Schweiz?
Klarowski	Mit die Halbkantone?
Chef Eiko	Ja, MIT!
Klarowski	Sechsundzwanzig: Aargau, Zirich, Graubinden, Bern…
Chef Eiko	Und die Kantonshauptstädte?
Klarowski	Aarau, Zirich, Bern, Schaffhause, Genf…
Chef Eiko	Und seit wann ist die Schweiz eine Demokratie?
Klarowski	Ja Schweiz sein direkte Demokratie und grossartige seit 1848 mit die Bundesverfassung, aber richtige erst seit 1971…
Chef Eiko	Was war denn falsch an der Demokratie vorher?
Klarowski	Die Frauen! Nicht in Demokratie bis 1971, Sie verstehen?
Chef Eiko	Quatsch! Seit 1848 ist die Schweiz ein Bundesstaat, hier lesen Sie!
Klarowski	Ich Sie schon verstehen! Aber ohne Frauen keine Demokratie!
Chef Eiko	Und die Schweiz ist die älteste Demokratie der Welt!

Klarowski	Es mir tut leid. Aber schon Griechenland, Athen, das sein erste Demokratie gewesen!
Chef Eiko	Ach, die mit ihrer kaputten Wirtschaft: Nix arbeiten, nur kassieren!
Klarowski	Sie schon mal sein gewesen auf die Akropolis? Wunderbar!
Chef Eiko	Nein. Griechenland ist ja noch schlimmer als Spanien!
Klarowski	In Schweiz viele Spanier sind. Sie nicht kennen einige?
Chef Eiko	Alle eingebürgert inzwischen.
Klarowski	Ich lieben spanische Sprache.
Chef Eiko	Und was halten Sie von der EU?
Klarowski	Ist gut! Wichtigste Partner fir Schweizer Wirtschaft. Ohne EU wenig Arbeit, zu wenig.
Chef Eiko	Ja und? Soll die Schweiz der EU beitreten?
Klarowski	Ja natirlich! Schweiz keine Insel ist! Deutschland, Frankreich, Esterreich, Italien lieben Schweiz.
Chef Eiko	Aber Sie wissen schon, dass wir hier nicht in die EU wollen, oder?
Klarowski	Ja natirlich! Ich schon wissen. Aber ich denken, das sein falsch.
Chef Eiko	Was? Sie wollen sich einbirgern lassen und wollen gleichzeitig in die EU?
Klarowski	Ja, das meine Meinung ist. In Schweiz Meinungsfreiheit!
Chef Eiko	Aber nicht in dieser Frage! Da können Sie sich nicht auf die Meinungsfreiheit berufen!
Klarowski	Doch schon: Meinungsfreiheit, Glaubens-, Gewissens-, Versammlungsfreiheit! Wunderbare Demokratie!
Chef Eiko	Ja schon – aber wer in die EU will, soll draussen in der EU bleiben.
Klarowski	Ich aber seit finfundzwanzig Jahre in Schweiz, noch länger als EU…
Chef Eiko	Suchen Sie sich einen EU-Staat, der Sie einbirgert!
Klarowski	Sie nicht gerecht sind! Auch Gerechtigkeit ich lieben an Schweiz.
Chef Eiko	Was Sie an Schweiz lieben, ist MIR doch egal. Wer in die EU will, gehört aus- und nicht eingebirgert.
Klarowski	Ich nicht kann werden ausgebirgert, aber eingebirgert. Ich

	lieben Schweiz.
Chef Eiko	Wenn wir alle, die in die EU wollen, einbirgern wollten – wo kämen wir da hin!
Klarowski	In EU natirlich, in Zukunft!
Chef Eiko	Es tut mir leid!
Klarowski	Was Ihnen leid tut?
Chef Eiko	Ich kann Sie leider NICHT einbirgern!
Klarowski	Aber Sie das nicht machen kennen. Ich seit finfundzwanzig...
Chef Eiko	Wer in die EU will, ist doch nicht integriert!
Klarowski	Ich sein integriert, sehr gut integriert!
Chef Eiko	Abgelehnt. Ihr Gesuch ist ABGELEHNT!
Klarowski	Aber...
Chef Eiko	Kein Aber – der Nächste bitte!

Chef der Einbürgerungskommission (Chef Eiko)

Die Ausbürgerung

Chef Ausbüko*	So, Herr Bohnenblust, dann wollen wir mal.
Bohnenblust	Kann ich mich setzen?
Chef Ausbüko	Ja, bitte, nehmen Sie Platz.
Bohnenblust	Danke.
Chef Ausbüko	Also: Sie wissen ja, dass ein Antrag vorliegt, Sie auszubürgern. Richtig?
Bohnenblust	Ja, ich bin ungefähr informiert – und schockiert! Von wem stammt denn dieser Antrag?
Chef Ausbüko	Das tut nichts zur Sache. Wir beurteilen nur die Fakten – nur die Fakten, Herr Bohnenblust.
Bohnenblust	Ich wüsste nicht, was eine derartige, meine Existenz bedrohende Massnahme rechtfertigen würde!
Chef Ausbüko	Bitte beruhigen Sie sich! Wir leben in einer Demokratie, einer direkten Demokratie, in der Recht und Ordnung herrschen. Darauf können Sie sich verlassen.
Bohnenblust	Was soll ich denn verbrochen haben? Wessen werde ich denn beschuldigt?
Chef Ausbüko	Niemand beschuldigt Sie eines Verbrechens, Herr Bohnenblust. Alles hat seine Richtigkeit und Rechtmässigkeit und wird genaustens überprüft. Deshalb sind Sie ja hier. Vertrauen Sie der Schweiz, Ihrem Kanton und den staatlichen Institutionen.
Bohnenblust	Ja schon, aber man hört so viel – und ein gewisses Misstrauen…
Chef Ausbüko	Misstrauen? Bitte, Herr Bohnenblust! Wie lange sind Sie schon Schweizerbürger?
Bohnenblust	Ich bin jetzt achtundfünfzig und wurde schon als Schweizer geboren…
Chef Ausbüko	Herr Bohnenblust: Sie wissen genau, dass das heute nicht mehr so ist! Die Staatsbürgerschaft wird einem nicht mehr in die Wiege gelegt – die muss man erwerben, sich erarbei-

ten, um die muss man sich redlich bemühen. Nur wer sich als würdig erweist, den Schweizerpass zu erwerben, bekommt ihn auch – und verliert ihn wieder, wenn er ihn besudelt, sich als unwürdiger Schweizer erweist.

Bohnenblust	Was hab ich denn getan, dass mir ein Ausbürgerungsverfahren droht?
Chef Ausbüko	Alles der Reihe nach, Herr Bohnenblust, alles der Reihe nach. Und Ihnen droht, um Klartext zu sprechen, nicht ein Verfahren, sondern die Ausbürgerung, denn das Verfahren steht – mit Ihrer Anhörung – kurz vor dem Abschluss.
Bohnenblust	Was? Ich dachte, das hier sei eine reine Formsache, da es sich nur um ein Missverständnis handeln kann!
Chef Ausbüko	Eben nicht, Herr Bohnenblust, eben nicht. Die Fakten sprechen da eine ganz andere Sprache.
Bohnenblust	Welche Fakten?
Chef Ausbüko	Hier – diese Fakten auf diesem USB-Stick sind – leider muss ich das sagen – so eindeutig, dass eigentlich nur noch Ihre Ausbürgerung in Frage kommt!
Bohnenblust	Was? Und meine Frau und meine zwei Kinder?
Chef Ausbüko	Die sind ja nun inzwischen erwachsen und im Besitz des Schweizerpasses, ebenso wie Ihre Frau. Die sind von diesem Verfahren nicht betroffen, es sei denn…
Bohnenblust	Es sei denn?
Chef Ausbüko	Es sei denn, sie solidarisieren sich mit Ihnen. Das würde natürlich alles ändern, und das Ausbürgerungsverfahren müsste auch auf Ihre Familie ausgedehnt werden. Das gilt übrigens auch für Ihren Bruder, Ihre Schwester und Ihre im Pflegeheim lebenden betagten Eltern.
Bohnenblust	Solidarisieren! Wie stellen Sie sich denn das vor! Natürlich werden sie sich „solidarisieren" – wer soll mich denn unterstützen, wenn nicht meine Familie! Bei Ihnen wäre das doch genauso!
Chef Ausbüko	Nun, ich werde aber auch nicht ausgebürgert. Zudem habe nicht ich die Gesetze gemacht – ich habe nur die Pflicht, sie buchstabengetreu auszuführen.
Bohnenblust	Was wird mir denn konkret vorgeworfen? Wenn Sie meine

	Akte studiert haben, und ich nehme an, Sie haben das getan, werden Sie doch bemerkt haben, dass ich mich jahrelang für das Gemeinwohl eingesetzt habe: als Einwohnerrat, als Gemeinderat, als Vorsitzender des Naturschutzvereins, der Ortsmuseums- und der Bibliothekskommission...
Chef Ausbüko	Machen Sie sich nur keine falschen Sorgen: Ihre ehrenamtlichen und verdienstvollen Tätigkeiten werden im Ausbürgerungsverfahren mit jeder Garantie gebührend berücksichtigt.
Bohnenblust	Immerhin, da bin ich aber beruhigt.
Chef Ausbüko	Natürlich kann Ihr Einsatz zugunsten der Öffentlichkeit den Ausbürgerungsentscheid nicht verhindern – aber auf die Modalitäten wird diese Tätigkeit schon Einfluss haben – aber nur auf die Modalitäten.
Bohnenblust	Was? Also steht meine Ausbürgerung schon fest? Das ist ja nicht zu fassen!
Chef Ausbüko	Nein-nein! Noch nicht hundertprozentig, Herr Bohnenblust. Diese Anhörung dient ja der Überprüfung der vorhandenen Fakten: Werden diese mit dieser Anhörung erhärtet oder entkräftet?
Bohnenblust	Nun sagen Sie mir aber bitte endlich, was mir vorgeworfen wird!
Chef Ausbüko	Die Beweismittel, über die wir verfügen, sind, ehrlich gesagt, erdrückend.
Bohnenblust	Was für Beweismittel? Wer sammelt denn sowas?
Chef Ausbüko	Ihnen muss ich ja wohl nicht erklären, wie unsere – direkte! – Demokratie funktioniert! Sämtliche Überwachungsmassnahmen wurden von der Legislative gutgeheissen, werden ständig überwacht und deren Ergebnisse überprüft. Alles ist rechtens, Herr Bohnenblust, das Verfahren ist juristisch bis auf das letzte Komma und den letzten Punkt einwandfrei abgelaufen. Natürlich können Sie den Entscheid an das Verwaltungs- und danach allenfalls an das Bundesgericht weiterziehen, was ich Ihnen nicht empfehlen würde, da Ihre Chancen angesichts der Faktenlage verschwindend klein sind. Und erfahrungsgemäss investieren ausgebür-

	gerte ehemalige Schweizer Bürger klugerweise Ihr Vermögen anderweitig als in aussichtslose juristische Verfahren.
Bohnenblust	Mein Gott! Was hab ich denn getan, was?
Chef Ausbüko	Beruhigen Sie sich, Herr Bohnenblust, beruhigen Sie sich. Dann kann ich Ihnen alles in aller Ruhe erklären!
Bohnenblust	Ich bitte darum!
Chef Ausbüko	Also: Hier habe ich eine lange Liste mit Vorkommnissen…,
Bohnenblust	Vorkommnisse?
Chef Ausbüko	… die Sie belasten.
Bohnenblust	Inwiefern belasten?
Chef Ausbüko	Eben hinsichtlich der Frage, ob Sie würdig sind, weiterhin den Schweizer Pass zu besitzen.
Bohnenblust	Ich glaube, mit all meinen ehrenamtlichen Tätigkeiten habe ich genügend bewiesen, dass ich…
Chef Ausbüko	Das wissen wir natürlich, ist aber für die Beurteilung der zentralen Frage irrelevant.
Bohnenblust	Was ist denn relevant was, um Gottes Willen?
Chef Ausbüko	Wir haben festgestellt, dass Sie Ihre Einkäufe häufig im nahen Deutschland tätigen.
Bohnenblust	Was? Ist das etwa verboten? Viele machen das, viele!!
Chef Ausbüko	Nein, verboten nicht. Es zeigt aber eine Art von Unsolidarität mit dem Schweizer Lebensmittel-, Kleider- und Möbelmarkt respektive dem Schweizer Franken.
Bohnenblust	Na und? Ich muss schliesslich jeden einzelnen Franken umdrehen, bevor ich ihn ausgebe…
Chef Ausbüko	Im Ausland, leider, und zu oft, leider.
Bohnenblust	Und deshalb soll ich ausgebürgert werden? Da müssen Sie ja Tausende ausbürgern, Zehntausende!
Chef Ausbüko	Nein, natürlich nicht. Aber es hat mit dazu beigetragen, den Verdacht auf Sie zu lenken, Herr Bohnenblust, auf Sie.
Bohnenblust	Also werde ich in Zukunft auf diese Einkäufe verzichten. Genügt das?
Chef Ausbüko	Selbstverständlich nicht. Noch mehr aufgefallen sind Sie den zuständigen Behörden, Herr Bohnenblust, dadurch, dass Sie in den letzten fünf Jahren sämtliche Ferien in den Nachbarstaaten – aber nie in der Schweiz! – verbracht ha-

	ben.
Bohnenblust	Ja klar: Zwei Wochen Ferien in Frankreich sind eben billiger als eine Woche in den Schweizer Bergen!
Chef Ausbüko	Das ist Ihre Meinung. Aber auch diese Fakten, die Sie, wie Sie zugeben werden, nicht bestritten haben, bestätigen die Berechtigung des Verdachts, dass es sich bei Ihnen um einen Schweizer handelt, der es eventuell nicht verdient, Schweizerbürger zu sein.
Bohnenblust	Herrgott nochmal! Fast alle meine Kolleginnen und Kollegen verbringen die meisten Ferien inzwischen im Ausland.
Chef Ausbüko	Aber keiner wie Sie ausschliesslich im EU-Raum! Wir haben das selbstverständlich überprüft! Ihr gesamter Freundes- und Bekanntenkreis verbringt 1. mindestens hie und da einen kleinen Teil der Ferien in der Schweiz und 2. fast 50% in Ländern ausserhalb der EU: In den USA, in Kanada, Südamerika, Thailand, Australien, Südafrika. Sie sind der Einzige, der konsequent sämtliche Ferien in EU-Staaten verbringt. Hier bitte: 2014 waren Sie in Italien und Deutschland, 2015 in Deutschland, Frankreich und Oesterreich, 2016 in Deutschland, Frankreich und Spanien, 2017 in Deutschland, Italien, Portugal und Dänemark, 2018 in Deutschland, England und Frankreich und in diesem Jahr haben Sie schon Ferien gebucht für Frankreich und Griechenland.
Bohnenblust	Woher haben Sie all diese Informationen? Das geht doch niemanden etwas an, wo ich meine Ferien verbringe und wo nicht!
Chef Ausbüko	Eben doch! Eben doch! Das ist nun schon um einiges relevanter als Ihr Einkaufsverhalten. Damit bringen Sie Ihre EU-Vorliebe klar und eindeutig und unmissverständlich zum Ausdruck.
Bohnenblust	Ach, so ein Quatsch! In Deutschland wohnt eine liebe Tante von mir, die ich jährlich einmal während ein paar Tagen besuche! Daraus kann man mir doch keinen Strick drehen!
Chef Ausbüko	Da haben Sie sogar recht. Das Einkaufs- und Ferienverhalten liefert nur Hinweise für einen eventuell begründeten

	Verdacht. Die entscheidenden Fakten sind dann andere.
Bohnenblust	Welche Fakten denn? Welche Fakten?
Chef Ausbüko	Aufgrund Ihres Freizeit-, Ferien- und Einkaufsverhaltens sahen wir uns leider gezwungen, Ihren Telefon-, SMS- und Mailverkehr sowie Ihre mündlichen und Social-Media-Äusserungen zu überwachen.
Bohnenblust	Das ist ja wohl doch der Gipfel der Frechheit! Mein eigener Staat überwacht mich, seinen eigenen und treuen Bürger, der seit 58 Jahren...
Chef Ausbüko	Nicht mehr lange, Herr Bohnenblust, nicht mehr lange: Der Ausbürgerungsantrag, dem das Kantonsparlament noch zustimmen muss, lautet auf den 31. des nächsten Monats. Dann sind Sie uns und wir Sie los!
Bohnenblust	Das alles muss ein Traum oder ein gaaanz schlechter Witz sein! Sagen Sie, dass das nicht stimmt!
Chef Ausbüko	Leider haben sich unsere schlimmsten Befürchtungen bestätigt. Die Beweise, über die wir verfügen, sind erdrückend. Neunundvierzigmal - ich wiederhole: Neunundvierzigmal! - haben Sie sich mündlich oder schriftlich – und alles ist hieb- und stichfest belegt und bewiesen – positiv über die EU oder den Euro geäussert oder gar den Beitritt der Schweiz zur EU gefordert. Mehrmals haben wir Sie – unter dem Namen eines Freundes natürlich – direkt gefragt – und Sie haben ebenso direkt und unmissverständlich geantwortet. Hier zum Beispiel: 3. März 2017! Da haben Sie wörtlich gesagt: „Ja, ich glaube, wenn wir der EU beitreten würden, ginge es uns wirtschaftlich kaum schlechter!"
Bohnenblust	Ja, aber ich habe mich sehr vorsichtig ausgedrückt!
Chef Ausbüko	Sie geben also zu, dass Sie das gesagt haben? Aber eben nicht vorsichtig genug! Ebenso unvorsichtig waren Sie am 13.4.2017, am 17.6.2017, am 8.9.2017 etc. und dann immer öfter – insgesamt sage und schreibe neunundvierzigmal!
Bohnenblust	Komischerweise wurde diese Frage immer häufiger thematisiert.
Chef Ausbüko	Nun wissen Sie ja, warum!

Bohnenblust	Mein Gott: Nur weil ich hie und da einen EU-Beitritt der Schweiz in Erwägung gezogen habe, soll ich nun ausgebürgert werden? Das kann ja nicht sein!
Chef Ausbüko	Doch-doch: Das sind die am 1.1. dieses Jahres neu in Kraft getretenen Bestimmungen des Schweizerischen Ausbürgerungsgesetzes, gegen das interessanterweise niemand das Referendum ergriffen hat!
Bohnenblust	Mein Gott! Wie soll ich das meiner Frau, meinem Sohn und meiner Tochter erklären? Und meinen Geschwistern, meinen Eltern?
Chef Ausbüko	Wenn ich Ihnen einen Tipp geben darf: Am besten gar nicht! Dann können sich Ihre Angehörigen auch nicht mit Ihnen solidarisieren, so dass sie ebenfalls in ein Ausbürgerungsverfahren hineingezogen werden. Sie werden ja glücklicherweise weder ausgewiesen noch ausgeschafft. Dies aufgrund Ihrer jahrelangen Verdienste zugunsten der Öffentlichkeit. Wenn Sie wollen, kann ich Ihnen einen Flüchtlingsausweis mit unbegrenzter Aufenthaltsdauer ausstellen lassen, dann gelten Sie den Behörden gegenüber immerhin nicht ganz als Staatenloser. Auf Ihre EU-Einkäufe und EU-Ferien müssen Sie natürlich inskünftig ganz verzichten. Ebenso dürfen Sie sich natürlich nichts zuschulden kommen lassen, um zu verhindern, dass Sie ausgeschafft werden. Nach einigen Jahren – sofern Sie sich bewährt haben – können Sie ja dann den B- oder C-Status beantragen und in zehn bis zwölf Jahren – wer weiss – sehen wir uns vielleicht wieder, aber nur, wenn Sie ein Gesuch um Wiedereinbürgerung gestellt und Ihre Meinung zur EU komplett geändert haben!
Bohnenblust	Mein Gott!
Chef Ausbüko	Nehmen Sie's nicht so schwer!
Bohnenblust	Mein Gott!
Chef Ausbüko	Sie sind schliesslich nicht der Einzige!
Bohnenblust	Womit habe ich das verdient?
Chef Ausbüko	Sehen Sie's als Chance!
Bohnenblust	Wofür?

Chef Ausbüko   Um zurück auf den richtigen Weg zu finden!
Bohnenblust   Mein Gott...

Chef Ausbüko: Chef der Ausbürgerungskommission

Freitag, der Dreizehnte, A

Lara	*(im Restaurant, ein Stück Torte essend)* Und weshalb trägst du einen Helm, Klara?
Klara	*(ein Glas Wasser trinkend, mit Röhrchen und Helm)* Da fragst du noch? Heute ist doch der Dreizehnte - und erst noch Freitag!
Lara	*(mit vollem Mund)* Aber Klara! Wer ist denn so abergläubisch!
Klara	Ja, ich zum Beispiel!
Lara	Warum denn?
Klara	Aufgrund meiner Erfahrungen!
Lara	Ist dir denn eine Katze über den Weg gelaufen? Eine schwarze?
Klara	Wo denkst du hin! Schlimmer! Viiiel schlimmer!
Lara	Was ist denn passiert?
Klara	Das letzte Mal hat mich Karl verlassen!
Lara	Das war an einem Freitag, dem Dreizehnten?
Klara	Ja! Er hat sich an den Frühstückstisch gesetzt, und ich hab ihn bedient wie immer – und wie aus heiterem Himmel sagte er: „So, jetzt habe ich aber genug! Ich lasse mich scheiden!"
Lara	Was war denn die Ursache? Was gab er denn als Grund an?
Klara	Keinen! Typisch Karl! Steht auf, schreit, packt die Koffer und geht...
Lara	So ein Idiot war der? Zu mir war er immer sehr nett...
Klara	Du hast ihn eben nicht richtig gekannt! Nie konnte ich ihm etwas recht machen!
Lara	Hatte er denn verschlafen? Oder war er sonst schlecht drauf?
Klara	Ja, er war immer schlecht drauf: Kaum habe ich zu ihm gesagt, er solle sich ja nicht ohne Socken und Pantoffeln an den Tisch setzen, begann seine schlechte Laune, die sich –

wie jeden Tag – noch weiter verschlechterte, nur weil ich ihm verbot, sich ungekämmt und unrasiert an den Tisch zu setzen, die Zeitung zu lesen oder das Kinn abzustützen.

Lara   Das ist ja eklig: Unrasiert frühstücken! Welcher anständige Mann tut denn sowas!

Klara   Eben! Sag ich ja! Steht einfach auf, das Schwein, und brüllt, er lasse sich scheiden!

Lara   Ein undankbarer Kerl! Der weiss ja gar nicht, was er an dir verloren hat!

Klara   Dem hab ich's aber gegeben! Da ich immer das Finanzielle geregelt habe, die Bankkonten betreut, die Rechnungen bezahlt und ihm nur ein kleines Taschengeld ausbezahlt habe, hatte er keine Ahnung, was für ein Vermögen er besass. So haben wir dann fifty-fifty gemacht: 80% mir, 20% ihm!

Lara   Schön schlau! Geschieht ihm recht, diesem Scheusal! Und der wollte wirklich barfuss frühstücken?

Klara   Ja, mehr als einmal! Ungeduscht, verschlafen, ungepflegt – wie ein Clochard hat er oft ausgesehen am Morgen!

Lara   Wer will schon mit so einem Typ verheiratet sein, wer! Da muss ja jener Freitag ein richtiger Glückstag für dich gewesen sein, oder nicht?

Klara   Nein, eben nicht! *(In Tränen ausbrechend.)* Trotz allem vermisse ich ihn sehr! Da wir aus hygienischen Gründen weder Haustiere noch Kinder hatten, bin ich jetzt Tag und Nacht allein! Niemand kommt nach Hause und bewundert den strahlenden Glanz des Bodens, des Badezimmers, der Küche, der Fenster oder lobt die perfekt gebügelte Wäsche oder die totale Sauberkeit der ganzen Wohnung!

Lara   Aber sei doch froh: Lieber einsam als einen solchen Stinker zum Mann...

Klara   Froh war ich nur am Anfang: Nie mehr musste ich meine ganze Energie aufwenden, nur damit er so gepflegt aussah, wie ich das wollte!

Lara   Da hast du ja sehr viel Zeit für dich gewonnen!

Klara   Ja, endlich hatte ich auch mehr Zeit für mich, konnte end-

	lich das tun, was ich wollte – glaubte ich.
Lara	Und? War es denn nicht so?
Klara	Doch-doch: Zu Beginn, nachdem Karl alle seine Habseligkeiten mitgenommen hatte, genoss ich die Freiheit, die Wohnung, die Kleider, alles so zu perfektionieren, dass es richtig Spass machte…
Lara	Aber?
Klara	Komischerweise machte es gar keinen Spass, da ich die totale Perfektion nur für mich allein schaffte – und nicht mehr für Karl, so wie früher…
Lara	Aber allein die Gewissheit, dass du die perfekteste und gepflegteste Wohnung, den besten Haushalt, die perfekteste Garderobe hast, ist doch Befriedigung genug – oder nicht?
Klara	Das dachte ich auch. Aber ich weiss nicht – manchmal war es auch richtig gemütlich mit Karl gewesen, wenn ich ihn mal nicht zurechtweisen musste – das waren richtig schöne Momente, an die ich sehr gerne zurückdenke.
Lara	Ja, dann pflege doch einfach diese Erinnerungen! Perfektioniere sie wie den Haushalt! Das dürfte doch nicht allzu schwierig sein! Und dann kannst du deinen Karl für immer vergessen!
Klara	Danke für den Tipp! – Ja, das tue ich! Perfektionierte Erinnerungen abzurufen in den Putzpausen stell ich mir wirklich sehr bereichernd vor!
Lara	Sicher, auf jeden Fall! Aber wozu der Helm?
Klara	Wozu? – Es windet doch so draussen… Nicht gut für meine perfekte Frisur!

Freitag, der Dreizehnte, B

Kuno	Und warum gehst du heute nicht in den Fitnessclub?
Gido	Liselotte war ja so abergläubisch!
Kuno	Ja schon. Nun bist du ja aber seit Monaten getrennt.
Gido	Ach ja. Ach ja. Die Gewohnheit.
Kuno	Also kommst du mit ins Fitness?
Gido	Nein, ich bring's nicht über mich am Dreizehnten.
Kuno	Aber du hast ja schon gepackt und alles.
Gido	Natürlich – ich war ja mal in der Pfadi!
Kuno	Was hat das damit zu tun?
Gido	Allzeit bereit!
Kuno	Ok, dann geh ich halt allein.
Gido	Wart-wart! Können wir denn nicht hier bei mir?
Kuno	Was?
Gido	Fitness! Ein wenig Fitness!
Kuno	Ja wo?
Gido	Hier auf dem Fussboden zum Beispiel.
Kuno	Spinnst du?
Gido	Du weisst ganz genau, dass ich das nie tue!
Kuno	Was?
Gido	Spinnen! Ich spinne grundsätzlich nie.
Kuno	Ja, sorry. Hab ich vergessen.
Gido	Also machen wir nun bei mir etwas Fitness?
Kuno	Also ich weiss nicht...
Gido	Ein Laufband hab ich natürlich nicht.
Kuno	Hast du denn überhaupt was?
Gido	Man kann doch mit allem Fitness machen!
Kuno	So?
Gido	Leg dich mal auf den Boden – ich zeig's dir!
Kuno	Hier? Im Anzug? Ist der Boden denn sauber?
Gido	Bei mir ist alles immer sauber!
Kuno	Sorry-sorry! Ich weiss!
Gido	Und aufgeräumt!

Kuno	Soll ich mich nicht umziehen?
Gido	Nachher! Ich will dir nur rasch was zeigen.
Kuno	Warum zeigst DU's mir nicht?
Gido	Ich leg mich doch nicht auf den Boden hier im Gang! Was würde Liselotte dazu sagen!
Kuno	Aber die ist ja nun nicht mehr hier!
Gido	Ja, ausgezogen... Leider!
Kuno	Wie war das eigentlich? Das hast du mir nie erzählt.
Gido	Es geschah an einem Freitag, dem Dreizehnten!
Kuno	Ach – jetzt versteh ich!
Gido	Was verstehst du?
Kuno	Dass du heute nicht in den Fitnessclub kommst!
Gido	Nichts verstehst du! Nichts!
Kuno	Aber sagtest du nicht, Liselotte sei so abergläubisch gewesen?
Gido	Ja, SIE schon, aber ICH doch nicht!
Kuno	Also: Soll ich mich nun hinlegen oder nicht?
Gido	Hier im Korridor?
Kuno	Ja, du wolltest mir eine Übung oder sowas zeigen.
Gido	Nein, vorher wollte ich dir noch erzählen, wie es war an jenem Freitag, dem Dreizehnten.
Kuno	Dauert das länger?
Gido	Warum?
Kuno	Weil wir doch Fitness machen wollten im Club.
Gido	Nicht doch lieber hier?
Kuno	Wenn du willst...
Gido	Ja, sicher! Komm, setzen wir uns!
Kuno	Hier auf den Boden?
Gido	Nein, im Wohnzimmer natürlich.
Kuno	Weisst du was?
Gido	Nein! Was denn?
Kuno	Ich leg mich hier hin auf den Boden...
Gido	Ja, tu das!
Kuno	... und du erklärst mir die Fitness-Übung – und ich...
Gido	Und du?
Kuno	Und ich erklär dir, warum Liselotte dich verlassen hat.

Gido	Du mir?
Kuno	Und zu mir gezogen ist.
Gido	Am Freitag, dem Dreizehnten?
Kuno	Am Freitag, dem Dreizehnten.

Frau Mieze

Frau Fisch	Frau Mieze, wie geht es Ihnen heute?
Frau Mieze	Heute?
Frau Fisch	Ja, heute, denn gestern ist ja schon vorbei.
Frau Mieze	Stimmt.
Frau Fisch	Nun?
Frau Mieze	Jetzt?
Frau Fisch	Ja, wie geht es Ihnen denn jetzt?
Frau Mieze	Mmmh…
Frau Fisch	Ja?
Frau Mieze	Es geht.
Frau Fisch	Warum? Geht's Ihnen denn nicht gut?
Frau Mieze	Doch-doch…
Frau Fisch	Aber?
Frau Mieze	Nichts aber.
Frau Fisch	Aber eben sagten Sie doch, es gehe.
Frau Mieze	Eben.
Frau Fisch	Und was heisst das?
Frau Mieze	Es geht.
Frau Fisch	Das haben Sie ja eben gesagt.
Frau Mieze	Eben.
Frau Fisch	SOeben. Und was bedeutet das? Wenn ICH auf die Frage, wie es mir gehe, antworte, es gehe, dann meine ich eben, es gehe mir NICHT gut, ja eigentlich gehe es mir GAR NICHT gut, sondern im Gegenteil: es gehe mir SCHLECHT!
Frau Mieze	Warum denn?
Frau Fisch	Was warum?
Frau Mieze	Was fehlt Ihnen denn?
Frau Fisch	Nichts! Mir fehlt nichts!
Frau Mieze	Aber eben sagten Sie doch noch…
Frau Fisch	Das war ein Beispiel…
Frau Mieze	Dann sagen Sie das doch!

Frau Fisch	Mir geht's ja gut! Aber Ihnen offenbar nicht!
Frau Mieze	Wer sagt das?
Frau Fisch	Sie!! Auf die Frage, wie es Ihnen gehe, sagten Sie, es gehe!
Frau Mieze	Stimmt!
Frau Fisch	Sie geben es also zu?
Frau Mieze	Was?
Frau Fisch	Dass es Ihnen NICHT gut geht!
Frau Mieze	Das hab ich NICHT gesagt!
Frau Fisch	Doch: Es geht!
Frau Mieze	Ich hab's nicht SO gemeint!
Frau Fisch	Wie haben Sie's DENN gemeint?
Frau Mieze	SO, wie ich's gesagt habe!
Frau Fisch	Eben: Wenn Sie das SO sagen, dann meinen Sie es auch SO!
Frau Mieze	Nein!
Frau Fisch	Doch! Wer auf die Frage, wie es gehe, antwortet, es gehe, meint…
Frau Mieze	Jajaja! ICH aber nicht!
Frau Fisch	Und warum nicht?
Frau Mieze	Weil ICH es anders meine als Sie!
Frau Fisch	ALLE verstehen es aber so wie ich!
Frau Mieze	Sind Sie sicher?
Frau Fisch	Klar bin ich sicher!
Frau Mieze	WIE sicher?
Frau Fisch	Mein Gott! Hundertprozentig sicher!
Frau Mieze	Dann bin ich eben die Ausnahme…
Frau Fisch	Hier gibt's keine Ausnahmen!
Frau Mieze	Eben doch!
Frau Fisch	Nein!
Frau Mieze	Doch!
Frau Fisch	Nein! Wie teilen Sie denn den anderen mit, wenn es Ihnen NICHT gut geht? Wie?
Frau Mieze	Mir geht's eigentlich immer gut.
Frau Fisch	Aha: EIGENTLICH!
Frau Mieze	Ja: Eigentlich immer.
Frau Fisch	Heute aber NICHT!
Frau Mieze	Und warum nicht?

Frau Fisch	Weil… Mein Gott, weshalb will ich eigentlich wissen, wie's Ihnen geht?
Frau Mieze	Ja, sagen Sie's mir!
Frau Fisch	Es ist mir doch völlig und sowas von egal, wie's Ihnen geht!!
Frau Mieze	Ach!
Frau Fisch	Auch wenn es Ihnen katastrophal ginge, ginge mich das gar nichts an! NICHTS!
Frau Mieze	Warum wollten Sie's denn wissen?
Frau Fisch	Weil es eine Floskel ist! Eine FLOSKEL!
Frau Mieze	Ach!
Frau Fisch	Ja, eine Floskel: Wenn ich Sie frage, wie es Ihnen gehe, dann bedeutet das, dass mir eben nichts Gescheiteres eingefallen ist! Und Ihre Antwort auf diese Frage interessiert mich einen DRECK! Einen DRECK! Verstehen Sie?
Frau Mieze	Nein.
Frau Fisch	Was nein!
Frau Mieze	Nein, ich verstehe Sie nicht!
Frau Fisch	Ich Sie auch nicht! ICH SIE AUCH NICHT!
Frau Mieze	Wir reden aneinander vorbei.
Frau Fisch	SIE SAGEN ES! UND ZWAR VÖLLIG!
Frau Mieze	Ja, total!
Frau Fisch	Ja, VOLLKOMMEN!
Frau Mieze	Regen Sie sich doch ab!
Frau Fisch	MEIN GOTT!
Frau Mieze	Beruhigen Sie sich!
Frau Fisch	Jaja…
Frau Mieze	Entspannen Sie sich!
Frau Fisch	Jaja…
Frau Mieze	Wie geht es Ihnen denn jetzt!
Frau Fisch	Jetzt?
Frau Mieze	Ja, in diesem Moment!
Frau Fisch	Es geht.

Miss Kleinlützelflüh

Herr Hörr	Herzliche Glückwünsche zu Ihrer Wahl zur MISS KLEINLÜTZELFLÜH!
Miss KLF	Herzlichen Dank für Ihre Gratulation zu meiner Wahl zur Miss Kleinlützelflüh, Herr Horr.
Herr Hörr	Hörr, nicht Horr.
Miss KLF	Danke, Herr Hörr.
Herr Hörr	Bitte-bitte, Fräulein...
Miss KLF	FRAU, wenn ich bitten darf, Herr Horr!
Herr Hörr	HÖRR, nicht Horr.
Miss KLF	Äh Hörr!
Herr Hörr	Aber, ähm, Frau Nutella...
Miss KLF	IKEA, mein Familienname ist IKEA, nicht Nutella!
Herr Hörr	Ähm sorry, Frau IKEA, ...
Miss KLF	Nutella ist mein Vorname, nur mein Vorname, der ja weniger wichtig ist als mein Familienname IKEA, was Sie sicher verstehen, Herr, ähm...
Herr Hörr	HÖRR...
Miss KLF	Horr! Den Familiennamen hat man schliesslich fürs Leben, nicht wahr, Herr... äh...
Herr Hörr	HÖRR!
Miss KLF	... die Vornamen hingegen kommen und gehen!
Herr Hörr	Das wird schon so sein, wenn Sie's sagen, Miss...
Miss KLF	FRAU!
Herr Hörr	Frau ... IKEA?
Miss KLF	Danke, Herr Horr!
Herr Hörr	Warum denn, Miss...
Miss KLF	Herr Horr: Ich bin eine emanzipierte Frau, kein Fräulein, das weder weiss, was hinten, noch was vorne ist!
Herr Hörr	Ja-ja, das sehe ich ein!
Miss KLF	Danke, Herr Horr!
Herr Hörr	HÖRR, wenn ich bitten darf!

Miss KLF	Hinten steht IKEA…
Herr Hörr	Ja, das ist mir nun klar…
Miss KLF	Vorne Nutella!
Herr Hörr	Ja, das sagten Sie schon!
Miss KLF	Vorher stand vorne Nivea!
Herr Hörr	Nivea? Die Handcreme?
Miss KLF	Ja! NIVEA IKEA! Verstehen Sie?
Herr Hörr	Ehrlich gesagt, Frau Kleinlützelflüh…
Miss KLF	NIVEA IKEA!
Herr Hörr	Zwei Weltmarken…
Miss KLF	Eben nicht: NICHTS wollten Sie mir bezahlen für meinen Namenswechsel, NICHTS! KEINEN Franken oder Euro.
Herr Hörr	Das muss bitter für Sie gewesen sein…
Miss KLF	So viel Aufwand! Für NICHTS!
Herr Hörr	Sehr bitter!
Miss KLF	Und wie das tönte: NivEA IkEA! EA EA! EAEA!
Herr Hörr	Schon blöd!
Miss KLF	Schön, nicht schon!
Herr Hörr	Schön…
Miss KLF	Schön blöd: NivEA IkEA!
Herr Hörr	… blöd!
Miss KLF	Dann wechselte ich auf Beldona!
Herr Hörr	Beldona IKEA, Miss Kleinlützelflüh?
Miss KLF	FRAU, Herr Horr! FRAU!
Herr Hörr	HÖRR! Mein Name ist immer noch HÖRR, Frau Kleinlützelflüh!
Miss KLF	Auch Beldona war ein Reinfall!
Herr Hörr	Und WAR immer HÖRR, Frau Kleinlützelflüh!
Miss KLF	Eine komplette Fehlkalkulation!
Herr Hörr	Und wird immer so bleiben: HÖRR! HÖRR! HÖRR!
Miss KLF	So dass ich erneut meinen Vornamen ändern musste!
Herr Hörr	Für Sie bleibe ich bis an mein LEBENSENDE, bis zu meinem TOD…
Miss KLF	Und was kommt nach B, was?
Herr Hörr	Herr HÖRR! HÖRR!
Miss KLF	Mit Angina hatte ich angefangen: ANGINA IKEA!

Herr Hörr	Hören Sie: HÖRR!
Miss KLF	Keine Krankenkasse fiel auf diesen Namen herein! KEINE!
Herr Hörr	Begreifen Sie: HÖRR!
Miss KLF	Hätte ich hinten Pectoris geheissen, wer weiss!
Herr Hörr	Mein Vater hiess schon HÖRR!
Miss KLF	Aber nein: Niemand biss an!
Herr Hörr	Und mein GROSSVATER!
Miss KLF	Dann versuchte ich es halt mit C!
Herr Hörr	Und mein URGROSSVATER!
Miss KLF	Camilla! Das war die Lösung! CAMILLA IKEA!
Herr Hörr	Welche Lösung?
Miss KLF	Glaubte ich! Glaubte ich! Fälschlicherweise!
Herr Hörr	Miss Camilla…
Miss KLF	KEIN Erfolg! Wieder KEIN einziger Franken! KEIN Euro!
Herr Hörr	Miss IKEA…
Miss KLF	Und jetzt bin ich schon bei N angelangt…
Herr Hörr	Nivea, Nutella…
Miss KLF	Und nun kommt das O!
Herr Hörr	Ovomaltina?
Miss KLF	Nein! OBAMA! OBAMA ist die Lösung! Der Durchbruch!
Herr Hörr	Immerhin sind Sie jetzt Miss Kleinlützelflüh!
Miss KLF	OBAMA IKEA! OBAMA IKEA!
Herr Hörr	Berühmt in ganz Kleinlützelflüh!
Miss KLF	Und? Wie tönt das für Sie? OBAMA IKEA?
Herr Hörr	GANZ berühmt in Vorder-, Hinter- und Zwischenklein-lützelflüh!
Miss KLF	Na? Wie tönt OBAMA IKEA für Sie, HERR HORR?
Herr Hörr	BESCHISSEN!
Miss KLF	OBAMA IKEA!
Herr Hörr	GAAAANZ BESCHISSEN!!!!

Die Kerze, A

Verkäufer	Sie hätten also gern, wenn ich Sie recht verstehe, eine Kerze.
Kunde	Ja, sehr gerne! Eine Zünd.
Verkäufer	Zünd?
Kunde	Kerze.
Verkäufer	Zündkerze?
Kunde	Ja, eine zum Anzünden.
Verkäufer	Also eine zum Zünden oder zum Anzünden?
Kunde	Wo ist da der Unterschied?
Verkäufer	Die eine ist fürs Auto, die andere für die Wohnung.
Kunde	Ja, ich will sie aber zum Aufstellen.
Verkäufer	Also eine Duftkerze?
Kunde	Duftkerze?
Verkäufer	Ja, eine die duftet!
Kunde	Sie meinen VERduftet?
Verkäufer	Wie kommen Sie da drauf?
Kunde	Ja eine, die beim Verbrennen verduftet, also verschwindet!
Verkäufer	Nein-nein - meine, die ich meine, duftet beim Verbrennen!
Kunde	Duften beim Verduften?
Verkäufer	Genau!
Kunde	Genau so eine möchte ich aber nicht!
Verkäufer	Sondern?
Kunde	Eben eine, die sich gut macht, wenn sie steht.
Verkäufer	Also eine Art Schmuckkerze?
Kunde	Ja, so in der Art.
Verkäufer	Welche Form, Farbe und Grösse haben Sie sich denn vorgestellt?
Kunde	Ich dachte, Sie könnten mir das vorschlagen.
Verkäufer	Wo soll sie denn hin?
Kunde	Zu mir natürlich, nachdem ich sie bezahlt habe.
Verkäufer	Auf ein Büchergestell, einen Tisch, eine Kommode, einen Schreibtisch?

Kunde	So genau habe ich mir das noch nicht überlegt.
Verkäufer	Welche Farbe soll's denn sein?
Kunde	Rot – am besten Rot.
Verkäufer	Na, Rot ist ja eine sehr beliebte Farbe!
Kunde	Gell?
Verkäufer	Gelb? Wollen Sie die denn verschenken?
Kunde	Nein-nein, die ist für mich ganz allein.
Verkäufer	Gelb oder Rot?
Kunde	Wenn ich mir das so richtig überlege: Gelb.
Verkäufer	Da ist die Auswahl natürlich viel kleiner, als wenn Sie Rot nehmen.
Kunde	Also schlagen Sie mir Rot vor?
Verkäufer	Es kommt ganz auf Ihre Vorliebe an: Wenn Sie Gelb Rot vorziehen, nehmen Sie Gelb, wenn Rot Gelb, dann Rot.
Kunde	Haben Sie denn auch Grün oder Blau? Meine Lieblingsfarbe ist nämlich Grün.
Verkäufer	Ehrlich gesagt: Grün haben wir praktisch nichts im Laden oder auf Lager, aber wenn Sie wollen, kann ich Ihnen das gern bestellen. Sagen Sie mir einfach, welches Modell, und schon übermorgen können Sie's hier in Grün abholen.
Kunde	So schnell geht das?
Verkäufer	Ja, sicher!
Kunde	Aber ich möchte Ihnen keine Umstände machen!
Verkäufer	Das mache ich doch gerne für Sie – dafür bin ich ja hier angestellt!
Kunde	Arbeiten Sie denn gerne in einem Kerzengeschäft?
Verkäufer	Wir haben ja nicht nur Kerzen, sondern auch Kerzenständer jeder Art, dann elektrische und andere künstliche Kerzen.
Kunde	Und immer mit Docht?
Verkäufer	Nur die Wachskerzen natürlich.
Kunde	Kerzen, die wachsen?
Verkäufer	Muss ich darauf antworten?
Kunde	Nein, nur wenn Sie wollen.
Verkäufer	Wollen Sie nun eine Kerze oder nicht?
Kunde	Ja natürlich, aber nur, wenn Sie mir eine verkaufen.
Verkäufer	Schauen Sie sich einfach um, wählen Sie eine aus, kommen

	Sie an den Ladentisch und bezahlen Sie sie. Ich packe sie dann schön ein. Soll's denn ein Geschenk sein?
Kunde	Auch das hab ich mir noch nicht überlegt. Zuerst muss ich ja eine Kerze finden, die zu mir passt.
Verkäufer	Wie meinen Sie denn das?
Kunde	Die eine gewisse Wärme ausstrahlt, wenn sie brennt.
Verkäufer	Also wollen Sie doch eine zum Anzünden?
Kunde	Ja, das sagte ich Ihnen schon am Anfang.
Verkäufer	Und gleichzeitig soll sie sich gut machen, wenn sie steht.
Kunde	Ja, genau so eine!
Verkäufer	Und die Grösse?
Kunde	Ziemlich gross! Ich will ja nicht jeden Tag hierher kommen müssen…
Verkäufer	Mit oder ohne Muster?
Kunde	Ja, welche Muster haben Sie denn auf Lager?
Verkäufer	Vielleicht hundert verschiedene. Aber hier in diesem Katalog können Sie ein Muster wählen und schon haben Sie sie in zwei Tagen in Grün…
Kunde	Ich nehm nun aber doch eine Rote.
Verkäufer	Mit oder ohne Muster?
Kunde	Ohne.
Verkäufer	Soll sie denn eine bestimmte Form haben?
Kunde	Welche Formen haben Sie denn?
Verkäufer	Die meisten sind zylinderförmig, wir haben aber auch kreis-, kugel- oder würfelförmige auf Lager.
Kunde	Haben Sie auch Weihnachts-, Oster-, Pfingst- oder Aller-heiligenkerzen?
Verkäufer	Natürlich. Die sind fast am beliebtesten.
Kunde	Die kommen aber für mich nicht in Frage. Sie sollte möglichst neutral, schlicht und einfach sein und möglichst lang brennen.
Verkäufer	Aha. Dann nehmen Sie am besten eine zylinderförmige in Weiss.
Kunde	Warum plötzlich Weiss?
Verkäufer	Weiss ist neutral.
Kunde	Ich weiss nicht…

Verkäufer	Weiss ist die Farbe der Unschuld…
Kunde	Ok - Sie haben mich überzeugt!
Verkäufer	Gross, mittel oder klein?
Kunde	Wie lange brennt denn die Mittlere?
Verkäufer	Mindestens acht Stunden.
Kunde	Und die Grosse?
Verkäufer	Mindestens zwanzig Stunden.
Kunde	Wo bleibt denn da der technische Fortschritt?
Verkäufer	Wie meinen Sie das?
Kunde	Während elektrische Lampen tausende Stunden leuchten, bringt es die grösste Kerze auf gerade mal zwanzig…
Verkäufer	Ja, die Kerzen werden ja heute nicht mehr wegen des Lichts gekauft, sondern…
Kunde	Sondern?
Verkäufer	… wegen der Ausstrahlung, der Stimmung, der Atmosphäre.
Kunde	Haben Sie denn auch Zündhölzer?
Verkäufer	Ja, selbstverständlich! Was wäre das auch für ein Kerzengeschäft ohne Zündhölzer!
Kunde	Ich hab mir's anders überlegt: Ich nehm nun doch keine Kerze, sondern einfach eine Schachtel Zündhölzer.
Verkäufer	Wie Sie wollen. Aber auch da gibt's verschiedene Grössen. Für welchen Zweck brauchen Sie sie denn?
Kunde	Der Sicherungskasten in meinem Haus hängt in einem kleinen, fensterlosen, lichtlosen Raum an der Wand. Und jedesmal, wenn eine Sicherung ausfällt, suche ich nach einer Kerze und nach Zündhölzchen. Aber eigentlich reichen Zündhölzer für diesen Zweck vollkommen.
Verkäufer	Warum nehmen Sie denn nicht einfach eine Taschenlampe oder Ihr Handy?
Kunde	Stimmt! Danke! - So blöd kann nur ich sein!
Verkäufer	Stimmt! Bitte!

Die Kerze, B

Instruktorin	So, Frau Mürggel, nun strengen Sie sich etwas an!
Frau Mürggel	*(Am Boden liegend, stöhnend)* Tu ich ja! Tu ich ja!
Instruktorin	So, legen Sie sich nun flach hin auf den Rücken…
Frau Mürggel	So?
Instruktorin	Gut, ja gut! – Und stre-cken, stre-cken, stre-cken!
Frau Mürggel	So?
Instruktorin	Ja, seehr gut – Und noch mehr stre-cken! Stre-cken! – Und entspannen. Ent-span-nen!
Frau Mürggel	So?
Instruktorin	Ja, sehr gut, Frau Mürggel. – Nun lockern Sie die Arme, die Beine, den Bauch… - Schön lockern, Frau Mürggel! Lockern, und nochmal lo-ckern. Brav, gaanz brav.
Frau Mürggel	So?
Instruktorin	Ja, so ist's super! – Su-per! – Und nun heben Sie ganz langsam Ihre Hüfte! Versuchen Sie's! Ja, gut! – Und noch einen Millimeter, und noch einen!
Frau Mürggel	*(Schwer atmend)* So?
Instruktorin	Ja, genau so! – Und wieder senken! Und ausatmen! Aus-at-men! – Und noch einmal: Aus-at-men!
Frau Mürggel	So?
Instruktorin	Ja, so ist's gut, Frau Mürggel! Und wieder etwas lockern: Gesäss, Ober- und Unterschenkel leicht lockern, schön lockern. – Gut, Frau Mürggel! Und jetzt versuchen wir nochmal die Hüfte anzuheben, wenigstens einen Zentimeter anzuheben… Ja, gut, und noch etwas… und noch etwas…, so hoch, dass Ihre Hand Platz hat unter Ihrem Gesäss…
Frau Mürggel	So?
Instruktorin	Noch etwas höher! – Und noch etwas höher!
Frau Mürggel	So?
Instruktorin	Nein, höher, Herrgottnochmal! – Entschuldigen Sie, das ist mir so herausgerutscht… Versuchen Sie's nochmal, stren-

	gen Sie sich an, versuchen Sie, alles zu geben, Frau Mürg-gel!
Frau Mürggel	So?
Instruktorin	Fast, Frau Mürggel! Fast – Sie Pflaume! – Mein Gott, was sag ich denn da! Hatten Sie Pflaumenmus zum Dessert?
Frau Mürggel	Nein, Schwarzwäldertorte!
Instruktorin	Aber, Frau Mürggel, wenn Sie nachher eine Gymnastikstun-de haben, können Sie doch vorher nicht Schwarzwäldertor-te essen!
Frau Mürggel	Warum?
Instruktorin	Weil Sie das noch fetter und schwerfälliger macht, als Sie ohnehin schon sind, verstehen Sie? – Keine Süssspeisen die letzten zwei Stunden vor Ihrer Fitnessstunde!
Frau Mürggel	Ich werd's versuchen!
Instruktorin	Versuchen, versuchen! Das ist absolut verboten, absolut!
Frau Mürggel	Wer sagt das?
Instruktorin	Ich! Ihre Fitnessinstruktorin! – Das, was Sie heute zuviel an Kalorien in sich hineingestopft haben, bringen Sie mit die-sen simplen Bubi-Übungen nie im Leben wieder weg! Ent-weder Sie essen von jetzt an nur noch die Hälfte und bewegen sich mindestens doppelt soviel wie bisher, oder…
Frau Mürggel	Oder?
Instruktorin	… oder Sie – sorry, dass ich das sagen muss – enden als überdimensionierter Fettkloss!
Frau Mürggel	Aber ich… *(in Tränen ausbrechend)* Ich kann doch nicht…
Instruktorin	Klar können Sie! Sie müssen nur wollen!
Frau Mürggel	*(Schluchzend)* Ich werd's versuchen…
Instruktorin	Sie müssen's nicht versuchen, sondern einfach tun, mein Gott! Sie tun's ja nicht für mich, sondern für sich! Sie haben mich als Ihre private Fitnessinstruktorin engagiert, weil Sie a) abnehmen, b) beweglicher und fitter werden und c) jünger aussehen wollen!
Frau Mürggel	Ja, das will ich ja.
Instruktorin	Also dann strengen Sie sich gefälligst an und heben Ihren verdammten Arsch so an, dass wenigstens Ihre Pfoten da-

	runter Platz haben!!!
Frau Mürggel	Es tut mir ja so leid! *(schluchzend)*
Instruktorin	SIE tun mir leid! SIE! Wenn ich ein solcher Fettsack wie Sie wäre, würde ich drei Monate lang fasten, jeden Tag zehn Kilometer joggen und täglich zwei Stunden in der Sauna sitzen! Verstehen Sie! Wer keinen Willen hat oder nur einen zum Fressen, nimmt nur ständig zu – bis er platzt, an Herzverfettung stirbt oder beim Treppensteigen an Atemnot krepiert!
Frau Mürggel	*(Schluchzend)* Ich gebe ja mein Bestes, ich versuche ja alles…
Instruktorin	Das ist eben nicht gut genug! Sofort hören Sie auf, Süssigkeiten zu fressen! Sofort! Verstanden?
Frau Mürggel	*(Schluchzend)* Ja, tu ich ja, tu ich ja.
Instruktorin	Dann essen Sie in den nächsten drei Monaten nur Früchte und Gemüse! Verstanden?
Frau Mürggel	*(Schluchzend)* Ja, ja, ja!
Instruktorin	Und laufen täglich eine ganze Stunde so schnell, wie Sie können! Verstanden?
Frau Mürggel	Ja, ich werde alles tun, wie Sie's mir gesagt haben.
Instruktorin	Sehr gut, Frau Mürggel, sehr gut. Dann können wir ja weiter fahren! Unsere nächste Übung ist die Kerze!
Frau Mürggel	Die Kerze?
Instruktorin	Ja, Sie bleiben so liegen, wie Sie sind – und ich hole aus der Garderobe den Hebekran. *(Im Weggehen)* Verstanden?
Frau Mürggel	*(Wütend, laut flüsternd)* Wenn sie zurückkommt, bring ich sie um! Dann bring ich sie um!

Trump

Heidn	(Am Smartphone) Heidn
Hofer	Hallo Hubi. Ich bin's, Migu.
Heidn	Michael?
Hofer	Ja, Migu.
Heidn	DER Michael?
Hofer	Ja, der.
Heidn	Toll! Du rufst sicher an wegen der...
Hofer	... Klassenzusammenkunft, ja. Die müssen wir absagen.
Heidn	Ist ja keine Überraschung – bei diesen Zahlen.
Hofer	Es wären sicher nicht alle gekommen.
Heidn	Vor fünf Jahren waren wir noch über 25...
Hofer	Von denen sind inzwischen zwei gestorben, der Koni und die Margi...
Heidn	Was, die auch?
Hofer	Ja, wir haben doch allen ein Mail geschickt!
Heidn	Muss ich übersehen haben – ich öffne eben nicht mehr jeden Tag die Maildings. Und da ist immer so viel Mist dabei, soo viel Mist. Was, die Magi hat's auch erwischt?
Hofer	Ja, vor etwa drei Monaten. Und der Hänsu ist nun im Pflegeheim, und die Elsi auch.
Heidn	Uiuiui. Danke, dass du mich angerufen und mich auf den neusten Stand gebracht hast. Ja, wir werden halt einfach nur noch älter. Und du? Was machst du so?
Hofer	Mir geht's prächtig – ich bin ja jetzt Singel.
Heidn	Singel?
Hofer	Ja, meine Frau ist vor drei Jahren gestorben, Herzinfarkt, und seither bin ich Singel.
Heidn	Oh, das tut mir leid, hab ich nicht gewusst... Mein Beileid.
Hofer	Inzwischen hab ich mich damit abgefunden: Haushalt, Kochen, Wäsche, Garten, Finanzen, Steuern – alles muss ich jetzt selber machen.
Heidn	Was machst du denn sonst noch?

Hofer	Reisen, ich reise viel in der Welt herum. Letztes Jahr war ich zum Beispiel drei Wochen in den USA.
Heidn	Im Trumpland?
Hofer	Ja, ganz toll, sag ich dir, gaaanz toll.
Heidn	Wo warst du denn?
Hofer	Herumgereist: New York, Florida, Texas, Las Vegas, San Francisco – kreuz und quer.
Heidn	Wow! Da hast du sicher einiges erlebt!
Hofer	Ja natürlich. Das Wichtigste für mich war, dass es zwei Sorten Amerikaner gibt.
Heidn	Echt?
Hofer	Ja, echte und Fake.
Heidn	Wie meinst du das?
Hofer	Die echten, die Amerika lieben und die Fake-Amerikaner, die nur so tun als.
Heidn	Ich war ja auch mal in den USA vor zwanzig Jahren, da habe ich viele nette und sympathische Amerikaner kennenge-lernt, und alle, wirklich alle waren echte, authentische US-Bürger.
Hofer	Ja, heute ist das eben nicht mehr so: Dank Trump wissen wir nun, wer echt hinter den USA steht und wer nicht.
Heidn	Aber das kann nicht dein Ernst sein: Trumps Hass hat die USA geteilt, Trumps Lügen gefährden die Demokratie, Trumps Gesetzlosigkeit verwandelt die USA in eine Bana-nenrepublik.
Hofer	An dir sieht man, was die hiesigen Fake-News anrichten: Die übernehmen ungeprüft einfach alles, was die Fake-Medien CNN, MSNBC, die New York Times, die Washing-ton Post etc. verbreiten – nichts als Lügen.
Heidn	Aber es ist doch gerade umgekehrt: Trump lügt täglich wie gedruckt, er agiert wie ein Mafia-Boss, regiert wie ein Diktator – ein Faschist, wie er im Buche steht.
Hofer	Hubi, Hubi: Was du da sagst, ist alles Mist! Ich hab alles mit eigenen Augen gesehen: Was wir in unseren Medien über die USA zu sehen und zu lesen bekommen, ist nichts als Desinformation! Das ist Kalter Krieg gegen die USA! Das ist

ein Angriff auf die Souveränität der Vereinigten Staaten! Informiere dich doch bitte, bevor du einen solchen Stuss herauslässt! Trump ist der beste Präsident, den die USA je hatte! Jeder andere hätte für Trumps aussenpolitische Leistungen den Friedensnobelpreis erhalten, nicht aber er, da sich die ganze EU, Asien und Afrika, die ganze Welt gegen ihn verschworen hat.

Heidn   Ich fass es nicht: Was haben die Amerikaner mit dir gemacht in diesen drei Wochen? Du kannst ja das, was du eben gesagt hast, nicht ernst meinen! Trump ist ein Krimineller, der eine Dreizehnjährige vergewaltigt hat und dafür nicht einmal bestraft wird! Der ein Steuerbetrüger sondergleichen ist, ein durch und durch korrupter Präsident, dem es bei allen seinen Handlungen nicht um die USA, sondern nur um die eigenen Vorteile geht, der den Klimawandel negiert, den Coronavirus-Tod Hunderttausender von Amerikanerinnen und Amerikanern verursacht hat, der Kinder von Emigranten von deren Eltern trennt und in Käfige sperren lässt, für Millionen von Franken eine sinnlose Grenzmauer bauen lässt, der...

Hofer   Bist du noch bei Trost? Merkst du nicht, dass du instrumentalisiert wirst von den Drahtziehern, die die Weltmacht an sich reissen möchten? Von den Gates, den Hillarys, den Clintons, den Kinderschändern, die täglich Tausende von Kindern vergewaltigen, umbringen und auffressen?

Heidn   Halt doch einfach deine Klappe, Mann!

Hofer   Ich hab ja schon immer gewusst, dass du...

Heidn   ... dass ich?

Hofer   Das allergrösste A-loch bist, dem ich je begegnet bin!!

Heidn   Die Klassenzusammenkunft ist also abgesagt?

Hofer   Du verdammtes A-loch!!

Heidn   Danke.

Hofer   A-loch!!

Heidn   ...

Hofer   A-loch!!

A- und Rudolf

Adolf	So, SIE sind also der Rudolf, wurde mir gesagt.
Rudolf	Dann sind SIE also der Adolf.
Adolf	Ja, genau! Wer hat Ihnen denn das gesagt?
Rudolf	Der Herr dort drüben mit den Hörnern und den Hufen.
Adolf	Kennen Sie denn den?
Rudolf	ICH nicht – aber er scheint SIE zu kennen, sehr gut sogar.
Adolf	Ich müsste ihn mir mal genauer anschauen!
Rudolf	Ja, tun Sie das! Tun Sie das!
Adolf	Nachher, nachher! Das hat ja noch Zeit!
Rudolf	Sie gleichen einander auf verblüffende Weise!
Adolf	Ja WIE denn? Das ist ja kaum möglich, so wie der aussieht!
Rudolf	Dochdoch! Bis auf die Hörner und die Hufe – verblüffend ähnlich! Fast identisch, würd ich mal sagen.
Adolf	Verwandt ist er jedenfalls nicht mit mir, sonst würd ich ihn ja kennen, nicht wahr?
Rudolf	Also ICH zum Beispiel kenne auch nicht alle meine Verwandten, nur die nächsten. Je entfernter, desto unbekannter.
Adolf	Sogar meine nächsten Verwandten haben sich von mir abgewandt.
Rudolf	Wie DAS denn?
Adolf	Sie leugnen die Verwandtschaft, ändern ihre Namen, ihren Wohnsitz, ihre Sprache, ihren Stammbaum…
Rudolf	Den Stammbaum? DEN kann man doch nicht ändern!
Adolf	Doch-doch! In der heutigen Zeit kann man alles und jedes ändern!
Rudolf	Alle meine Verwandten sind, soviel mir bekannt ist, stolz auf meinen Namen, auf ihre Herkunft, auf ihren Stammbaum.
Adolf	Dann scheinen Sie ja Glück zu haben – ich hatte eben Pech im Leben.

Rudolf	Ich hatte auch nicht nur Glück: Positives und Negatives – beides hielt sich die Waage.
Adolf	Ja, wenn das Pech nicht gewesen wäre! Alles sähe heute anders aus! Und ich wäre der Stolz meiner Familie!
Rudolf	Wie hat denn das Pech in Ihr Leben eingegriffen?
Adolf	Negativ, nur negativ!
Rudolf	Ja, das nehme ich an. Können Sie das denn etwas genauer erläutern?
Adolf	Nein, leider ist das schon viel zu lange her! Niemand will sich daran erinnern oder daran erinnert werden.
Rudolf	Haben Sie denn irgend einmal irgend etwas Aussergewöhnliches geleistet?
Adolf	Ja schon. Unter anderem habe ich ein Buch geschrieben.
Rudolf	Ja sowas! Richtig noch von Hand mit allem Drum und Dran?
Adolf	Ja! Und es wurde gedruckt und berühmt und gekauft und gelesen und verehrt!
Rudolf	Und trotzdem will niemand mehr mit Ihnen verwandt sein?
Adolf	Ja, trotzdem.
Rudolf	Dafür muss es doch einen Grund respektive viele Gründe geben.
Adolf	Das Buch war's jedenfalls nicht.
Rudolf	Was denn?
Adolf	Ich nehme an, es war meine Politik.
Rudolf	Aha: Sie waren Politiker, fast so wie ich.
Adolf	Nein-nein, nicht so wie Sie, sondern so wie ICH eben.
Rudolf	Dann müssen Sie ziemlich erfolglos gewesen sein.
Adolf	So kann man das, wenn ich mich richtig erinnere, NICHT sagen.
Rudolf	Wie denn?
Adolf	Mit dem Erfolg kam auch der Misserfolg!
Rudolf	Erfolgreich erfolglos also!
Adolf	Stimmt, so etwa könnte das bezeichnet werden.
Rudolf	Haben Sie schon mal von Ludwig gehört?
Adolf	Ja schon! Von welchem denn?
Rudolf	Dem Vierzehnten, glaube ich. Der war auch beides: Höchst erfolgreich und höchst erfolglos.

Adolf	Ja-ja. Aber DEN würde ich nicht mit mir vergleichen.
Rudolf	Mit wem würden Sie sich denn vergleichen wollen?
Adolf	Mit MIR – nur MIT MIR SELBST!
Rudolf	Aber jeder Mensch ist mit irgendeinem anderen Menschen vergleichbar.
Adolf	ICH aber nicht: Ich bin da eine Ausnahme.
Rudolf	Das nehme ich Ihnen nicht ab! Wenigstens äusserlich gleichen Sie dem Herrn dort drüben, abgesehen von Hörnern und Hufen, wie ein Ei dem andern.
Adolf	Ja vielleicht. Aber wenn Sie die Leistungen miteinander vergleichen, die LEISTUNGEN!
Rudolf	Ja, das sehe ich ein, da wird's dann schwierig.
Adolf	Sag ich ja, sag ich ja! MICH kann man nur MIT MIR vergleichen.
Rudolf	Ja, Herrgott nochmal: Worin bestanden denn Ihre herausragenden Leistungen?
Adolf	Eroberungen zum Beispiel!
Rudolf	Wie Herr Napoleon zum Beispiel?
Adolf	Ja schon! Nur viel erfolgreicher, VIIIEL erfolgreicher!
Rudolf	Nachhaltig?
Adolf	Leider nein.
Rudolf	Wie bei Napoleon.
Adolf	Nein, schlimmer, VIIIEL schlimmer.
Rudolf	Rühmen Sie sich denn noch anderer Leistungen?
Adolf	Ja, Säuberungen zum Beispiel.
Rudolf	Säuberungen?
Adolf	Ja, Rassen- und andere Volksreinigungsprozesse.
Rudolf	Das hingegen verstehe ich nicht.
Adolf	Das erwarte ich auch nicht von Ihnen. Ich wurde und werde missverstanden, VERKANNT, NICHT ERKANNT.
Rudolf	Nicht erkannt?
Adolf	Ja, auch SIE zum Beispiel.
Rudolf	Wie denn das? Ich habe Sie gleich erkannt, nachdem ich mit diesem Herrn dort drüben gesprochen hatte.
Adolf	Ja, genau DAS meine ich!
Rudolf	Ich verstehe nicht…

Adolf   Der Herr dort drüben BIN ICH! BIN ICH!!! BIN ICH!!!!!!

Gameworld

Lego32	*(Mit Kopfhörer vor dem Compi, CH)* Kill mich! Kill mich!
Goofy176	*(Mit Kopfhörer vor dem Compi, GER)* Wart's ab, du!
Lego32	Daneben! Daneben!
Goofy176	Ich erwisch dich schon noch, du…
Lego32	Au! Pass doch auf, du zerstörst…
Goofy176	Und da! Und das! Und nochmal!
Lego32	Au! Au!
Goofy176	Was sagst du nun?
Lego32	Au!
Goofy176	Nicht schlecht, was ?
Lego32	Jaja…
Goofy176	Das hättest du nicht erwartet!
Lego32	Du hast mich überrascht!
Goofy176	Hast du den FV3XP schon installiert?
Lego32	Was?
Goofy176	Den FV3XP!
Lego32	Kenn ich nicht…
Goofy176	Was? Den kennst du nicht?
Lego32	Nein, nie gehört!
Goofy176	Den kennt doch jedes Kind! Sogar meine Grossmutter…
Lego32	Nein, aber vielleicht unter einem anderen Namen.
Goofy176	Nein-nein, FV3XP ist die offizielle Bezeichnung!
Lego32	Seit wann denn?
Goofy176	Der ist vor drei Wochen auf den Markt gekommen…
Lego32	Muss ich verpasst haben…
Goofy176	Ja, offensichtlich…
Lego32	Was kann der denn?
Goofy176	Alles!
Lego32	Alles? Das gibt's doch nicht!
Goofy176	Na ja: Fast alles, was du dir vorstellen kannst!
Lego32	Und WIE heisst der?

Goofy176	FV3XP! Und du hast wirklich noch NIE davon gehört?
Lego32	Nein, sorry! Muss geschlafen haben.
Goofy176	Verpennt! Bestell ihn doch gleich!
Lego32	Wie? Wo?
Goofy176	Google „FV3XP" und schon…
Lego32	Ich hab aber keine Kreditkarte…
Goofy176	Was? Keine Kreditkarte?
Lego32	Nein, ich muss immer meine Mutter fragen…
Goofy176	Schön blöd!
Lego32	Es geht!
Goofy176	Dann kannst du ja nie was kaufen …
Lego32	Doch-doch, praktisch immer!
Goofy176	… ohne ihre Erlaubnis.
Lego32	Wieviel kostet denn der FV3XP?
Goofy176	Offiziell 112 Euro, inoffiziell um die 20.
Lego32	NUR 20?
Goofy176	Ja, man muss halt wissen wo…
Lego32	Und in der Schweiz?
Goofy176	… und wie!
Lego32	Weisst du, was der hier kostet?
Goofy176	Schau doch selber nach! Ich schätze mal 200 Franken…
Lego32	Was? Das kann doch nicht sein!
Goofy176	Doch – ist ja bei fast allem so!
Lego32	Und inoffiziell?
Goofy176	Keine Ahnung! Bemüh dich drum!
Lego32	Wie denn?
Goofy176	Es gibt immer Wege, sich das zu beschaffen, was man will.
Lego32	Und brauch ich den FV3XP denn?
Goofy176	WER braucht den nicht?
Lego32	Bis jetzt ist's auch ohne gegangen…
Goofy176	Aber WIE!
Lego32	Schnelligkeit, Reaktion, Geschwindigkeit…
Goofy176	Mit dem FV3XP kein Problem!
Lego32	Willst du damit sagen…
Goofy176	Ja klar: Du hast gegen mich NIE mehr den Hauch einer Chance…

Lego32	Das glaub ich nicht!
Goofy176	Ich geb dir höchstens drei Sekunden!
Lego32	Das kann ja nicht sein!
Goofy176	Wetten?
Lego32	Bis jetzt war's doch etwa ausgeglichen zwischen dir und mir…
Goofy176	Ja, bis jetzt!
Lego32	Das kann ja nicht sein…
Goofy176	Doch-doch! Komm, los!
Lego32	Und wenn ich den FV3XP auch habe – was dann?
Goofy176	Dann spielst du wieder auf dem gleichen Level!
Lego32	WER spielt denn dann?
Goofy176	Warum?
Lego32	Ich gegen dich?
Goofy176	Wer denn sonst!
Lego32	Oder dein FV3XP gegen meinen?
Goofy176	Spinnst du?
Lego32	Die Reaktionsgeschwindigkeit etc. spielt ja dann keine Rolle mehr…
Goofy176	Ja klar: Der langsamste Loser ist noch viel besser als der Reaktionsschnellste ohne FV3XP!
Lego32	Toll!
Goofy176	Siehst du!
Lego32	Aber wo bleibt der Spass ?
Goofy176	Wieso?
Lego32	Der Spass ist doch das Wichtigste!
Goofy176	Spinnst du?
Lego32	Der FV3XP verdirbt einem doch den Spass!
Goofy176	Was faselst du da!
Lego32	Das ist doch das Lustige: Wenn einer mal schneller ist als der andere und beim nächsten Mal ist es umgekehrt…
Goofy176	Aber das ist ja weiterhin so!
Lego32	Wie denn?
Goofy176	Einfach zehnmal schneller!
Lego32	Aha…
Goofy176	Komm! Los geht's!

Lego32	Aber ich hab ja keinen FV3XP...
Goofy176	Stimmt, hab ich vergessen...
Lego32	Ich meld mich wieder, wenn ich ihn hab...
Goofy176	Also tschüss dann!
Lego32	Tsch-ü-...eisse!

Das Selfie

Urgrossmutter	Du, was ist eigentlich ein Selfie?
Ich	Ein Selfie? Weisst du denn nicht, was ein Selfie ist?
Urgrossmutter	Nein – deshalb frag ich ja! Ich habe mal gelesen, dass weltweit jedes Jahr über 200 bei einem Selfie umkommen.
Ich	Stimmt, das hab ich auch irgendwo gesehen. Grässlich, nicht?
Urgrossmutter	Schlimm-schlimm! Was ist denn so gefährlich an einem Selfie?
Ich	Die Dummheit!
Urgrossmutter	Dummheit?
Ich	Ja – wie kann jemand nur so blöd sein und wegen eines Selfies umkommen.
Urgrossmutter	Ja – wie denn?
Ich	Indem sie sich in Gefahr begeben, nur um ein möglichst cooles Selfie zu machen.
Urgrossmutter	Könnt ich denn nicht auch so eins machen?
Ich	Ja sicher! Einfach nicht SO eins – du wärst ja sicher nicht so blöd!
Urgrossmutter	WIE blöd?
Ich	Eben – dass du abkratzen würdest bei einem Selfie.
Urgrossmutter	Was müsste ich denn da tun?
Ich	Zum Beispiel im zwanzigsten Stock auf das Balkongeländer steigen, darauf balancieren und gleichzeitig ein Selfie machen.
Urgrossmutter	Spinnst du?
Ich	Eben – sag ich ja. Die spinnen einfach, die solche Selfies machen.
Urgrossmutter	Und wer macht so was?

Ich	Unter anderem die, die dabei in den Tod stürzen.
Urgrossmutter	Für mich käme das ja nie in Frage – ich bin nicht schwindelfrei.
Ich	Es wäre auch eine megadumme Idee, wenn du schwindelfrei wärst!
Urgrossmutter	Ehrlich gesagt, wär ich sehr gerne schwindelfrei. Mir wird's nämlich sogar schwindlig, wenn ich beim Fensterputzen auf den wackligen Hocker steigen muss.
Ich	Aber das ist doch gefährlich!
Urgrossmutter	Darum gibt's ja so viele Haushaltunfälle – wahrscheinlich noch mehr als bei einem Selfie.
Ich	Weisst du denn jetzt, was ein Selfie ist?
Urgrossmutter	Woher auch? Erklär mir's doch endlich!
Ich	Zeig ich dir gleich! Wo hast du denn dein Handy?
Urgrossmutter	Mein Handy? Woher soll ich wissen, wohin ich's diesmal verlegt habe?
Ich	Wann hast du's zum letzten Mal gebraucht?
Urgrossmutter	Wart mal – gestern hab ich noch mit deiner Mutter telefoniert...
Ich	Wo denn?
Urgrossmutter	Ja, hier natürlich!
Ich	Wo denn genau?
Urgrossmutter	Hier in der Küche! Ich war ja gestern den ganzen Tag hier, oder etwa nicht?
Ich	Wie soll ich das wissen? Ich war ja nicht da!
Urgrossmutter	Wo warst du denn?
Ich	In der Schule..., bei meiner Kollegin..., im Wald..., am Fluss..., im Garten...
Urgrossmutter	Und zu Hause?
Ich	Sag ich ja: Im Garten zu Hause.
Urgrossmutter	Ja, jetzt fällt's mir wieder ein: Ich war auch im Garten!
Ich	Und dort hast du dein Handy vergessen?
Urgrossmutter	Keine Ahnung! Ich habe Unkraut gejätet, bis ich nicht mehr aufstehen konnte.
Ich	Lass das doch! Das ist in deinem Alter zu anstrengend!
Urgrossmutter	Wenn ich es nicht mache – wer macht's denn sonst? Du

	etwa?
Ich	Sicher nicht! Ich jäte doch nicht in deinem Garten herum!
Urgrossmutter	Ich würde dich auch bezahlen dafür!
Ich	Nein, das kannst du vergessen! Lass doch die Kräutlein einfach wachsen! Das sieht erst noch viel schöner und natürlicher aus!
Urgrossmutter	Aber Evi: Ich lasse meinen Garten nicht einfach verwildern!
Ich	Und dein Rücken? Deine Kniebeschwerden?
Urgrossmutter	Etwas Bewegung tut immer gut!
Ich	Sich stundenlang hinzuknien und sich zu bücken immer am gleichen Ort hat ja nichts mit Bewegung zu tun.
Urgrossmutter	Doch – du verstehst das einfach nicht...
Ich	Besser als du verstehst, was ein Selfie ist.
Urgrossmutter	Hast du's mir nicht schon erklärt?
Ich	Eigentlich schon – aber ich glaube nicht, dass du's weisst.
Urgrossmutter	SO dumm bin ich jetzt auch wieder nicht.
Ich	Also: Machen wir eins zu zweit!
Urgrossmutter	Wie geht das denn? Zu zweit allein ein Selfie?
Ich	Ich nehm einfach mein Handy und dann machen wir eins zusammen!
Urgrossmutter	Und wo ist MEIN Handy?
Ich	Im Garten, nehm ich an. Ich geh bald mal schnell hinunter und such's!
Urgrossmutter	Ja, tu das! Danke!
Ich	*(mit ausgestrecktem linkem Arm)* So! Bist du bereit? Schön auf mein Handy schauen und lachen!
Urgrossmutter	So?
Ich	Perfekt! – Schau mal! Wirklich perfekt!
Urgrossmutter	Und wo ist jetzt das Selfie?
Ich	Ja hier! Das da ist ein Selfie!
Urgrossmutter	Dieses Foto?
Ich	Ja – eine so gemachte Aufnahme nennt man Selfie!
Urgrossmutter	Ach so ist das! – Wenn wir also auf den Dachfirst steigen, dort oben bis zum Dachrand balancieren und über den Dachrand hinunterschauen in den Garten und du gleichzeitig ein Foto machst, dann...

Ich	Ja, genau!
Urgrossmutter	... dann würden wir... ähm – übrigens...
Ich	Was übrigens?
Urgrossmutter	Brauchst gar nicht in den Garten gehen.
Ich	Warum?
Urgrossmutter	Eben ist mir eingefallen, wo ich das Handy hin verlegt habe.
Ich	Wohin denn?
Urgrossmutter	In die Schürzentasche!
Ich	Bist du sicher?
Urgrossmutter	Ganz sicher! Ich wollte es ja nicht schmutzig machen beim Jäten.
Ich	Und wo ist die Schürze jetzt?
Urgrossmutter	In der 60-Grad-Wäsche...
Ich	Was?!
Urgrossmutter	... in der Waschmaschine!
Ich	Mein Gott!
Urgrossmutter	Hörst du es nicht klopfen?
Ich	Jetzt, wo du es sagst...

Heute erklär ich meiner Urgrossmutter:

Die Fernbedienung

Urgrossmutter	Du Evi, kannst du mir bitte den Fernseher einschalten?
Ich	Gern. Wo ist denn die Fernbedienung?
Urgrossmutter	Dort, wo sie immer ist!
Ich	Und wo ist das?
Urgrossmutter	Jedesmal an einem anderen Ort! Jedesmal muss ich zuerst eine halbe Stunde lang suchen!
Ich	Dann leg sie doch einfach jedesmal wieder dorthin zurück, wo du sie gefunden hast!
Urgrossmutter	Tu ich ja! Aber bis ich den Fernseher abstelle, habe ich schon lange wieder vergessen, wo ich sie gefunden habe.
Ich	Dann lass sie doch einfach dort liegen, wo du gesessen bist.
Urgrossmutter	Will ich ja – aber jedesmal denke ich, die Fernbedienung gehört dorthin, wo ich zuerst suche!
Ich	Hier! Ich hab sie gefunden!
Urgrossmutter	Wo lag sie denn?
Ich	Unter den Zeitschriften!
Urgrossmutter	Stimmt! Dort hab ich sie zuletzt vergessen!
Ich	Aber das ist ja gar nicht die richtige – die ist ja für den DVD-Player!
Urgrossmutter	Zeig mal! – Ja, richtig – damit kann ich Filme auf diesen Scheiben schauen, die man nicht zerkratzen darf!
Ich	Willst du denn jetzt eine DVD schauen?
Urgrossmutter	Nein-nein – den Bernhard Russi will ich sehen! Jetzt kommt dann gleich das Skirennen!
Ich	Ja, da brauchen wir natürlich die Fernbedienung für den Fernseher!
Urgrossmutter	Klar! Hast du sie denn noch nicht gefunden?
Ich	Nein, die noch nicht. Wo könnte sie denn sein?
Urgrossmutter	Schau mal in der Küche nach! Manchmal, wenn ich eine

	Schere brauche, suche ich in den Schubladen in der Küche! Und wenn ich diese endlich gefunden habe, ist dafür – schwupps! – die Fernbedienung weg.
Ich	Also such ich mal in der Küche!
Urgrossmutter	Sie könnte in den obersten, in den mittleren oder in den untersten Schubladen sein! Oder rechts – neben dem Kühlschrank! Oder unter dem Backofen hab ich sie auch schon gefunden!
Ich	Mein Gott! Etwas mehr Ordnung wäre kein Luxus!
Urgrossmutter	Ja, da hast du recht! Eigentlich verbringe ich die meiste Zeit mit Suchen!
Ich	Findest du denn immer das, wonach du suchst?
Urgrossmutter	Meistens schon. Aber den Pass und die Kreditkarte habe ich definitiv verlegt!
Ich	Soll ich dir mal beim Aufräumen helfen?
Urgrossmutter	Um Gottes Willen! Nur das nicht! Dann würde ich sicher nichts mehr finden, gar nichts mehr!
Ich	Ich hab sie! Hier! In der Pfannenschublade lag sie - in der Bratpfanne!
Urgrossmutter	Wie kommt denn die Fernbedienung dorthin?
Ich	Du musst sie beim Kochen oder beim Abtrocknen in der Hand gehabt haben.
Urgrossmutter	Zeig mal! - Nein, das ist sie auch nicht! Das ist die Fernbedienung für das Keibelkommkästchen! Bei dem komm ich nicht mehr draus, obwohl mir Egon alles so eingestellt hat, dass ich nicht mehr drei, sondern nur noch eine Fernbedienung brauche…
Ich	Gib sie nur mir! Da kenn ich mich aus. Ich erklär's dir gleich! So – hier – oder hier? – Ist doch nicht so einfach!
Urgrossmutter	Sag ich ja! Am einfachsten und schnellsten geht's, wenn du die Fernsehfernbedienung findest! Der Russi ist inzwischen bestimmt schon lange gestartet!
Ich	Aber der fährt doch schon lange keine Rennen mehr!
Urgrossmutter	Doch-doch! Erst vor einer Woche war er noch im Fern- sehen!
Ich	Ja schon, aber nur als Kommentator!

Urgrossmutter	Als was?
Ich	Scheisse! Onkel Egon muss alles verstellt haben! Da müsste man alles neu einrichten!
Urgrossmutter	Aber nein! Mir kommen keine IKEA-Möbel ins Haus! Dafür bin ich zu alt!
Ich	Bitte, Grosi, denk scharf nach: Wo hast du die Fernbedienung zuletzt hingelegt?
Urgrossmutter	Das muss in der Pfannenschublade gewesen sein!
Ich	Ja, da habe ich ja diese hier entdeckt!
Urgrossmutter	Dort habe ich sie versteckt, damit ich sie nicht mehr finde, weil ich die nicht bedienen kann!
Ich	Mein Gott! Ist das anstrengend!
Urgrossmutter	Siehst du: Wer pensioniert ist, hat's deshalb noch lange nicht einfacher als vor der Pensionierung.
Ich	Jetzt habe ich fast schon überall gesucht!
Urgrossmutter	Auch im Schlafzimmer?
Ich	Nein, natürlich nicht. Warum solltest du die Fernbedienung mit ins Schlafzimmer nehmen?
Urgrossmutter	Weil ich dort über Nacht immer meine Zähne deponiere!
Ich	Und was haben die mit der Fernbedienung zu tun?
Urgrossmutter	Weil ich am Morgen immer weiss, wo mein Gebiss ist! Und dann leg ich die Fernbedienung gleich daneben – denn die ist so wichtig wie meine Zähne! Verstehst du?
Ich	Ach Gott!

Heute erklär ich meiner Urgrossmutter:

Die Verpackung

Ich	Soll ich dir einen Kaffee machen!
Urgrossmutter	Au ja gern!
Ich	Welchen denn?
Urgrossmutter	Den Biokaffee links oben!
Ich	Hast du denn keine Kapseln?
Urgrossmutter	Nein – ich mach den Kaffee wie immer.
Ich	Aber Kapseln sind doch viel bequemer!
Urgrossmutter	Denk doch an den Abfall! Und an die Kosten!
Ich	Deshalb trink ich ja keinen Kaffee.
Urgrossmutter	Sondern?
Ich	Tee!
Urgrossmutter	Ist ja auch viel gesünder!
Ich	Bist du sicher?
Urgrossmutter	Ja – Tein ist weniger schädlich als Koffein.
Ich	Wo hast du denn den Tee?
Urgrossmutter	Gleich neben dem Kaffee: Schwarztee, Hagebuttentee, Lindenblütentee, Zitronenmelissentee, Pfefferminztee, …
Ich	Und Eistee mit Peachgeschmack?
Urgrossmutter	Mit was für einem Geschmack?
Ich	Peach!
Urgrossmutter	Ich kenn das Wort «Beach», aber nicht «Peach»!
Ich	Pfirsich!
Urgrossmutter	Nein, hab ich nicht.
Ich	Welche Sorten Eistee hast du denn? Lemon?
Urgrossmutter	Eistee ist ja gar kein richtiger Tee, sondern so etwas wie Coca Cola…
Ich	Nein – das ist Schwarztee!
Urgrossmutter	Mit grauenhaft viel Zucker!
Ich	Nimmst du denn keinen Zucker in den Kaffee oder Tee?

Urgrossmutter	Nein, hab ich mir schon lange abgewöhnt.
Ich	Dann hat's ja gar keinen Geschmack!
Urgrossmutter	Doch, eben gerade deswegen: Nach Kaffee, Hagebutten, Eisenkraut, Kamille…
Ich	Hast du noch etwas Süsses dazu?
Urgrossmutter	Ja, hier hab ich noch Mailänderli und Schokowaffeln.
Ich	Was? Weihnachten ist ja erst in vier Monaten!
Urgrossmutter	Die sind doch noch vom letzten Jahr, noch ganz knusprig…
Ich	Die müssen ja steinhart sein – steinhart!
Urgrossmutter	Aber nicht, wenn du sie im Kaffee aufweichst.
Ich	Der ist gleich fertig.
Urgrossmutter	Was möchtest du denn?
Ich	Ich nehm dann halt ein Glas Sirup.
Urgrossmutter	Es hat Holunderblütensirup im Kühlschrank!
Ich	Ich glaub, ein Glas Wasser tut's auch.
Urgrossmutter	Möchtest du jetzt Mailänderli oder Schokowaffeln?
Ich	Was nimmst du denn?
Urgrossmutter	Im Moment möchte ich nichts Süsses zum Kaffee.
Ich	So, hier ist dein Kaffee!
Urgrossmutter	Oh, danke. Der ist aber dunkel!
Ich	Ja, ich glaub der Filter ist verstopft.
Urgrossmutter	Wieviel Pulver hast du denn genommen?
Ich	So drei…
Urgrossmutter	… Kaffeelöffel?
Ich	Nein, Esslöffel…
Urgrossmutter	Das hätte ja für einen ganzen Krug gereicht!
Ich	Oh, das tut mir leid.
Urgrossmutter	Was hättest du denn lieber? Mailänderli oder Schokowaffeln?
Ich	Sind die Schokowaffeln denn noch frisch? Zeig mal! Das sind ja Cookies!
Urgrossmutter	Kannst du sie für mich öffnen?
Ich	Warum? Das ist doch kinderleicht!
Urgrossmutter	Nein, oft schaff ich's nicht!
Ich	Schau doch einfach auf den Pfeil! - Hier!
Urgrossmutter	Ohne Brille seh ich den doch nicht!

Ich	Und dann ziehst du in der angegebenen Richtung und schon…
Urgrossmutter	Meistens ziehe ich in die falsche Richtung…
Ich	Scheisse!
Urgrossmutter	Sag sowas nicht in meinem Haus!
Ich	Sorry! Ist mir nur so rausgerutscht!
Urgrossmutter	Oder meine Finger sind zu schwach!
Ich	Was? Zum Öffnen einer Cookie-Packung?
Urgrossmutter	Ja: Fast mit jeder Verpackung hat man doch heute Probleme!
Ich	Stimmt doch nicht! Die Verpackungen sind perfekt!
Urgrossmutter	Man könnte glatt verhungern ohne Messer oder Schere!
Ich	Alles bleibt lange frisch, hygienisch, der Geschmack bleibt erhalten…
Urgrossmutter	Was nützt das, wenn man's nicht schafft, die Verpackung zu öffnen?
Ich	… und ist easy zu öffnen… – verdammt!
Urgrossmutter	Fluch nicht!
Ich	Sorry! Ich schaff's nicht! Hast du eine gute Schere?
Urgrossmutter	Siehst du?
Ich	Das ist doch eine Ausnahme…
Urgrossmutter	Ja, bei dir vielleicht…
Ich	Sonst schaff ich's immer!
Urgrossmutter	Ich schaff's eigentlich nie!
Ich	Da frag ich mich, wie du's schaffst, zu überleben!
Urgrossmutter	Das frag ich mich auch! Das frag ich mich auch…

Das Facebook

Ich	Du Grosi?
Urgrossmutter	Ja, was ist?
Ich	Wieviele Freundinnen hast du eigentlich?
Urgrossmutter	Ich? Ja, so... ähm... zwei sind leider schon gestorben... ja noch... vier. Warum?
Ich	Weisst du, wieviele Freunde ich habe?
Urgrossmutter	Nein, aber ich nehme an mehr als ich...
Ich	Ja, stimmt genau!
Urgrossmutter	Ja wieviele denn?
Ich	Rate mal!
Urgrossmutter	Keine Ahnung! So acht bis zehn werden's schon sein.
Ich	Ja, du hast wirklich keine Ahnung! Es sind...
Urgrossmutter	Sagte ich ja! Die jungen Leute mit ihren Partys...
Ich	... nämlich genau...
Urgrossmutter	... und den Drogen...
Ich	1426!
Urgrossmutter	Was?
Ich	Eintausendvierhundertsechsundzwanzig – ohne dich!
Urgrossmutter	Das ist aber nicht wahr! Das schafft ja kein Mensch!
Ich	Doch-doch! Es gibt Leute, die haben noch viel mehr als ich!
Urgrossmutter	Ja, das kann gar nicht sein! Ich als Lehrerin hatte ja nicht einmal so viele Schülerinnen und Schüler während meiner ganzen Schulkarriere! – Wie oft triffst du die denn?
Ich	Eigentlich täglich!
Urgrossmutter	Mach keine blöden Witze! Ich treffe meine Freundinnen ein- bis zweimal pro Woche und telefoniere mit ihnen regelmässig – und das gibt mir schon ein sehr gutes Gefühl...
Ich	Natürlich im Internet – auf Facebook!

Urgrossmutter	Ach so! Aber das sind ja gar keine echten Freunde! Nur ehm…
Ich	Doch schon: Du kannst mit ihnen chatten, Fotos und andere private Dinge teilen…
Urgrossmutter	… virtuelle! – Was teilen? Privates sollte doch privat bleiben!
Ich	Ja natürlich! Privates teilt man auch nur echten Freundinnen und Freunden mit!
Urgrossmutter	Ja, aber die siehst du ja gar nicht!
Ich	Natürlich seh ich die! Alle haben Fotos gepostet, auf denen sie und ihre Freunde, ihre Aktivitäten und Hobbys und Ausflüge und Erlebnisse zu sehen sind.
Urgrossmutter	Was 'gepostet'! Und überhaupt: Meine Fotos, die ich mache, zeige ich nur meinen besten Freundinnen!
Ich	Ja, aber wenn du auf Facebook wärst, könnten sie die Fotos sehen, ohne dass sie dich treffen müssen!
Urgrossmutter	Wenn ich ihnen so ein Foto zeigen will, schick ich's ihnen per Post oder per Mail… oder noch besser: Ich lade sie zu Kaffee und Kuchen ein und dann reden wir stundenlang über dies und das…
Ich	Auf Facebook kannst du gleichzeitig mit allen deinen Freunden chatten!
Urgrossmutter	So ein Quatsch! Es werden sich kaum alle gleichzeitig dafür interessieren, was du geträumt hast, welche Blumen du angesät hast, welche Knochen dir wehtun oder was du gestern gegessen hast…
Ich	Schon nicht! Aber dafür, dass du eine wichtige Prüfung bestanden, einen neuen Freund, ein neues Haustier, neue Möbel oder was für eine Meinung du hast.
Urgrossmutter	Das wäre nichts für mich – meinen Freundinnen muss ich in die Augen schauen können!
Ich	Mit Whatsapp oder Skype kein Problem…
Urgrossmutter	Und wenn sie krank sind oder bald sterben, möchte ich sie unbedingt besuchen!
Ich	Trösten kannst du sie auch via Facebook!
Urgrossmutter	Facebook! Facebook! Das ist doch nichts als dummes Zeug!

	Und all deine tausend Freundinnen und Freunde kannst du glatt vergessen, wenn du krank bist! Oder stirbst! Und wer von deinen Internetfreunden kommt dann an deine Beerdigung, wer?
Ich	Ein wenig hast du ja recht! Daneben habe ich natürlich auch noch zwei bis drei Freundinnen, auf die ich echt zählen kann!
Urgrossmutter	Ja so! Dann bist du ja eigentlich nicht besser dran als ich!
Ich	Doch schon! Ich kann jederzeit auf Facebook und sehe auf den ersten Blick, wer online ist!
Urgrossmutter	Und was bringt dir das? Und wenn du stirbst? Gibt's dann eine Facebook-Beerdigung?
Ich	Keine Ahnung! Ich glaube, dieses Problem haben sie noch nicht gelöst.
Urgrossmutter	Wer tot ist, hat doch auf Facebook nichts mehr zu suchen!
Ich	Ja, die sind dann halt immer offline!
Urgrossmutter	Und ihre Ferienfotos, Porträts und anderen Schnappschüsse?
Ich	Die bleiben halt, bis sie jemand entfernt…
Urgrossmutter	Also auch, wenn man schon lange tot ist, kann man weiterhin auf Facebook sein und tausend Freunde haben?
Ich	Ja, das nehm ich an.
Urgrossmutter	Was ist denn daran positiv?
Ich	Keine Ahnung! Wenn du tot bist, kann es dir ja egal sein, ob deine Freunde wissen, dass du nicht mehr lebst. Einfach chatten können sie nicht mehr mit dir.
Urgrossmutter	Und vermissen werden sie dich wahrscheinlich auch nicht!
Ich	Nein – solange du auf Facebook bist und niemand weiss, dass du tot bist.
Urgrossmutter	Was ist denn das für eine Freundschaft?
Ich	Du hast's ja gesagt: Eine virtuelle.
Urgrossmutter	Nein! Gerade jetzt fällt's mir ein!
Ich	Und? Wie nennt man sowas?
Urgrossmutter	Das ist die WARE Freundschaft! Ohne...
Ich	Ohne was?
Urgrossmutter	H.

Das Leben

Ich	Du Grosi, wann hast du schon wieder Geburtstag?
Urgrossmutter	Am zehnten April. Warum?
Ich	Weil es dann ja sicher eine Geburtstagsfeier gibt, oder nicht?
Urgrossmutter	Geburtstage sind doch nicht so wichtig…
Ich	Wie alt wirst du denn?
Urgrossmutter	Ich hab aufgehört zu zählen!
Ich	Welchen Jahrgang hast du denn?
Urgrossmutter	Ehm… 1928, glaube ich…
Ich	Dann wirst du ja dreiundneunzig!
Urgrossmutter	Dreiundneunzig – ja, das kann sein.
Ich	Wolltest du immer so alt werden?
Urgrossmutter	Nein, eigentlich wollte ich immer jung bleiben – so wie du!
Ich	Ich möchte aber nicht jung bleiben – ich finde es cool, älter zu werden.
Urgrossmutter	So?
Ich	Ja. Ich habe das Leben ja noch vor mir!
Urgrossmutter	Und ich hinter mir! Das ist eben der Unterschied!
Ich	Bist du denn zufrieden mit deinem Leben – so im Rückblick?
Urgrossmutter	Im Grossen und Ganzen schon. Was hätte ich anders machen sollen?
Ich	Mehr reisen, die Welt kennen lernen, ein Buch schreiben, Sport treiben, tanzen, Partys – hast du nicht das Gefühl, vieles verpasst zu haben?
Urgrossmutter	Nein – sollte ich? Mit dem Fernsehen habe ich doch die ganze Welt bei mir zu Hause…
Ich	Ja schon – aber doch nicht real!
Urgrossmutter	Wenn ich an die vielen schrecklichen Dinge denke, die überall auf der Welt passieren, bin ich eigentlich ganz

	zufrieden so, wie es ist.
Ich	Warst du denn nie in den USA?
Urgrossmutter	In Amerika? Nein – und ich wollte dort auch nie hin. Warum auch?
Ich	Neue Erfahrungen, neue Lebensweisen, neue Menschen kennenlernen...
Urgrossmutter	Ja-ja, der Kennedy, der John F., der hat mir schon gefallen!
Ich	Ist das nicht der, der dann ermordet wurde?
Urgrossmutter	Ja, in Dallas! Die ganze Welt hat getrauert! So ein junger, guter und schöner Präsident – einfach erschossen!
Ich	Erinnerst du dich denn noch daran?
Urgrossmutter	Ja, als ob es gestern gewesen wäre. Wir sassen vor dem Fernseher, schwarz-weiss, einem Nordmende, mit Holzrahmen und einem Ein- und Ausschalter und einem Drehschalter für die zwei Sender direkt am Kasten.
Ich	Und? Was ist dann passiert?
Urgrossmutter	Plötzlich wurde das Programm unterbrochen, die Fernsehansagerin erschien und sagte, es habe ein Attentat gegeben in Dallas in Amerika, auf den Kennedy sei geschossen worden.
Ich	Und dann?
Urgrossmutter	Wir waren alle schockiert und traurig – so ein junger, hoffnungsvoller Präsident, der kleine Kinder hatte und eine schöne Frau...
Ich	Gab's dann eine Direktübertragung aus den USA?
Urgrossmutter	Wo denkst du hin! Das war, glaube ich, noch nicht möglich damals... das Programm blieb unterbrochen und sie sendeten nur noch klassische Musik...
Ich	Wie lange denn?
Urgrossmutter	Sicher über eine Stunde lang! Die ganze Familie sass vor dem Fernseher, hörte die Musik und las immer wieder den gleichen Text, es habe ein Attentat auf John F. Kennedy gegeben und man warte auf Neuigkeiten aus Amerika.
Ich	Und dann?
Urgrossmutter	Dann kam noch einmal die Fernsehansagerin und sagte mit trauriger Stimme, John F. Kennedy sei an seinen schweren

	Verletzungen gestorben…
Ich	Wie habt ihr reagiert?
Urgrossmutter	Ich habe geweint! Die ganze Schweiz war traurig. Viele haben danach den Kennedy im Wohnzimmer aufgehängt – er wurde ebenso verehrt wie General Guisan.
Ich	Guisan?
Urgrossmutter	Der Schweizer General im Zweiten Weltkrieg. Der, der die Schweiz vor Hitler gerettet hat.
Ich	Ach so, ja.
Urgrossmutter	Als General Guisan starb, gab's auch eine Riesenbeerdigung.
Ich	Denkst du denn oft an den Tod?
Urgrossmutter	Ja schon – und du?
Ich	Ich doch nicht! – Ich habe das Leben ja noch vor mir!
Urgrossmutter	Also pass auf!
Ich	Worauf denn?
Urgrossmutter	Dass du dein Leben nicht verpasst!
Ich	Das tu ich ganz bestimmt nicht! Ich sammle überall Erfahrungen – und ich will das Leben geniessen – nicht wie du…
Urgrossmutter	Aber das habe ich doch auch getan – einfach anders als du!
Ich	Wie denn?
Urgrossmutter	Ich war glücklich und zufrieden mit dem, was ich hatte…
Ich	Und das genügte dir?
Urgrossmutter	Vollkommen! Vollkommen!

Danke.

Danken möchte ich meiner Tochter für die stets spannenden, intensiven und aufschlussreichen Gespräche.

Ein grosses Dankeschön gebührt auch N. Ryser und H. Sonderegger für die hilfreichen und inspirierenden Feedbacks, Anregungen, Anmerkungen, Vorschläge und die freundschaftliche Unterstützung.

Ein besonderer Dank gilt zudem den beiden Herren Heidn und Achgott für ihre Bereitschaft, einen Auszug aus den aufgezeichneten zahlreichen Dialogen publizieren zu dürfen.

November 2021
M. Christen

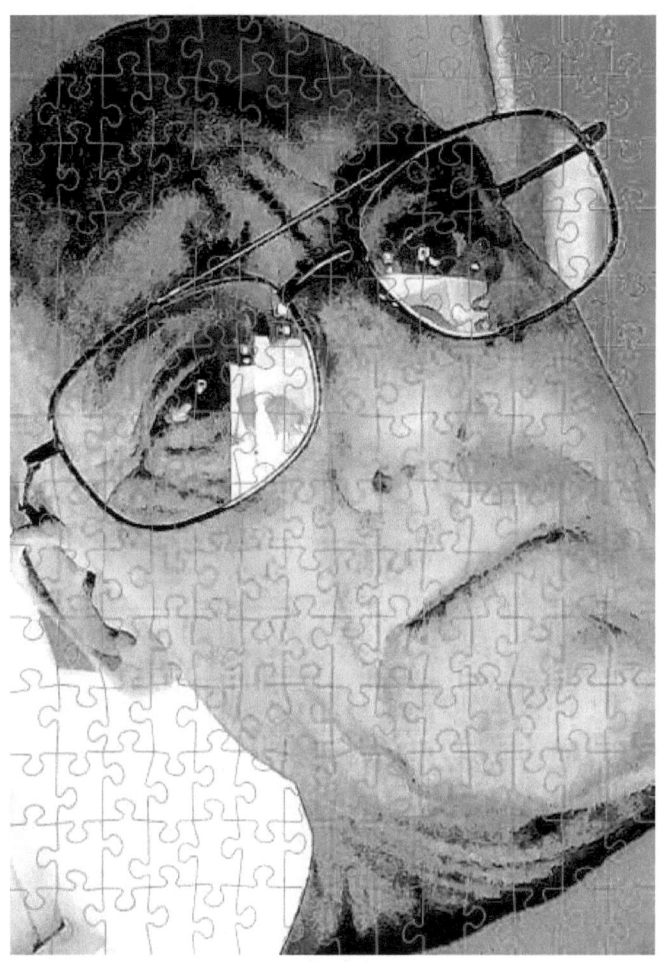

Martin Christen
1949 in Rothrist AG, Schweiz, geboren.
Ausbildung zum Bezirkslehrer an der Universität Zürich.
Bezirkslehrer in Spreitenbach AG bis 2014.
Publikationen:
- Todsicher. Ein Stück Beznau. BoD 2016.
- Kunststiftung als Kunstfälscherin. Dokumentation 2018.
- Der Sarg. Roman. BoD 2020.
- ich – dazu fällt mir nichts ein BOD 2021
- Achgott. Und andere Dialoge. BoD 2021
- Zahlreiche, noch unveröffentlichte Texte

Martin Christen
Der Sarg

*Plötzlich ist er da, aufgetaucht aus dem Nichts:
Der Sarg.
Wie Hubert Heiden, pensionierter Lehrer und
ehemaliger Politiker, auf diese
Herausforderung reagiert, erzählt dieser
Politkrimi.*

BoD 2020

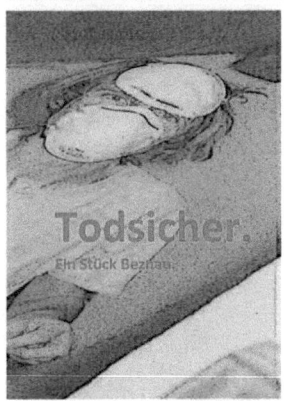

Martin Christen
Todsicher. Ein Stück Beznau.

*Ein Supergau im ältesten Atomkraftwerk der Welt
und seine unmittelbaren Folgen.
Ein Stück, das unter die Haut geht.
Realitätsnah. Todsicher.*

BoD 2016

martin christen
ich – dazu fällt mir nichts ein
kurzstorys & poems

*in dieser sammlung von kurzstorys und
gedichten bringt der autor alles, was zu
einem leben zwischen geburt und tod gehört,
pointiert, glasklar und überraschend schräg
zur sprache.*

BoD 2021

241